IMACULADA

Obras da autora lançadas pela Galera Record:

Série A Legião
Inquebrável
Imaculada

Série Beautiful Creatures (Com Margaret Stohl)
Dezesseis luas
Dezessete luas
Dezoito luas
Dezenove luas

Sonho perigoso

Série Dangerous Creatures (Com Margaret Stohl)
Sirena
Incubus

KAMI GARCIA

IMACULADA

A LEGIÃO – LIVRO 2

Tradução
Joana Faro

1ª edição

RIO DE JANEIRO
2016

CIP-BRASIL. CATALOGAÇÃO NA PUBLICAÇÃO
SINDICATO NACIONAL DOS EDITORES DE LIVROS, RJ

G21i Garcia, Kami
Imaculada / Kami Garcia; tradução Joana Faro. – 1. ed. –
Rio de Janeiro: Galera Record, 2016.
(A legião; 2)

Tradução de: Unmarked
ISBN 978-85-01-40314-8

1. Ficção americana. I. Faro, Joana. II. Título. III. Série.

15-23952
CDD: 028.5
CDU: 087.5

Título original:
Unmarked

Copyright © 2014 Kami Garcia LLC.

Todos os direitos reservados.
Proibida a reprodução, no todo ou
em parte, através de quaisquer meios.
Os direitos morais do autor foram assegurados.

Composição de miolo: Abreu's System
Adaptação de capa: Renata Vidal

Texto revisado segundo o novo Acordo Ortográfico da Língua Portuguesa.

Direitos exclusivos de publicação em língua portuguesa somente para o Brasil
adquiridos pela
EDITORA RECORD LTDA.
Rua Argentina, 171 – Rio de Janeiro, RJ – 20921-380 – Tel.: 2585-2000,
que se reserva a propriedade literária desta tradução.

Impresso no Brasil

ISBN 978-85-01-40314-8

Seja um leitor preferencial Record.
Cadastre-se e receba informações sobre nossos
lançamentos e nossas promoções.

Atendimento e venda direta ao leitor:
mdireto@record.com.br ou (21) 2585-2002.

Para Alex —
Que a pomba negra sempre o carregue.

O Inferno está vazio, e os demônios estão todos aqui.

— **William Shakespeare,** *A tempestade*

1. ENJAULADO

Barras de ferro eram a única coisa que nos separava.
Ele estava no chão da cela, apoiado contra a parede, apenas de calça jeans. Olhei a corrente que prendia seus pulsos. De cabeça baixa, ele parecia exatamente o mesmo.
Mas não era.
Fechei os dedos ao redor das barras molhadas. Várias vezes por dia, água benta chovia dos borrifadores do teto. Lutei contra o desejo de destrancar a porta para deixá-lo sair.
— Obrigado por vir. — Não tinha se movido, mas eu sabia que ele não precisava me ver para sentir que eu estava ali. — Ninguém mais o faz.
— Todo mundo está tentando resolver isto. Não sabem que atitude tomar quanto a... — As palavras ficaram presas na garganta.
— Quanto a mim. — Ele se levantou do chão e andou em minha direção, até as barras que nos separavam.
Conforme se aproximava, contei os elos da corrente que pendia entre seus pulsos. Tudo para evitar fitá-lo nos olhos. Mas, em vez de me afastar, segurei as barras com mais força. Ele estendeu as mãos, colocando-as acima das minhas no metal.

Perto, mas sem tocá-las.

— Não! — gritei.

Vapor se ergueu das barras de ferro frio quando a água benta chamuscou sua pele machucada. Ele segurou por tempo demais, queimando as palmas de propósito.

— Você não deveria estar aqui — sussurrou ele. — Não é seguro.

Lágrimas quentes desciam por minhas bochechas. Todas as decisões que tínhamos tomado até aquele momento pareciam erradas: as correntes prendendo seus pulsos, a cela encharcada de água benta, as barras que o mantinham enjaulado como um animal.

— Sei que você nunca me machucaria.

Mal as palavras tinham deixado meus lábios, Jared avançou contra as barras, tentando agarrar minha garganta. Pulei para trás, e seus dedos frios roçaram minha pele conforme eu saía do alcance.

— Está enganada, pombinha. — A voz soava diferente.

Risadas reverberaram pelas paredes, e calafrios me percorreram. Percebi o que os outros sabiam desde sempre.

O garoto que eu conhecia não existia mais.

O que estava enjaulado diante de mim era um monstro

E era eu quem tinha de matá-lo.

SETE DIAS ANTES

2. CÉU NEGRO

Estou diante do prédio em chamas. Lençóis cobertos de cinzas pendem pelas janelas quebradas dos cômodos onde ainda há pessoas encurraladas. Lá dentro, os gritos são mais altos que as labaredas estrondosas, e minha pele se arrepia.

Quero passar correndo pela cortina de fumaça negra para salvá-las, mas não consigo me mexer. Baixo os olhos para minha mão trêmula e percebo por quê.

Sou eu quem está segurando o fósforo.

Sentei-me de repente na cama com o coração disparado.

Outro pesadelo.

Tudo começou na noite em que as paredes da penitenciária desmoronaram ao meu redor, e persistia desde então. Pressionei as mãos contra os ouvidos, tentando silenciar os gritos.

Foi só um sonho.

E o que eu fizera na vida real era ainda pior que atear fogo a uma casa cheia de gente inocente.

Eu libertara um demônio.

Andras, o Semeador da Discórdia. Um demônio que havia passado mais de um século aprisionado.

Até eu soltá-lo dois meses atrás, depois que ele matara minha mãe e o restante de sua geração de membros da Legião. A julgar pelas matérias de jornal que eu reunia de forma obsessiva, ele provavelmente matara ainda mais gente desde então. Em certos dias eu pensava menos nisso que em outros.

Aquele *não* era um desses dias.

⊰ • ⊱

Passei a tarde na biblioteca lendo artigos e imprimindo cartas meteorológicas e mapas.

Na hora do jantar, eu estava exausta.

Enquanto me arrastava pelo pátio enlameado, a chuva encharcava as botas de couro preto que minha mãe tinha me dado na noite de sua morte. Somando o temporal e as temperaturas de inverno na Pensilvânia, a pneumonia se tornava uma possibilidade bastante real. No entanto, usar algo que ela me dera valia o risco.

Outras garotas passavam correndo usando a saia do uniforme e botas de borracha, evitando poças como se fossem minas terrestres, enquanto eu pisava em todas. Chovia sem parar desde a noite em que eu montara o Engenho, a chave paranormal que tinha aberto a prisão de Andras, e o céu continuava tão transtornado quanto eu.

Como eu podia ter confundido o Engenho com uma arma capaz de destruir Andras?

Os detalhes daquela noite estavam gravados em minha memória, tão inescapáveis quanto os pesadelos.

Eu me via sentada no chão da prisão, com o cartucho cilíndrico do Engenho na mão e os discos espalhados no colo. Jared, Lukas, Alara e Sacerdote estavam do outro lado da porta da cela, implorando-me para montá-lo. Eu me lembrava do medo paralisante que sentira ao encaixar a última parte do dispositivo.

Fora há 19 dias.

Dezenove dias que não via meus amigos nem ouvia o som da voz de Jared.

Dezenove dias desde que tinha caído do lado de fora da prisão e a concertina ferira minhas pernas

Dezenove dias desde que estivera no pronto-socorro e um médico suturava os cortes enquanto a polícia me questionava.

Ao terminar, o tom do médico era de desculpas.

— O curativo está pronto, mas você ficará com algumas cicatrizes.

Lembro-me de rir. Cicatrizes de um pedaço de concertina não eram nada comparadas às cicatrizes emocionais que aquela noite deixaria.

Horas depois, conforme observava a tempestade bater contra as janelas do quarto de hospital, eu ouvira vozes do lado de fora da porta. Só tinha conseguido escutar partes da conversa, mas bastava.

— ... do serviço social. Sabe por que sua filha fugiu, Sra. Waters?

Uma fuga, essa tinha sido a história que eu contara a polícia.

— É Diane Charles, *não* Waters. A mãe de Kennedy está morta. Sou tia dela.

— Sua sobrinha demonstrou uma grande apatia, Sra. Charles. Precisamos fazer uma avaliação psiquiátrica para determinar seu estado mental antes de podermos liberá-la sob sua custódia.

— Minha custódia? — Tia Diane erguera a voz. — Quando concordei em me tornar sua guardiã legal, Kennedy era uma excelente aluna, que jamais se envolveu em problemas. Não sei no que se meteu, mas não quero que leve nada disso para minha casa. E se fugir de novo?

— Entendo sua preocupação, mas você é a única familiar dela...

— Que vocês conseguiram localizar — disparou tia Diane. — Sequer procuraram o pai dela? — O fato de que estava disposta a me entregar a um homem que eu não encontrava havia 12 anos deixava bem claro o quanto não me queria.

Ela baixara a voz.

— A mãe de Kennedy e eu não éramos próximas. Minha irmã tinha *problemas*, que obviamente passou à filha, e me sinto muito mal por isso. Mas não estou preparada para lidar com uma adolescente rebelde.

Em qualquer outra noite, eu teria saído para o corredor e a esculachado por insultar minha mãe. No entanto, estava certa a meu respeito, mesmo sem saber a razão verdadeira. Deixar-me morar em sua casa seria uma sentença de morte.

— Não precisa assumir essa responsabilidade sozinha — esclarecera a assistente social. — Existem programas para adolescentes em situação de risco. Lares coletivos, internatos...

Na manhã seguinte, tia Diane havia inventado várias desculpas patéticas.

— Só quero o melhor para você, Kennedy. A Winterhaven Academy é um lugar lindo, além de *muito* caro. — Ela continuara tagarelando sem esperar uma resposta. — O médico disse que você pode frequentar a escola assim que suas pernas melhorarem. Já arranjei tudo.

Eu encarava a televisão presa à parede atrás dela enquanto um canal de notícias mostrava imagens de golden retrievers e labradoodles se estraçalhando em um parque para cachorros. A manchete na barra do noticiário dizia DUAS CRIANÇAS MORREM DEPOIS DE SURTO DE RAIVA EM SUBÚRBIO LOCAL. Um doloroso lembrete de que eu não tinha ideia do que Andras era capaz nem conhecia a amplitude de seu alcance.

Quando minha tia finalmente voltara a Boston naquela noite, eu começara a obter respostas.

Tempestades elétricas e chuva torrencial incessante haviam atingido West Virginia no dia em que Andras fora libertado. Raios cortavam a escuridão do lado de fora da janela, causando uma correria de enfermeiros pelos corredores sempre que faltava luz no hospital.

No segundo dia, a chuva não era a única coisa que caía do céu. Canais de notícias de toda a West Virginia e Pensilvânia passavam imagens ao vivo de corvos despencando dos ares, como granizo negro.

No terceiro dia, enquanto cientistas testavam os pássaros mortos em busca de doenças, a violência se espalhava como um vírus. A matança começara em Moundsville, a poucos quilômetros do hospital e da penitenciária estatal de West Virginia, onde eu montara o Engenho. Haviam encontrado os corpos de um pastor local e de sua esposa pendurados nas vigas de sua igreja, as paredes cobertas com páginas do Livro de Enoque; um guarda aposentado da prisão morrera tostado por um barbeador elétrico que flutuava a seu lado na banheira; e um professor universitário de teologia fora apunhalado até a morte em sua sala, dezenas de livros roubados de uma estante trancada. Nenhum dos assassinos fora capturado.

Depois disso, a violência só havia aumentado.

No dia seguinte, perto de Morgantown, West Virginia, um líder de escoteiros afogara sua tropa e depois a si mesmo.

Em Pittsburgh, um bombeiro aposentado ateara fogo a metade das casas de seu quarteirão, em seguida marchara para dentro de um dos incêndios. Três prisões de segurança máxima haviam sido isoladas após o começo de motins nos quais guardas foram assassinados e tiveram os corpos pendurados nas torres de vigia.

No quinto dia, garotas começaram a desaparecer.

Uma por dia pelas últimas duas semanas: Alexa Sears, Lauren Richman, Kelly Emerson, Rebecca Turner, Cameron Anders, Mary Williams, Sarah Edelman, Julia Smith, Shannon O'Malley, Christine Redding, Karen York, Marie Dennings, Rachel Eames, Roxanne North. Os nomes se gravavam em minha mente sem qualquer ajuda de minha memória eidética.

No sexto dia, os médicos me deram alta do hospital, e, no sétimo, a diretora me entregava o mesmo uniforme de Winterhaven que eu usava agora.

E que continuava pinicando loucamente.

Abri caminho por entre os grupos de meninas que conversavam sob a imensa galeria em arcos conhecida como Praça Pública. Era dia 26 de dezembro, e calouras lacrimosas ainda se aglomeravam chorando porque os pais não as deixaram passar as festas em casa.

Um bando de garotas com delineador preto manchado estavam penduradas na mureta entre dois dos pilares, com metade do corpo para dentro e metade para fora na chuva, passando um cigarro contrabandeado uma para a outra. Em frente, a máfia do gloss fofocava perto dos banheiros, fedendo a inveja e imitação de morango.

Desviei-me do cheiro enjoativo e abri a porta do banheiro. Com duas semanas de férias de inverno pela frente, eu precisava encontrar uma rota alternativa para a biblioteca se quisesse evitar o drama.

Quando parei diante do espelho para torcer meu cabelo castanho, o uniforme pingou nos ladrilhos. Nunca me dava ao trabalho de levar um guarda-chuva. A tempestade me lembrava da noite na prisão, e de famílias assassinadas, casas queimadas, escoteiros afogados e garotas desaparecidas.

Coisas que não mereço esquecer.

Enquanto prendia meu cabelo comprido em um rabo de cavalo desgrenhado, vi um relance de meu reflexo. Mal reconhecia a menina que me encarava. Os olhos escuros se perdiam nas sombras preto-azuladas que os rodeavam, e a pele oliva parecia pálida e desbotada contra a camisa branca de botões.

As últimas semanas haviam sido duras. Na maioria dos dias, tinha sorte se me lembrasse de comer, e os pesadelos só me permitiam poucas horas de sono.

Uma imagem passou por minha mente: a garota de camisola branca, o primeiro espírito que encontrei na vida e que teria me matado se não fosse por Jared e Lukas. Agora, bastariam marcas de mãos no pescoço para eu me passar por ela.

A luz fluorescente sobre minha cabeça piscou.

Aqui, não.

Congelei, deslocando a mão por instinto até a medalha de prata em meu cordão. A Mão de Exu, o símbolo de proteção que Alara me dera.

Um estalo repentino lançou uma chuva de fagulhas sobre mim. Abaixei-me e cobri a cabeça, revendo imagens mentais do ambiente. Será que havia algo ali que pudesse ser usado como arma?

Descubra contra o que está lutando.

Olhei rapidamente para o teto. Fumaça preta preenchia o interior de uma das lâmpadas.

Uma lâmpada queimada. Não um ataque paranormal.
Eu esperava um desde que libertara Andras, mas nada tinha acontecido. Ainda.

O que Jared pensaria se me visse assustada por causa de uma lâmpada? Meus pensamentos sempre encontravam um jeito de voltar para ele.

Por onde ele andava? Será que estava a salvo?

E se algo tivesse acontecido com ele?

Um nó familiar se formou em minha garganta.

Ele está bem. Tem de estar. Todos têm de estar.

Jared, Lukas, Alara e Sacerdote sabiam cuidar de si mesmos e uns dos outros. A lembrança da última vez que os vira, na penitenciária, não me saía da cabeça.

Pensar neles só vai deixar você com mais saudade ainda.

Joguei água fria no rosto, então tateei em busca de uma toalha de papel, piscando para eliminar as lembranças e a água dos olhos.

Um reflexo embaçado passou atrás de mim no espelho.

Eu me sobressaltei.

— Desculpe — falei, constrangida por minha reação. — Não vi você.

Quando virei as costas para o espelho, o reflexo do ambiente permaneceu em minha visão periférica. Procurei a pessoa que tinha entrado.

Não havia ninguém ali.

⚔ • ⚔

Combater espíritos vingativos com Jared, Lukas, Alara e Sacerdote me ensinara que entidades paranormais podiam estar em qualquer lugar. A probabilidade de encontrar um espírito raivoso em um campus centenário como Winterhaven era bem grande para qualquer pessoa. Contudo, os pesadelos e as experiências que eu tivera nos últimos meses me davam a sensação de que havia algo mais ali.

O que quer que eu tivesse visto no espelho provavelmente ia voltar. Precisava estar pronta, e comer Pop-Tarts de blueberry nas três refeições do dia não era exatamente a dieta dos campeões. Hora de revogar meu exílio do refeitório.

Dez minutos depois, eu estava na fila colocando uma colherada de macarrão com queijo artificial laranja no prato. Peguei um pacote de Pop-Tarts de canela para variar, e observei o ambiente em busca de uma mesa vazia. O refeitório era um lugar que juntava tudo que eu odiava em Winterhaven: fofoca, panelinhas, autopiedade.

Duas Delineadores-Pretos assentiram para mim, convidando-me a sentar. Mas escolhi um lugar na extremidade oposta da mesa. Elas não perceberam que eu estava fazendo um favor. Aproximar-se de mim era perigoso, como provava meu histórico.

Joguei meu bloco de papel ao lado da bola sólida de macarrão, então folheei os desenhos. Era como assistir a meus pesadelos em stop-motion: a mão de Sacerdote saindo do poço, Alara amarrada à cadeira elétrica, os espíritos de dúzias de crianças envenenadas enfileirados nas extremidades de suas camas de metal. Havia páginas e mais páginas, cada imagem mais perturbadora que a anterior.

Cheguei a um esboço inacabado feito algumas noites antes: uma figura pairando sobre mim enquanto eu dormia, exatamente como fizera no pesadelo. Curvei-me sobre a página, preenchendo as partes que faltavam. Após alguns minutos, surgiram traços — os olhos selvagens e a mandíbula alongada de um animal projetaram-se de uma silhueta humana.

Andras.

Meus dedos apertaram o lápis. Eu deixara um detalhe de fora, algo que não conseguia desenhar. No pesadelo, ele tinha falado comigo.

Virei atrás de você.

Parecera mais uma promessa que uma ameaça.

— Outra novata — comentou uma das Delineadores--Pretos da outra ponta da mesa.

Havia uma garota de cabelo louro escorrido parada à porta, esquadrinhando a sala com os olhos, como um cervo assustado. Ela deu um passinho à frente, o rosto ainda inchado e vermelho de chorar e um fichário de boas-vindas de Winterhaven pressionado contra o peito. Eu reconhecia aquela expressão. Seus pais deviam tê-la deixado naquela manhã.

Winterhaven era a última parada para as filhas problemáticas das famílias ricas da Costa Leste. De fujonas e automutiladoras a viciadas em pílulas e festeiras, Winterhaven aceitava todas, inclusive eu.

A escola ficava responsável por nós, o que não significava muito. Nenhum dos professores se importava com o que fazíamos entre quatro paredes, desde que não matássemos umas às outras. As festeiras não deixavam de se divertir, e as automutiladoras continuavam se cortando. Só as fujonas se davam mal, porque a escola ficava tão enterrada nas florestas da Pensilvânia que não havia para onde ir.

Sussurros se espalharam pela sala em segundos.

— Nova demais para dirigir bêbada.

— Não parece corajosa o bastante para fugir.

— Voto em pílulas. Definitivamente.

— Resposta final?

Ignorei as vozes e sombreei o restante do desenho. Partes do pesadelo passavam por minha mente: a figura me observando na escuridão, os traços emergindo das sombras, o medo paralisante.

Era demais.

Minha mão estremeceu conforme combati a necessidade de arrancar a página e a rasgar em pedacinhos. Estava cansada de sentir medo. Queria dormir sem ser atormentada. Acima de tudo, queria esquecer. Mas não podia me permitir.

— Tem alguém sentado aqui? — A menina nova estava diante de mim, a borda da bandeja tremendo. — Quero dizer, tudo bem se eu me sentar aqui? — Parecia ainda mais nova que Sacerdote, devia ter uns 14 anos.

As Delineadores-Pretos riram. Eu já havia dispensado o convite para me sentar com elas nas poucas vezes que comera ali. Deviam presumir que as chances da novata não eram boas, o que parecia motivo suficiente para deixá-la se sentar comigo.

Indiquei o lugar vazio em frente.

— Sente-se antes que os abutres comecem a circular.

Os ombros da garota relaxaram.

— Obrigada. Meu nome é Maggie.

— Kennedy. — Voltei a desenhar, torcendo para ela se tocar.

— Que nome legal.

— Não muito. — Eu não levantei o rosto.

Maggie ficou quieta por alguns minutos, empurrando uma colherada de macarrão laranja pelo prato. Senti que me observava, mas mantive os olhos colados na página. Contato visual encorajava conversas, algo que eu evitava a todo custo.

— Então, por que você está aqui? Desculpe... — Ela mordeu o lábio. — Não é da minha conta. Meu pai fala que faço perguntas demais.

O pai dela parecia um desgraçado sem coração.

Como o meu.

— Eu fugi. — Pelo menos essa era a história que havia contado à polícia e a tia Diane. Antes que a garota nova tivesse a chance de perguntar por quê, virei o jogo. — E você?

Ela espetou a bola de macarrão.

— Meu pai simplesmente me deixou aqui.

— O que fez para irritá-lo?

Uma lágrima desceu por sua bochecha.

— Eu existo.

Meu lápis se imobilizou. A raiva se misturava à tristeza na voz dela, fazendo-me lembrar da última vez que eu vira meu próprio pai. A manhã em que ele partira enquanto sua filha de 5 anos olhava da janela.

Ela enxugou o rosto com a manga, então olhou para meu bloco.

— Bem legal... e meio assustador. Você é muito talentosa. Aposto que seus desenhos vão estar na parede de uma galeria um dia.

Uma dor familiar apertou meu peito. Minha mãe dizia isso o tempo todo.

— O que é? — perguntou ela, ainda analisando a ilustração.

— Só algo de um sonho.

Os olhos dela se iluminaram.

— O jeito mais fácil de se livrar de um pesadelo é contando a alguém. Aí a mente para de combater o sonho ruim e ele desaparece.

Meus pesadelos não iam sumir.

— A vida real não funciona assim. — Peguei o bloco e me levantei, arrastando as pernas da cadeira contra o piso de madeira. — Certas batalhas não podem ser vencidas.

Afastei-me sem esperar uma resposta. A última coisa de que precisava era ser encorajada por uma menina que estava chorando porque o pai a largara em um internato caro. Minha mãe estava morta, e eu não via meu pai fazia anos.

Meus dias eram cheios de medo e culpa, pássaros mortos e garotas desaparecidas.

E só vai piorar.

—≼ • ≽—

Fui consumida pela culpa até finalmente ir até o quarto da novata. Foi fácil de achar. Era a única porta sem qualquer mensagem pregada ao quadro de cortiça, o que me deu a sensação de ter chutado um filhote de cachorro.

Bati na porta, ensaiando em silêncio o pedido de desculpas que tinha treinado a caminho dali.

— É a Kennedy.

Após um instante, bati de novo, tentando escutar os sons do outro lado. Nada. Ou não estava ou não queria falar comigo.

Folheei os desenhos no começo do bloco, que fizera logo depois de ganhá-lo de Lukas. Em vez das imagens perturbadoras dos pesadelos, essas ilustrações capturavam lembranças mais felizes, como esboços incompletos de Sacerdote enrolando armas de paintball com Silver Tape, Alara enfiando uma garrafa de água benta no cinto de ferramentas, Lukas jogando Tetris, um raro sorriso de Jared. Suas especialidades — as áreas de aptidão em que haviam sido treinados — eram tão diferentes quanto eles quatro. Mesmo assim, cada habilidade complementava as outras: Lukas invadia bancos de dados do país inteiro e usava as informações para rastrear surtos paranormais; Sacerdote construía as armas de caçar espíritos que Jared usava com facilidade; e, quando as armas falhavam, Alara usava talismãs e as artes do vodu para protegê-los.

Juntos, eram a Legião, e, por algum tempo, achei que era um deles.

Havia um desenho diferente do restante, um autorretrato. Eu o arranquei e prendi ao quadro com um bilhete.

Desculpe.
— Kennedy

Vestindo calça cargo camuflada e botas pretas, a garota do desenho parecia corajosa e determinada, pronta para lutar. Eu já tinha perdido minha batalha, mas Maggie ainda podia vencer a dela.

Minutos depois, estava diante de minha própria porta, tentando me lembrar de como era ser a menina do desenho. Mas não conseguia.

Com a Legião, eu havia enfrentado espíritos malévolos e destruído entidades paranormais. Agora, estava sozinha, sem coragem até mesmo para enfrentar o que esperava por mim do outro lado da porta.

3. ESPELHOS QUEBRADOS

Quando acendi a luz, as horríveis imagens de minha realidade surgiram uma de cada vez. Recortes de jornal, mapas, fotos de cenas do crime e de garotas desaparecidas cobriam as paredes de meu quarto. Silhuetas de giz, cercadas por fita de isolamento amarela e preta, sobrepunham-se a cartas meteorológicas e fotos de registros policiais de gente presa por atos de violência bizarros e brutais.

Cada fragmento representava um evento que podia ter ligação com Andras.

Eu começara a reunir matérias no hospital. Tinha encontrado a primeira enquanto vasculhava o jornal em busca de qualquer menção a Jared, Lukas, Alara e Sacerdote. A manchete dizia: *Raio mata sete em incêndio na Igreja dos Santos Mártires.*

O que havia começado como uma tentativa de rastrear os passos do demônio tornara-se uma obsessão, uma espécie de autopenitência. Eu libertara Andras, e isso transformava os crimes dele em *meus* crimes.

Um lado meu desejava que houvesse uma forma de mandar todas aquelas informações para Lukas. Ele conseguiria achar o padrão no caos, uma habilidade que eu subestimara até tentar por conta própria. Embora procurasse o nome deles toda vez que lia o jornal, uma parte maior de mim ficava aliviada por não saber como encontrá-los.

Estão mais seguros sem mim.

Ao acrescentar o desenho terminado do pesadelo à parede, uma imagem parecida com uma estante de partitura chamou minha atenção.

O selo de Andras.

Era a assinatura exclusiva do demônio. O pulso de cada membro da Legião era marcado com uma parte diferente do símbolo. Se esfregassem sal nos pulsos e os juntassem, as marcas recriavam o selo.

Passei os dedos sobre a pele imaculada da parte interna de meu pulso, um lembrete permanente de que eu não era um deles.

E a razão pela qual as coisas nunca teriam dado certo entre Jared e eu.

Procurei a ilustração do perfil dele na parede, presa acima de uma carta de anomalias climáticas. A curva dos lábios e os cílios longos que emolduravam os olhos azul-claros. Por um segundo, me esqueci de respirar. Lembrei-me do toque de seus lábios contra os meus, do som de sua voz quando sussurrou para mim na chuva, recusando-se a me deixar para trás.

Eu me lembrei da promessa que fiz a mim mesma naquela noite. Aquela que não cumprira.

Vou encontrar você.

Será que ele pensava sobre aquela noite?

Será que pensa em mim?

Talvez já tivesse seguido em frente, continuando a busca pelo quinto membro perdido da Legião, algo que eu nunca seria.

Tirei as meias de lã até o joelho que usava todos os dias, embora pinicassem demais e deixassem o quarto com cheiro de cachorro molhado. Uma teia de cicatrizes brancas serpenteava pelas pernas, como uma tatuagem, um lembrete permanente de meus erros. Percorri com os dedos os sulcos sobre a pele. Eu os odiava, mas, se pudesse trocar os erros por mais cicatrizes, aceitaria na hora.

Tirei com dificuldade as roupas molhadas e vesti outras secas antes de abrir o laptop. Passei os olhos por sites de notícias à procura de sinais de atividade paranormal, a evidência da movimentação de Andras. A Legião me ensinou que aumentos repentinos no número de assassinatos e crimes violentos eram sinais de alerta, seguidos de perto pelos suicídios.

Uma foto de milhares de corvos agrupados nos telhados do centro de Pittsburgh me fez parar. Cliquei, e uma mensagem familiar apareceu na tela: *Portal não autorizado.* Winterhaven limitava o acesso das alunas à internet, permitindo apenas sites de notícias e bibliotecas aprovados. E-mail era algo inexistente, e o uso do telefone se restringia a ligações para casa ou, em meu caso, para tia Diane. Não que eu fosse ligar para ela.

Àquela altura, minha caixa de entrada devia estar transbordando com mensagens de Elle. Mesmo se conseguisse um jeito de entrar em contato com ela, o que diria? *Soltei um de-*

mônio vingativo no mundo, e ninguém sabe como detê-lo? Ela me perdoaria porque é o que melhores amigas fazem. Mas aquilo não era como uma prova malsucedida, que eu podia esquecer depois de um pote de sorvete.

A manchete seguinte confirmou isso: *Atleta do ensino médio desaparece sem deixar vestígios.* Uma menina morena de traços delicados sorria da tela. Seu nome estava impresso sob a foto: *Catherine Nichols.*

Número 15.

A matéria não fornecia nenhuma informação nova: *Após o sumiço de 15 adolescentes, o FBI emitiu uma declaração chamando os desaparecimentos de "sequestros em série" e confirmando as suspeitas da população.*

Encontrei uma página em branco no bloco e comecei um ritual que já tinha se tornado automático. O lápis recriou as curvas da face de Catherine Nichols, com as maçãs do rosto altas e os grandes olhos castanhos. Enquanto estava perdida nas linhas do carvão, uma música alta estourou no quarto ao lado. Minha mão estremeceu, e uma linha solta cortou o rosto da garota.

Winterhaven nunca parava de me irritar. Soquei a parede, mas as meninas que riam do outro lado me ignoraram.

Prendi o desenho perto dos das outras jovens desaparecidas. As ilustrações enfileiradas eram muito semelhantes: garotas de olhos escuros com traços delicados, cabelo castanho ondulado e sorriso tímido. Bonitas de um jeito comum. Havia mais uma coisa, algo impossível de ignorar.

Todas se pareciam comigo.

Outro lembrete de que o demônio não tinha me esquecido, embora não entendesse por quê. Talvez ainda me considerasse a quinta integrante da Legião, e eu fosse a próxima na lista de execuções.

No quarto ao lado, a música aumentou ainda mais, seguida pelo barulho de arranhões.

Será que estão arrastando os móveis lá dentro?

— Fiquem quietas. — Bati com mais força.

Alguém finalmente desligou o som, e os arranhões se intensificaram no exato momento em que a porta da vizinha bateu. Ao ouvir as risadas se transferirem para o corredor, minha pele gelou.

Os arranhões não estão vindo de lá.

Eu me virei quando uma linha irregular começou a se gravar no espelho que ficava acima da cômoda. Ao chegar à base da moldura, a linha parou, assim como os arranhões. Em segundos, outra marca descia pelo vidro.

Havia algo estranho no som. Não tinha a intensidade de unhas em um quadro-negro, o que teria tornado impossível achar que vinha do quarto ao lado. Eu me aproximei e congelei.

As linhas estavam sendo cortadas *de dentro* do espelho.

Minha memória eidética tirava fotos mentais enquanto a fileira de linhas atingia a moldura, então mudava de direção, criando cortes horizontais, diagonais e curvos.

Letras.

Palavras se formaram, corte a corte, até a mensagem surgir diante de mim.

ELE ESTÁ VINDO PEGAR VOCÊ.

Absorvi o significado devagar, um pensamento fragmentado por vez.

Andras sabe onde estou.

Depois de todos os ataques paranormais dos quais eu tinha escapado em lugares como um poço mal-assombrado e um orfanato abandonado, meu quarto no dormitório seria onde o demônio finalmente me encontraria? Tinha mesmo levado tanto tempo para me achar?

Dezenove dias de medo, raiva e culpa transformaram-se em fúria no mesmo instante. Aquela se tornara minha vida: espíritos vingativos e pesadelos, garotas desaparecidas e demônios, perguntas sem resposta e ameaças paranormais. Estava cansada de esperar que algo acontecesse. Queria que acontecesse logo.

— Estou bem aqui! — gritei, girando com os braços estendidos. — Venha!

O silêncio ecoou em resposta, mais alto que cem gritos.

— O que está esperando?

As consequências de meus erros me rodeavam, camadas e mais camadas, coladas em cada superfície de uma prisão que eu mesma criara. Joguei-me contra a parede mais próxima, arrancando as fotos de pássaros mortos e silhuetas de giz, tempestades elétricas e ruas alagadas, fotos da polícia e mapas.

Lascas de rosa e cinza apareceram sob os pedaços de papel ainda presos na parede: um pôster de minha pintura favorita, *Lady Day*, de Chris Berens. Uma garota flutuando no ar sob uma redoma de vidro.

Eu a colara na parede assim que as caixas rotuladas *Escola* tinham chegado, as que foram empacotadas antes de minha casa se transformar em *Poltergeist* e eu fugir com Jared e Lukas. Era o último fragmento de meu velho quarto e de minha antiga vida. Doía demais olhar para ela todos os dias, então a enterrei sob os fragmentos do que minha vida se tornara.

Sempre acreditara que a menina sob o vidro encontrava um jeito de sair no final. Mas talvez estivesse errada.

Arranquei o pôster, depois o rasguei ao meio. A redoma se dividiu no centro, cortando também a garota. As duas metades caíram no chão, perdidas em um mar de matérias sobre as tragédias que meu erro tinha desencadeado.

Alguém bateu à porta.

— Está tudo bem aí?

O primeiro pôster que minha mãe me dera estava em pedaços a meus pés. Peguei a metade que tinha o rosto da garota e a dobrei antes de colocá-la entre as páginas do bloco.

— Kennedy, sei que está aí. Abra a porta. — Reconheci a voz da garota, mas não sabia de onde. — Não vou embora — disse ela.

Abri uma fresta na porta. Uma das Delineadores-Pretos estava do outro lado, com uma cara entediada.

A menina olhou para o que restava do quarto por cima de meu ombro.

— Dia difícil? — Seu tom estava cheio de sarcasmo.

— O que você quer? — perguntei, segurando o bloco de notas contra o peito.

— Se vai ser escrota, vou dizer ao cara gato que veio procurar você que não está interessada na mensagem dele.

— Do que está falando?

A garota suspirou e revirou os olhos.

— Eu o flagrei vagando pelo Anderson Hall. Ele disse que precisava encontrar você. Que era uma grande emergência ou coisa do tipo. Sorte a sua que ele esbarrou comigo e não com uma das monitoras do dormitório. — Ela ergueu um pedaço úmido de papel. — Ele falou para lhe entregar isto.

Desdobrei o papel, e meu coração parecia ter parado de bater. A tinta preta estava borrada, mas mesmo assim reconheci a imagem... e quem a fizera.

Jared.

No meio da página, ele havia desenhado uma pomba negra. Exatamente igual à que tinha tatuada no braço.

A Garota de Delineador Preto apontou para o desenho

— Então, o que isso quer dizer?

— Onde ele está?

Ela cruzou os braços, indignada.

— Vai me dizer quem é ele?

Aproximei-me, parando a apenas centímetros do seu rosto.

— Onde ele está?

A menina se encolheu contra a parede.

— Calma. Por acaso esqueceu de tomar sua medicação diária? Ele está atrás do Anderson Hall.

Eu a empurrei para passar, e saí às pressas pelo corredor.

Fazia 19 dias que Jared e eu não nos víamos, mas parecia uma eternidade. Eu tinha pensado nele todos os dias, sempre combatendo a necessidade de sair para procurá-lo.

Mas agora estava ali, e encontrá-lo era a única coisa que importava.

⇥ • ⇤

Chegando ao Anderson Hall, minhas roupas molhadas grudavam-se ao corpo. Atrás do dormitório, a floresta se estendia em um mar negro. Contudo, pela primeira vez desde a noite que passei escondida no fundo do armário de minha mãe, quando era criança, meu peito não se apertou por causa da escuridão ao redor.

Meu único medo era não encontrar Jared.

— Jared? — sussurrei. — Onde você está?

Por favor, esteja aqui.

Com a chuva batendo no telhado e o vento agitando as folhas, eu não conseguia ouvir nada além do som de meu coração latejando nos ouvidos

— Kennedy?

Virei-me, batendo contra o peito de Jared. Meus pés escorregaram, e ele segurou meu pulso, que começou a deslizar de sua mão molhada, como acontecera 19 dias antes, ao fugirmos da prisão em ruínas.

Mas dessa vez eu não caí.

Jared me levantou, então passou as mãos sob meus braços, pressionando com os polegares o ponto sensível logo abaixo do osso de meu ombro. Corri as mãos por seus braços, sentindo os músculos tensos sob o toque. Ele me encarou com os olhos azuis ainda mais claros no mar negro ao nosso redor

Por um instante, nenhum dos dois se moveu.

— Achei você — sussurrou ele, erguendo a mão para tocar meu rosto.

As palavras não vinham. Estendi a mão e segurei a frente da pesada jaqueta cargo verde que ele usava sobre a do exército, apertando-a no punho. A mão de Jared deslizou por meu maxilar e cabelo. Quando os dedos chegaram à nuca, fez uma leve pressão, puxando-me para seus braços

— Fale comigo, Kennedy.

Deixei a testa cair contra seu peito, suprimindo um soluço.

— Só me diga se está bem — suplicou ele.

— O mais perto de ficar bem que eu posso estar.

Jared ergueu meu queixo, e vi o vago contorno de seu rosto. Os traços fortes e cílios longos, a cicatriz acima do olho e a beleza de menino escondidos sob um exterior estilo *Clube da luta*. Seus lábios roçaram os meus, hesitantes a princípio. Minha respiração falhou, e ele me colocou na ponta dos pés, aprofundando o beijo.

Senti tudo ao mesmo tempo: a felicidade de revê-lo e a vergonha por me permitir aquela sensação, a dor de ter saudade e o medo de perdê-lo.

Ele encostou a testa a minha.

— Nossa, como senti sua falta.

— Eu também.

Jared me levou até um aglomerado de coníferas altas, e nos abrigamos sob elas.

— Como me encontrou?

— Elle nos ajudou.

— Elle? — Eu não falava com minha melhor amiga desde que ligara para ela semanas atrás, antes de minha tia me mandar para Winterhaven.

Jared me abraçou, acomodando minha cabeça sob seu queixo.

— Ela tentou persuadir sua tia a contar para onde tinha mandado você, mas só conseguiu arrancar que era em algum lugar da Pensilvânia. Por sorte, foi o suficiente para dar a Lukas um ponto de partida. Ele invadiu os registros de admissão de todos os internatos do estado até encontrar você.

— Devem existir dezenas.

— Cinquenta e quatro. Por isso demorou tanto. — O tom dele era de desculpas, como se por algum motivo fosse culpa dele e não minha. — Começamos com os internatos mais prováveis, depois Luke os acessou em ordem alfabética. Nenhum de nós imaginou que ela enviaria você para um lugar como este.

— Minha tia acha que eu fugi.

Jared pegou minha mão.

— Então vamos provar que ela está certa e sair daqui.

Eu me contraí.

— Não posso ir embora.

— Não se preocupe. Teremos mais cuidado desta vez.

— Não estou com medo de ser pega. — Fechei os olhos, temendo a parte seguinte. — Meu lugar não é com vocês quatro.

Os verdadeiros membros da Legião.

— Seu lugar é comigo de qualquer maneira — afirmou ele.

— Eu poderia ter causado a morte de todos vocês. E não há como saber quantas pessoas Andras já feriu. Dezenas, pela minha conta.

— Não é sua...

— Então é culpa de quem? — Ergui a voz. — Porque alguém o deixou sair, e não havia ninguém além de mim dentro daquela cela.

— Não tomou a decisão sozinha. Todos nós estávamos lá falando para você montar o Engenho. — A mão de Jared apertou a minha. — Vamos. Não vai ficar aqui.

Não havia nada que eu quisesse mais do que ir com ele, mas o risco era muito alto. E se eu cometesse outro erro e Jared ou um de meus amigos pagasse o preço?

Uma sensação de enjoo tomou meu estômago.

— Vocês precisam encontrar um jeito de deter Andras. Se eu estragar tudo outra vez, mais gente pode se machucar.

Ou coisa pior.

Jared deixou minha mão escorregar da dele.

— Preciso contar uma coisa, mas não sei como

— Pode me contar qualquer coisa.

Ele não disse uma palavra pelo que pareceram minutos. Quando finalmente falou, sua voz estava distante.

— A morte de sua mãe foi um erro. Nunca deveria ter acontecido. — Ele ainda não tinha se perdoado por levar o demônio sem querer até ela e os outros membros da Legião.

— Foi um acidente — respondi. — Precisa deixar isso para trás.

— Não está entendendo — disse ele em voz baixa. — Você estava certa o tempo todo.

Aquilo não fazia o menor sentido.

— Sobre o quê?

— Sua mãe nunca foi uma integrante da Legião.

4. CAÇA-DEMÔNIOS

O chão pareceu oscilar sob meus pés.
— Está enganado. — Duvidei das palavras enquanto ainda saíam de minha boca. — Um espírito vingativo matou minha mãe na mesma noite em que os outros membros da Legião foram assassinados. E ela morreu exatamente do mesmo jeito.

— Escrevi o nome dela na lista junto ao nome dos outros membros. Só por isso que Andras a encontrou. É minha culpa. — Jared esmurrou a árvore mais próxima, socando-a várias vezes, um golpe para cada palavra. — A. Merda. Toda É. Minha. Culpa.

Segurei seu braço.
— Nada disso faz sentido. De onde tirou isso?
— Concluímos que tinha de existir um motivo para você não receber a marca depois de destruir o espírito de Darien Shears. Então Lukas começou a investigar e percebeu que eu tinha cometido um erro. Quando encontrei o nome de sua mãe e vi que ela se encaixava no perfil do membro perdido, parei de procurar. Mas havia outra pessoa. Lukas encontrou uma certidão de nascimento.

Ainda me lembrava do momento em que Lukas e Jared tinham me contado que ela fazia parte da sociedade secreta e que eu estava destinada a tomar seu lugar. Eu duvidara do envolvimento de minha mãe desde o começo. Parecia que eu estava esfregando sal no pulso e olhando para minha pele imaculada mais uma vez.

— Pelo menos finalmente descobrimos por que não recebeu uma marca.

Porque não sou um de vocês.

Embora tivesse passado os últimos 19 dias repetindo essas palavras na cabeça, não estava pronta para dizê-las em voz alta.

— Escute. — Jared segurou meus ombros. — Você não recebeu a marca porque o quinto membro ainda está vivo. É outra pessoa de sua família.

— Mas não há ninguém... — As palavras morreram conforme a percepção ficava clara. Se minha mãe não era um membro da Legião... só havia uma possibilidade.

Não pode ser ele. Qualquer um, menos ele.

Meus joelhos cederam.

— Ela não pode estar morta por causa dele.

— Quem? — Jared parecia confuso.

— Meu pai. Ele foi embora quando eu era pequena, e nunca mais tivemos notícias. — As palavras jorravam. — Isso acabou com minha mãe e partiu seu coração.

E o meu.

— Shh. Escute. — Jared aninhou meu rosto nas mãos. — Não é seu pai. Meu tio disse que o membro perdido era uma mulher.

— Não existe mais ninguém, Jared. Tia Diane não é capaz de guardar um segredo como esse. É impossível ela fazer parte de uma sociedade secreta. E meus avós paternos morreram antes de eu nascer. — Eu lutava para manter o controle, mas sentia que tudo o que construíra com tanto cuidado nos últimos 19 dias estava desmoronando. — Ele é a única família que me restou.

— Seu pai tem uma irmã.

Era outro erro.

— Se ele tivesse uma irmã, não acha que eu me lembraria dela?

— Não se não a tivesse conhecido. Ele foi embora quando você era pequena, certo? E se ela tiver passado todo esse tempo escondida?

— Escondida do quê? — praticamente gritei.

Jared olhou para os fundos do prédio como se temesse que alguém me ouvisse.

— Ninguém sabe por que o quinto membro sumiu da face da Terra. Mas meu pai dizia que uma pessoa que desaparece sem deixar rastros é alguém que não quer ser encontrado. Dê uma olhada nisto. — Jared tirou algo do bolso e me entregou, juntamente com o celular. — Use a luz.

Segurei o telefone sobre a página. Era a cópia de uma certidão de nascimento.

— **Alexander Madigan Waters.** — Jared recitou a informação de cor. — Nascido no distrito de Columbia, filho de Lorelai Madigan Waters e Caleb Quinn Waters.

— Um cópia da certidão de nascimento de meu pai? Isso não prova nada.

— Prova se compararmos com esta aqui. — Jared me entregou uma folha de papel quase idêntica, que também tinha o selo do distrito de Columbia impresso na parte de cima. — Lukas pesquisou o registro civil de Washington para descobrir se sua mãe tinha alguém na família que pudesse ter escolhido como sucessora. Mas, pelo visto, é seu pai que tem um parente secreto.

Analisei o documento e encontrei o nome registrado: Faith Madigan Waters. Nascida no distrito de Columbia dois anos depois de meu pai, filha de Lorelai Madigan Waters e Caleb Quinn Waters.

Segurei a prova, tentando racionalizar um motivo para descartá-la. Como meu pai podia ter uma irmã que eu nunca conhecera? Será que também a abandonara?

— Se Faith Waters é a quinta integrante da Legião, talvez saiba como deter Andras — disse Jared.

Mais do que ninguém, eu queria que aquilo fosse verdade. Os últimos minutos que tinha passado na cela de Darien Shears se repetiam em minha cabeça todos os dias. A história que contara sobre um integrante da Legião que pedira a ele para proteger a última peça do Engenho. Sua expressão na Armadilha do Diabo, implorando-me para não montar o Engenho. Eu ainda conseguia ouvir sua voz.

O Engenho não destrói Andras. Ele o liberta.

Aquela decisão mudaria tudo: destruir um demônio, ganhar minha marca e salvar o mundo... ou soltar um demônio e sua ira.

Quem dera eu tivesse feito a escolha certa.

— Tem mais uma coisa — continuou Jared. — Enquanto Lukas estava hackeando os servidores dos internatos à sua procura, Sacerdote e Alara passaram dias lendo os diários. Nenhum de nós tinha lido tudo, com exceção de Sacerdote. Meu pai e meu tio nunca os perdiam de vista. Então nossos familiares morreram e, de repente, nós quatro *viramos* a Legião. Ficamos tão concentrados em encontrar Andras para destruí-lo antes que ele passasse para este lado que ninguém sabia se os diários explicavam o que fazer se isso acontecesse.

— Explicam? — Eu não queria me permitir ter esperança.

— Ainda estamos procurando. — Jared respirou fundo. — Mas descobrimos o que Andras quer, agora que está aqui.

— O quê? — Preparei-me para a resposta.

Jared mudou de posição, nervoso, fazendo as folhas farfalharem sob as botas.

— Você se lembra da entrada original do diário de Lukas? Aquela em que Markus escreveu que Andras queria abrir os portões do inferno? Ele estava falando literalmente.

Pensei em alguns dos espíritos vingativos que tínhamos encontrado e na violência de que eram capazes. Na garota de vestido amarelo e em Millicent Avery no fundo do poço; nos prisioneiros eletrocutados e em Darien Shears; e no dybbuk vestindo a pele do mágico. Eu não imaginava o que podia estar esperando no inferno.

— Vocês precisam encontrar Faith Waters. — Empurrei os documentos novamente para as mãos de Jared, que tentou me tocar, mas recuei. — Vou ficar aqui.

— Espere... — Ele me encarou com uma expressão vazia. Por um instante, ficou em silêncio.

Por favor, não me faça repetir.

O medo cintilou em seus olhos, e ele se atrapalhou com os papéis, tentando recolocá-los no bolso. Jared passou uma das mãos pelo cabelo molhado.

— Kennedy, por favor. Não me peça para deixar você de novo. Não posso fazer isso. — Ele deu um passo em minha direção, eliminando a curta distância que eu criara entre nós, e apoiou a testa em meu ombro.

Eu queria abraçá-lo, mas isso só tornaria mais difícil me afastar.

— Já fiz besteiras demais. Se alguma coisa acontecesse com Alara, Sacerdote ou Lukas por minha causa... se alguma coisa acontecesse com você...

— Já aconteceu — sussurrou ele, pegando minha mão e deslizando-a por baixo da camisa térmica úmida, guiando-a sobre sua pele.

Meus dedos tocaram uma tira de fita.

Levantei a camisa e passei a mão por sua barriga até achar o curativo sobre o osso do quadril.

— Meu Deus.

— Eu estou bem. — Jared afastou minha mão.

— Então por que está com meio rolo de gaze preso na barriga?

— Podia ter sido muito pior. Estávamos abatendo uma aparição de corpo inteiro em um sótão. E uma das janelas tinha se quebrado. — Ele deu de ombros. — Eu estava distraído então não percebi. O espírito pegou um caco de vidro, e acabei me cortando.

A explicação não fazia sentido; em uma situação envolvendo uma entidade paranormal, a concentração de Jared beirava a obsessão.

— Você não pode se dar ao luxo de se distrair nesse tipo de situação. Onde estava com a droga da cabeça?

Ele virou de costas.

— Jared? — Segurei a manga dele, forçando-o a se voltar para mim. — Onde estava com a cabeça?

Por um instante, não respondeu.

— Em você — revelou ele enfim, baixinho. Os olhos subiram vagarosamente por meu pescoço até me encarar, e meu coração batia tão alto que tive a certeza de que ele também ouvia. Jared passou o dedo pela lateral do meu rosto, fazendo uma pausa no maxilar para colocar uma mecha molhada de cabelo atrás de minha orelha. — Não consigo explicar. Mas quando fico sem você não consigo parar de me perguntar onde está e se está bem. Andras continua em algum lugar por aí, e me pego imaginando o que vai acontecer se ele a encontrar.

Eu também.

Mas não podia admitir isso para Jared enquanto tentava convencê-lo a me deixar ali. Enquanto só conseguia pensar que seu toque me deixava tonta.

— Isso é loucura.

— Chame como quiser, mas não é algo que eu possa simplesmente desligar. — Ele enfiou os dedos nos passadores de cinto de minha calça jeans, puxando-me para perto. — Fico mais seguro *com* você que sem você. E você fica mais segura comigo. Sei que ouviu falar das garotas desaparecidas, Kennedy. Vamos ignorar o fato de que todas são a sua cara?

Engoli em seco.

— Por que eu? Nem faço parte da Legião.

— Não sei, mas não vou perder você de vista até descobrirmos.

A porta dos fundos do Anderson Hall se abriu com força, e um caminho de luz fluorescente atravessou a chuva.

Uma das monitoras do dormitório estreitou os olhos para a escuridão.

— Tem alguém aí?

Venha comigo, ele articulou as palavras em silêncio, puxando meu braço.

Por 19 dias, Jared estivera à margem de cada pensamento meu. Fazendo-me questionar se estava a salvo e temer que não estivesse. Aquele medo tinha me aterrorizado em um lugar que nem pesadelos conseguiam alcançar.

Imaginei um caco de vidro pontiagudo rasgando seu abdome e as mãos sujas de sangue tapando o ferimento.

Ele estava pensando em mim.
Os olhos azuis de Jared suplicavam em silêncio.
Mesmo sem fazer parte da Legião, eu precisava encontrar uma forma de mantê-lo em segurança.

⊰ • ⊱

Quando chegamos ao limite da floresta, ouvi vozes.

— Ninguém tocou em seu precioso cinto de caça-demônios, Buffy. — A voz de Elle flutuava pela chuva, irritada e inconfundível.

— Apenas mantenha as mãos inúteis longe de minhas coisas — disparou Alara.

Apertei a mão de Jared.

— Elle está com vocês?

Ele sorriu, e eu saí correndo por entre as árvores.

— Meninas, vamos passar mais tempo tentando não ser presos e menos tempo discutindo. — Sacerdote estava recostado ao banco da frente de um velho jipe Commander preto, esforçando-se para apaziguar os ânimos.

Lukas cruzara os braços sobre o volante, enfiando a cabeça na dobra do cotovelo, como uma criança que caiu no sono durante a aula.

— Elle — chamei.

Ela se virou, jogando o cabelo ruivo sobre o ombro.

— Kennedy? — Elle saiu do carro e me abraçou. — Você está bem. Achei que estava passando por tratamento de choque ou coisa parecida lá dentro.

— Não era assim. — Retribuí ao abraço sufocante.

Elle estava exatamente igual. Do jeans skinny e jaqueta vintage de oncinha que só ficava legal nela ao cabelo ruivo e ao sorriso maravilhoso que deixavam os garotos loucos, tudo nela era desenfreado e inédito. Duas qualidades que eu sempre invejara. Agora a ideia de ter qualquer uma das duas parecia perigosa.

— Bem, você está horrível. — Alara apoiou uma das mãos no quadril e o cotovelo no ombro de Sacerdote. O capuz da pesada jaqueta de couro cobria os rebeldes cachos castanhos. Ela adicionara um brinco ao lado da argola de prata em sua sobrancelha, e sem dúvida também havia feito esse furo sozinha. Seu cinto de ferramentas de couro, abastecido com uma garrafa plástica de refrigerante cheia de água benta e um medidor de campo eletromagnético, além de outras coisas, pendia baixo no quadril de uma autêntica calça cargo do exército. O delineador preto, que em geral formava uma ponta, criando um olho de gato perfeito, estava borrado. Fora isso, Alara continuava sendo a garota mais bonita e durona que eu já conhecera.

— Obrigada. — O canto de minha boca se curvou para cima.

— Que simpática. — Elle lançou a Alara um olhar que teria feito a maioria das meninas se esconder. — Estava praticamente internada. Vamos ter um pouco de sensibilidade...

Alara e Sacerdote passaram por cima de Elle. Ambos penduraram um braço em meu pescoço e me abraçaram.

— As coisas não foram as mesmas sem você. — Sacerdote afastou a franja loura dos olhos. Os fones de ouvido, sua marca registrada, estavam pendurados ao redor do pescoço, sob o capuz laranja. — Alara ficou deprimida, e Jared destruiu nosso quarto de hotel.

Jared enfiou as mãos nos bolsos, mas em vez de olhar para o chão, manteve os olhos fixos em mim.

— Por que não saímos daqui antes que alguém perceba que Kennedy sumiu? — Lukas contornou a lateral do jipe com um meio sorriso, uma das poucas diferenças perceptíveis entre os gêmeos Lockhart. Além do sorriso de Lukas, de sua jaqueta preta de náilon estilo aviador e da cicatriz acima do olho de Jared, os dois irmãos eram o reflexo um do outro.

Ele me deu um abraço constrangido.

— Que bom ver você.

— Então, onde conseguiu esse negócio? — perguntei, sentando-me no banco de trás ao lado de Jared.

— No depósito de carros — brincou Sacerdote.

Alara lhe deu um soco no braço.

— Com um amigo.

Lukas ligou o jipe e saiu do acostamento.

— Alara não quer nos contar. Acho que o pegou emprestado com a máfia.

— Ou com um ex-namorado — comentou Elle.

Alara fechou a cara para ela.

— Cale a boca ou vou ligar para sua mãe e contar onde você realmente está.

— Onde ela acha que você está? — Mentir para a mãe de Elle não era fácil. Requeria uma execução impecável, e em geral eu estava por perto para ajudar a cobrir os rastros.

Elle me lançou um sorriso presunçoso.

— Fazendo um respeitado workshop de teatro no Miami Center for the Performing Arts.

— Ela acreditou nisso? — A probabilidade de a mãe de Elle a deixar viajar para outro estado sem verificar os detalhes era menor que zero.

— Depois que conversou com o diretor — respondeu a garota.

— Como conseguiu isso?

— Alara ajudou — falou Elle, como se isso explicasse tudo.

Alara cruzou os braços.

— Só porque você nos chantageou. Ela se recusou a nos ajudar a encontrá-la a menos que pudesse vir junto. Se eu soubesse que era tão irritante, teria a deixado em Washington.

Elle fez um biquinho, mas eu estava impressionada. Sempre fora esperta, porém em geral limitava seus talentos a torturar meninos que gostavam dela. Aquele era um nível completamente novo.

— Conte tudo. Quero detalhes.

Alara lançou um olhar intimidante a Elle.

— Meu primo Thaddeus é o diretor. O centro é uma das fundações de minha família.

— Você resolveu as coisas com seus pais? — Eu sabia o quanto Alara ficara magoada quando pediram para ela abandonar a Legião e voltar para casa.

— Não exatamente. Thaddeus e Maya têm me ajudado. Thad lidou com a mãe de Elle, e Maya tem mandado dinheiro. — Alara fingiu inspecionar seu esmalte prateado ao tocar no nome de Maya, a irmã mais nova que poupara ao se juntar à Legião em seu lugar. — Ela ainda se sente culpada por eu ter de ficar com minha avó. E Thad e eu sempre fomos muito próximos.

— Você parece estar com frio — disse Jared, mudando de assunto e esfregando as mãos sobre meus braços para me esquentar. — Ligue o aquecedor, Luke.

Lukas girou um botão no painel, e a letra da música preferida de Jared, "Cry Little Sister", berrou nos alto-falantes.

Lukas e Sacerdote gemeram.

Alara cobriu os ouvidos.

— Façam isso parar.

— Mude a estação. — Elle torceu o nariz.

Eu não consegui evitar um sorriso.

— Não é o rádio — retrucou Lukas.

— Alguém pagou por... seja lá o que for isso? — perguntou ela.

— É a música preferida de Jared — explicou Alara. — Da trilha sonora de *Os garotos perdidos*.

Elle parecia confusa.

— Os garotos o quê?

— Vocês são hilários. — Jared tentou passar o braço por cima do banco para desligar o som.

Lukas afastou sua mão com um tapa.

— Qual é? Só uma vez, pela Elle.

Sacerdote, Lukas, Alara e eu nos juntamos ao refrão.

Jared nos ignorou e abriu uma mochila no porta-malas, entregando-me uma camisa extra.

— Aqui. Já que meu irmão não sabe ligar o aquecedor.

— Pare de choramingar de uma vez. — Lukas desligou a música com o meio sorriso ainda grudado no rosto, depois ligou o aquecedor.

Jared tirou a camisa térmica molhada e vestiu uma seca. Tentei ignorar o efeito que a pele exposta tinha sobre mim.

Gato, Elle articulou a palavra em silêncio, sorrindo.

Enfiei a camisa extra que Jared me dera sobre a cabeça. Em segundos, havia livrado os braços do suéter molhado e o tirado por uma das mangas.

Jared me observou jogar o suéter sobre o banco.

— Nunca vou entender como as meninas fazem isso.

— É uma habilidade inata, como revirar os olhos — disse Sacerdote.

Apoiei a cabeça contra o ombro de Jared, exausta.

— Afinal, para onde estamos indo?

Lukas me olhou pelo retrovisor.

— Quero nos afastar da escola. Depois podemos achar uma parada de caminhões e comer.

Elle esticou as pernas entre os bancos, apoiando-as no console central.

— Promete?

— Acha que devíamos ir para West Virginia? — Sacerdote colocou os fones de ouvido. — A prisão não fica muito longe.

Eu me contraí.

— Por que querem voltar lá? — A ideia de me aproximar da penitenciária estatal de West Virginia fazia minha pele formigar.

Sacerdote se voltou para Jared.

— Não contou a ela?

— Contou o quê?

Jared mordeu o lábio.

— Depois que nós quatro nos encontramos do outro lado da fronteira do estado, voltamos à prisão para procurar o Engenho. — Ele fez uma longa pausa.

— Tinha sumido.

5. NÚMERO 16

— Ainda precisamos do Engenho? — Tentei parecer curiosa, porém pensar naquilo só me trazia lembranças ruins.

Lukas me olhou pelo retrovisor outra vez.

— Não. O Engenho serviu a seu propósito. Mas chegamos à conclusão de que seria melhor ficar conosco.

— Só por precaução — reforçou Sacerdote.

—˙Precaução contra o quê? — Meus ombros ficaram tensos, e Jared me puxou para perto, encaixando-me perfeitamente sob o braço. — Encontraram alguma coisa nova nos diários?

— Sacerdote, qual é seu problema? — Lukas lançou um olhar de advertência. — Ela passou semanas trancada naquele lugar.

— Desculpe. — Sacerdote franziu a testa e enfiou a franja sob o capuz laranja. — Mesmo que seja inútil, deve ter sido projetado por um membro da Legião. Não aguento pensar que daqui a alguns meses um moleque vai achá-lo nas ruínas.

— Ele só quer desmontá-lo e ver como funciona — comentou Alara da terceira fileira de bancos, onde estava esticada.

— É um aparato sensacional de engenharia mecânica — declarou Sacerdote. — Claro que quero desmontá-lo.

Acomodei-me sob o braço de Jared, aliviada. Sacerdote só estava sendo Sacerdote.

— Então, o que vocês têm feito desde... — Eu não queria falar da noite na penitenciária. — Desde que nos separamos?

Jared apertou meu ombro.

— Procurado você.

— Não sei o que estavam fazendo antes de eu começar a ajudá-los — disse Elle, gesticulando freneticamente. — Mas temos feito várias coisas nos últimos quatro dias. Procuramos certidões de nascimento, listamos todas as cidades com climas loucos, criamos tabelas de rastros de demônios.

— Ela quer dizer padrões — corrigiu Lukas.

— Exato — assentiu Elle, continuando. — E Alara mentiu para um padre. Contou uma história triste qualquer de um cachorro doente que precisava ser curado com água benta para convencê-lo a abençoar um balde de água da bica para nós.

— Se encontrarmos outro espírito vingativo, vão me agradecer — defendeu-se Alara.

— De quantos espíritos vingativos estamos falando? — Eu me virei para Jared sem perceber quão perto seu rosto estava do meu.

Os olhos azuis relancearam para meus lábios por um segundo.

— Só alguns antes de encontrarmos com Elle. Nada do nível de Andras.

Como o espelho em meu quarto no dormitório?

Eu ainda não podia contar a eles. Jared já tinha sido apunhalado com um caco de vidro porque estava preocupado comigo em vez de se concentrar em si mesmo. Se descobrisse sobre o espelho, ficaria ainda mais distraído.

— Tenho rastreado crimes e violência que podem estar relacionados a Andras — afirmou Lukas. — Todos os assassinatos em massa aconteceram entre...

— West Virginia e Pensilvânia. — Terminei a frase por ele. Visualizei as paredes de meu quarto, desejando poder mostrá-las a ele. — Eu também estava procurando padrões. Se comprarmos um mapa no posto de gasolina, posso recriar alguns.

Lukas me lançou um olhar estranho.

— Ok.

Sacerdote balançou a cabeça para mim.

— Imagine o que eu poderia construir com uma memória como a sua.

Lukas o ignorou, encontrando meus olhos no espelho.

— Também foi naquela área que todas as meninas desapareceram.

Ao ouvir sobre as garotas desaparecidas, desviei o olhar.

— Sabe, todas meio que se parecem... — começou Sacerdote.

— Eu sei — interrompi.

— Não precisamos falar disso agora. — Alara se inclinou sobre o banco e silenciou Sacerdote com um olhar. — Há uma parada de caminhões antes da próxima cidade. — Ela apontou para uma placa.

— Graças a Deus — disse Elle, desgrenhando os cachos vermelho-escuros com os dedos. — Estou precisando muito de uma dose de cafeína.

⚔ • ⚔

— Onde está Faith Waters agora? — perguntei, mexendo uma xícara de café queimado. Eu ainda não estava pronta para chamá-la de tia.

Lukas enfiou um punhado de anéis de cebola fritos na boca, ajudando-os a descer com seu segundo milk-shake de morango. A parada de caminhões estava quase vazia, e a garçonete parecia aliviada sempre que ele pedia mais alguma coisa.

Ele deu de ombros.

— Não sabemos. Ela não tem conta no banco, cartões de crédito ou carteira de motorista. Nenhum rastro virtual.

Sacerdote afastou um dos fones da orelha.

— O que significa que deve ser quem estamos procurando.

— Então como vamos encontrá-la? — perguntei.

Todo mundo, com exceção de Elle, que estava ocupada flertando com um cara sentado no balcão, olhou para mim como se eu já soubesse a resposta.

Lukas jogou um guardanapo amassado em Elle.

— Acha que pode se concentrar no que está acontecendo aqui?

— Consigo fazer duas coisas ao mesmo tempo, pode deixar — murmurou ela em voz baixa, sem deixar de sorrir nem por um segundo.

Lukas tirou sua moeda prateada do bolso e a girou entre os dedos.

— Se quisermos encontrar sua tia, seu pai é o ponto de partida lógico.

À menção dele, Elle se virou de repente para mim. Era a única pessoa que sabia a verdade sobre o que acontecera no dia de sua partida, como ele me vira observá-lo pela janela da cozinha e fora mesmo assim. Eu nunca contara à minha mãe.

O bilhete deixado por meu pai dizia o bastante: *Tudo o que sempre quis para nós — e para Kennedy — foi uma vida normal. Acho que ambos sabemos que isso é impossível.*

Belisquei as batatas fritas do prato.

— Não sei nada a seu respeito. Ele foi embora quando eu era pequena.

— Tudo bem. Do que se lembra de antes de seu pai partir? — perguntou Lukas.

— Ela disse que não sabe nada sobre ele. — Elle lançou um olhar de advertência a Lukas.

Ele a ignorou.

— Qual é, Kennedy? Você tem uma memória fotográfica. Deve haver alguma coisa.

Elle bateu seu copo na mesa.

— Ela foi abandonada pelo pai quando tinha 5 anos. Ele nunca sequer mandou um cartão de aniversário. É um idiota. É *disso* que ela se lembra.

Um calor se espalhou por minhas bochechas.

— Cale a boca, Elle.

A mão de Jared apertou a minha sob a mesa. Encarei a chuva que descia pelas janelas. Tudo para evitar a pena e as perguntas que seriam inevitáveis em seus olhos.

— Desculpe. — O tom de Lukas foi compreensivo e constrangido, como o de meus amigos quando descobriram que minha mãe estava morta.

Então a vergonha se transformou em raiva. Eu não encontrava meu pai havia 12 anos. Ele nem sequer aparecera para se responsabilizar por mim depois da morte de minha mãe. Mesmo assim, tinha o poder de me magoar.

— Quer saber quais lembranças tenho de meu pai?

— Kennedy, não precisa... — começou Jared.

Ergui uma das mãos, silenciando-o.

— Meu pai cheirava a Marlboro e pasta de dentes de hortelã. Mais hortelã ou mais Marlboro, dependendo do quão bem tinha disfarçado o cheiro de cigarro. Ele gostava de bacon crocante e café puro. Não se barbeava todos os dias, então ou o rosto estava perfeitamente liso ou coberto de uma barba por fazer, e tinha os olhos mais verdes que já vi. Seu chocolate preferido era o 100 Grand, que ele me deixava comer antes do jantar, embora isso enfurecesse minha mãe. Ele amava Johnnie Walker, Pink Floyd e Edgar Allan Poe. Odiava musicais, camisas com colarinho e mágicos.

Eu me levantei.

— E disse que me amava mais do que a Lua, as estrelas e tudo que existia entre elas. Mas estava mentindo.

Ninguém falou nada quando me dirigi às portas sujas de vidro na frente do restaurante.

— Kennedy? — Jared me chamou.

— Dê um minuto a ela. — Ouvi Elle dizer conforme as portas se fechavam.

Eu me apoiei contra a parede sob o toldo, ao lado de caminhoneiros que tentavam dar um último trago no cigarro antes de entrar.

A jaqueta verde do exército apareceu em minha visão periférica. Jared pegou minha mão e a puxou para trás de si, aproximando-me dele.

— Quando me contou sobre seu pai, não percebi que era tão grave. Por que não disse nada?

Porque ainda consigo vê-lo entrando no carro, o bilhete e o rosto molhado de lágrimas de minha mãe. Porque não queria que você soubesse que meu próprio pai não me quis. Porque não queria que me olhasse como está olhando agora.

— Não há nada a dizer. Ele foi embora. Não importa. — Fiz menção de me virar, mas Jared manteve meu braço preso atrás de si e meu corpo contra o dele.

Então perguntou ao levantar meu queixo:

— É por isso que acha que todo mundo vai magoar você?

O familiar torpor que eu sentia sempre que pensava em meu pai por tempo demais se espalhou pelo corpo.

— Jared, não... não consigo falar sobre isso. Por favor.

— Tudo bem.

Ficamos lado a lado em silêncio, observando os caminhões chegarem e partirem do estacionamento. Eu não queria falar de meu pai nem reviver a dor que parecia infinita. No entanto, minhas lembranças eram as únicas pistas possíveis que ainda tínhamos, e, se Andras era o responsável pelos crimes nas paredes do quarto no dormitório, ele matara dezenas de pessoas.

Minutos depois, quando voltei à mesa, eu estava pronta.

— O que mais precisam saber?

Alara virou o açucareiro de cabeça para baixo, despejando o que pareceu ser metade do conteúdo na xícara de café.

— Não precisa falar sobre isso, Kennedy. Podemos dar outro jeito de encontrar Faith.

— Não temos tempo. — Ergui os ombros e respirei fundo. — Perguntem o que quiserem.

Sacerdote brincava com os fones de ouvido.

— Seu pai falava da infância dele?

— Não muito. Sei que cresceu em Washington, mas meus avós morreram antes de eu nascer.

Sacerdote e Alara se entreolharam.

— Mais alguma coisa? Como um lugar especial aonde iam juntos? — indagou Lukas.

Quase disse não, mas uma imagem surgiu em minha mente. A foto que encontrara enfiada no espelho enquanto encaixotava as coisas da casa, depois da morte de minha mãe. Eu, sentada nos ombros de meu pai, diante de uma velha casa cinza.

— Havia uma foto nossa...

Fechei os olhos e me concentrei nos detalhes, coisas às quais nunca tinha prestado atenção antes, esquadrinhando-as uma a uma.

Uma calha quebrada na lateral da casa.
Um gramado meio aparado atrás de nós.
Meu dente da frente faltando.
Flores cor-de-rosa em um corniso.
A aliança de prata de meu pai.
O buraco do tamanho de uma moeda no joelho de minha calça jeans.
Keds azuis desamarrados.
Um adesivo verde em minha camiseta da Mulher-Maravilha.

Concentrei-me no adesivo. Letras embaçadas contornavam a parte externa, mas as palavras brancas no centro diziam EU VISITEI A MAIOR TAMPA DE GARRAFA DO MUNDO.

— Tenho uma foto antiga com meu pai em frente a uma casa. Não sei onde foi tirada, mas minha camisa está com um daqueles adesivos que ganhamos durante visitas a museus ou monumentos toscos.

— Você se lembra de ir a algum lugar assim com ele? — questionou Sacerdote.

— Não. Mas o adesivo diz "Eu visitei a maior tampa de garrafa do mundo".

— É melhor que nada. Quem topa pegar a estrada? — perguntou Lukas no momento em que Alara tomou um gole do café açucarado. Ela engoliu rápido demais e acabou tendo um acesso de tosse. Elle tentou bater nas costas da amiga, mas Alara afastou sua mão com um tapa.

Os dedos de Lukas voavam sobre a tela do telefone.

— A maior tampa de garrafa do mundo fica em Massachusetts, no Museu de Taxidermia Revolucionária e dos Patriotas de Topsfield.

Elle torceu o nariz.

— Que nojo.

— O museu tem uma tampa de garrafa gigante. O que esperava? — Sacerdote roubou uma de minhas batatas fritas.

— Dê graças a Deus por não terem empalhado os patriotas.

— Seus avós moravam em Massachusetts, não é? — perguntou Lukas.

Eu assenti.

— Boston.

— É uma conexão. — Ele parecia esperançoso.

Alara cruzou os braços.

— Está mesmo sugerindo que a gente vá para Massachusetts por causa de um adesivo? Para procurar o quê, exatamente?

— Concordo com Alara — falei. — É um tiro no escuro.

Sacerdote tirou os fones de ouvido e os enganchou ao redor do pescoço.

— Meu avô me arrastava para vários lugares esquisitos que ele amava quando eu era criança. Talvez o pai de Kennedy a tenha levado lá por algum motivo.

— Tipo, para ver a maior tampa de garrafa do mundo? — questionou Alara.

Lukas guardou sua moeda no bolso.

— O Engenho sumiu. Andras está orquestrando uma onda de assassinatos, e não sabemos nem onde encontrá-lo.

Então, a não ser que vocês saibam algo que o resto de nós não sabe, estamos no beco mais sem saída que já existiu.

— Vou pagar a conta — Alara se levantou da mesa.

Lukas assentiu para Sacerdote, e eles a seguiram, provavelmente unindo-se em um esforço conjunto para convencê-la da viagem. Do contrário, estaríamos condenados a dez horas presos em um carro, sendo vítimas do sarcasmo dela.

Dez horas no carro.

— Elle, trouxe alguma roupa extra? — perguntei.

— Tenho uma calça jeans e algumas outras coisas na bolsa. — Ela ergueu uma gigantesca sacola de couro envernizado. — Está totalmente abastecida. Gel de limpeza facial, hidratante, escovas de dente descartáveis. — Elle fez uma pausa quando peguei a sacola. — Maquiagem.

Sem dúvida uma dica.

— Trouxe o vestido de formatura para usar com tudo isso? — implicou Jared.

Elle colocou a mão no quadril, e suprimi um sorriso ao levar a bolsa para o banheiro.

Enquanto a porta se fechava atrás de mim, eu a ouvi dizer:

— Obviamente, você nunca leu *Dez regras para sobreviver a um apocalipse zumbi*. Regra número um...

⚔ • ⚔

Quando saí, alguns minutos depois, Elle conversava em voz baixa com alguém. Parei no corredor estreito que levava de volta ao restaurante a fim de escutar.

— Ela o *viu* ir embora.

— Não estou entendendo — disse Jared.

— Ela literalmente ficou olhando — explicou ela.

— Isso é sério?

— Eu não deveria estar contando nada disso. — Elle parecia nervosa. — Kennedy me mataria.

É verdade, Elle. Então pare de falar.

Ela sempre queria o melhor para mim, mas aquela não era a primeira vez que falava demais na tentativa de me proteger, algo que eu deveria ter considerado antes de deixá-los sozinhos. Prendi o fôlego, rezando para que a conversa tivesse terminado.

— É por isso que ela não deixa ninguém se aproximar demais — comentou Jared.

Porque sou complicada e problemática, e é impossível me consertar.

— Quando Kennedy sente medo, ela afasta as pessoas — explicou Elle. — É o jeito dela. Mas você não pode deixar...

Jared a interrompeu.

— Eu fiz tudo errado.

Elle ficou em silêncio por um instante.

— Então acho bom começar a consertar as coisas.

Você precisa acabar com essa conversa rápido.

Abri a porta do banheiro e a bati, como se tivesse acabado de sair. Eles pararam de falar na hora.

Graças a Deus.

Quando saí, Jared e Elle tinham voltado para a frente do restaurante.

Estavam olhando para uma TV barata presa à parede enquanto a garçonete tentava fechar uma conta.

— Ande logo, Henry, meu turno terminou às 13 horas. Preciso ir para casa.

O caminhoneiro apontou para a TV.

— Espere um minuto.

A repórter estava em uma garagem comercial. Luzes vermelhas e azuis piscavam atrás dela. Eu não conseguia ouvir o que ela dizia, mas depois que a foto da menina preencheu a tela, não precisei.

O caminhoneiro jogou uma nota de 10 dólares no balcão, balançando a cabeça.

— Mais uma dessas garotas desaparecidas.

O nome estava escrito sob a foto: *Hailey Edwards*.

Número 16.

6. PATRIOTAS MORTOS

— O museu está fechado. — Elle protegeu o rosto com as mãos para olhar pela janela.
Sacerdote tirou um pedaço retorcido de arame do bolso.
— Prefiro pensar que está temporariamente inacessível.
Alara esfregou as mãos enluvadas sobre os braços e se encostou à lateral da casa.
— Andem logo. Estou congelando.
Durante a viagem de dez horas até Massachusetts, a chuva se transformara em neve. Eu não sabia em que momento as baixas temperaturas da Nova Inglaterra tinham vencido, porque, após 19 dias, a exaustão enfim varrera meus pesadelos.
— Acha que alguém vai aparecer? — Alara olhou a estrada de terra vazia.
No final das contas, o museu era uma casa caramelo de três andares, em estilo Tudor, que ficava no final de uma estrada sem nome. Depois de sair da rodovia, não tínhamos visto um único carro.
— Duvido. — Lukas apontou para a placa de latão ao lado da porta.

MUSEU DE TAXIDERMIA REVOLUCIONÁRIA
E DOS PATRIOTAS DE TOPSFIELD
HORÁRIOS: 11H ÀS 16H
TERÇAS, QUINTAS
E O PRIMEIRO SÁBADO DE CADA MÊS
"LAR DA MAIOR TAMPA DE GARRAFA DO MUNDO"

— Que tipo de museu só abre duas vezes por semana? — perguntou Alara.

Lukas bateu na janela da frente.

— Um cheio de taxidermia revolucionária.

Sacerdote girou o arame e uma pequena chave de fenda dentro da fechadura. Elle não desgrudava dele, o que parecia atrasá-lo.

— Depois que destruirmos o demônio e salvarmos o mundo, vou precisar de um tutorial — avisou Elle. — Nunca consigo abrir meu armário da escola.

— Estamos dentro. — Sacerdote abriu a porta e chamou Alara, que estava no canto da varanda. — Alara, venha.

Ela ergueu um dedo, com o telefone contra a orelha.

Elle segurou o cotovelo de minha jaqueta.

— Vamos. Ela está no celular de novo.

— Com quem está falando? — Eu jamais vira Alara ligar para ninguém além dos pais.

— Não sei. Mas está sempre ligando para alguém.

O interior do museu parecia o cruzamento entre a sala de estar abarrotada de uma mulher de 80 anos e uma exposição de um museu de história natural. Invólucros de vidro cheios de memorabilia da Guerra Revolucionária se amontoavam entre cristaleiras antigas que guardavam de tudo, desde relógios de bolso e dedais a uma calçadeira e uma manteigueira.

Pelo visto, a coleção de taxidermia era a única coisa que não fora protegida por vidro. Um gamo vestido de noiva empinava-se sobre as patas traseiras atrás de uma casa de bonecas vitoriana. Dentro dos quartos em miniatura, esquilos colocados em posições clássicas de esgrima empunhavam minúsculas espadas.

Elle se afastou de um esquilo que montava uma cascavel selada ao estilo rodeio.

— Isso é errado em vários níveis.

Sacerdote cutucou a coisa.

— Algumas pessoas têm tempo livre demais.

Alara veio da frente do museu, desviando de dois ratos brancos com chifres de unicórnio e de um castor usando uma coroa dourada.

— Falando com sua irmã de novo? — questionou Jared.

— Quando minhas ligações passarem a ser de sua conta, eu aviso — retrucou Alara.

— Então, onde está essa tampa de garrafa gigante? — perguntou Elle em uma de suas tentativas não muito sutis de mudar de assunto.

— Aqui — gritou Lukas da sala ao lado.

Quatro cabos prendiam a tampa de garrafa ao teto.

Elle suspirou, indiferente.

— Esperava que fosse maior.

Lukas bateu no metal vermelho.

— É tão grande quanto um pneu de monster truck. De que tamanho achou que seria?

Elle vasculhou a bolsa, tirando uma câmera de plástico de dentro.

Alara ia começar a dizer alguma coisa quando Elle agitou a câmera no ar.

— É descartável. Não preciso ouvir de novo o discurso "só use o celular se for ligar para sua mãe". — Ela me entregou a máquina e parou diante da tampa de garrafa. — Tire uma foto minha. E quero um daqueles adesivos que dizem "Eu visitei a maior tampa de garrafa do mundo".

Bati a foto antes que a Terceira Guerra Mundial estourasse entre elas.

Sacerdote olhava um dos mostruários encostados à parede.

— Também pode tirar uma foto com o cadarço de John Hancock se quiser.

Alguém grudara um bilhete plastificado ao vidro.

Artefatos históricos generosamente doados pelos residentes de Topsfield, Massachusetts, e suas famílias.

Segundo os rótulos, os mostruários continham os bens de patriotas da Guerra Revolucionária: uma coleção de mosquetes e baionetas, bandeiras esfarrapadas, pratos quebrados, uma Bíblia e uma perna de madeira. Os destaques da exposição eram o cadarço de John Hancock, uma moeda antiga de meio-pêni que supostamente pertencera a Joseph Warren e uma página da Bíblia de Paul Revere.

Sacerdote apontou para os itens aleatórios.

— Esses três caras eram maçons e membros dos Filhos da Liberdade. A assinatura de John Hancock apareceu em registros de lojas maçônicas muito antes de ele assinar a Declaração de Independência. Meu avô dizia que Paul Revere também era membro dos Illuminati.

Alara o olhou ao ouvir *Illuminati*.

— É piada, não é?

Ele deu de ombros.

— Até onde sei, a pesquisa de meu avô sempre foi cuidadosa.

— Calma aí — interrompeu Elle. — Alguém pode explicar a diferença entre maçons e Illuminati para a garota normal da turma?

Alara fez uma cara de tédio.

— Em 1776, os Illuminati surgiram em... — começou Sacerdote.

Elle ergueu a mão para cortá-lo.

— Só quero o resumo.

— Meu avô dizia que o diabo está nos detalhes. Assim como a verdade. — Sacerdote deu um sorriso tímido. — Mas vou fazer o melhor que puder. Tanto os maçons quanto os Illuminati são sociedades secretas com séculos de existência, mas têm objetivos diferentes. Os Illuminati queriam derrubar os governos e igrejas existentes para criar uma nova ordem mundial.

— Então os Illuminati são os vilões? — perguntou Elle.

— Sem dúvida — respondeu Lukas. — E a função da Legião da Pomba Negra era detê-los.

— E quanto aos maçons? Bons ou maus?

Lukas sorriu para ela.

— Foi um grupo formado por pedreiros na Idade Média para proteger os segredos da profissão e passar adiante suas habilidades. Então os maçons eram os mocinhos.

— Por que Paul Revere seria membro dos dois? — Eu tinha dificuldade de entender como o patriota que fizera a Cavalgada à Meia-Noite para alertar os soldados americanos de que os ingleses estavam chegando também era membro dos Illuminati.

— Os Illuminati eram um grupo muito menor que os maçons e precisavam de um lugar para se esconder da Igreja Católica, assim como da Legião — explicou Sacerdote. — Então se infiltraram em lojas maçônicas e estão escondidos até hoje.

— Está dizendo que ainda existem? — Eu imaginava que os Illuminati eram um bando de figuras barbudas estilo Leonardo da Vinci e já tinham morrido havia muito tempo, como os Cavaleiros da Távola Redonda.

— Meu avô teve uma briga com dois deles quando era aluno de Yale — disse Sacerdote. — Uma noite, enquanto estudava na biblioteca Beinecke, onde ficam guardados todos os livros raros, ele pegou dois caras arrombando um dos mostruários. Tentou impedir e tomou uma surra feia.

— Como soube que eram Illuminati? — perguntei.

Sacerdote ergueu o dedo anelar.

— Pelos anéis. Não as porcarias vendidas na internet, cheias de pirâmides e pentagramas. Aqueles tinham o desenho original. O Olho da Providência cercado pelos Raios da Iluminação. Somando aqueles anéis ao que eles estavam roubando, ficou óbvio. Pelo menos para um membro da Legião.

— O que roubavam? — O tom de Lukas endureceu.

— O *Grimorium Verum*.

— Um dos grimórios mais antigos e perigosos da história. — Alara estremeceu. — É um livro de magia negra que trata especificamente de métodos para subjugar o poder dos demônios.

— Por que queriam isso? — questionou Elle.

Alara balançou a cabeça.

— Não faço ideia. Só sei que minha avó não confiava nos Illuminati e os chamava de "demônios entre os homens".

Elle foi até o último mostruário, rotulado *Patriotas Modernos*.

— Os Illuminati parecem ser totalmente um assunto da Legião. Vou continuar com John Hancock e os patriotas. — Ela olhou para dentro da vitrine. — Não acredito que essas porcarias são de verdade. Aquele cadarço poderia ter pertencido a qualquer um.

Jared passou o braço carinhosamente em torno de minha cintura, indicando o mostruário diante de nós.

— Esse com certeza é falso. — Atrás do vidro, um poema emoldurado atribuído a Edgar Allan Poe pendia em destaque no centro. — Tenho quase certeza de que Poe não usava caneta esferográfica.

Tínhamos estudado o poema na aula de inglês no ano anterior, e minha memória eidética exibiu imagens mentais do texto. Ao esquadrinhar o poema real por trás do vidro, minha mente tropeçou nas últimas palavras.

"Sozinho"
Edgar Allan Poe
ca. 1829

Desde a infância não fui
Como os outros eram — Não vi
Como os outros viam — Não obtive
Minhas paixões da fonte comum —
Da mesma origem não extraí
Minha tristeza — Não consegui despertar
Meu coração para a alegria ao mesmo tom
E tudo o que amei — Amei sozinho —
Então — em minha infância — no alvorecer
De uma vida tão tempestuosa — extraiu-se
Das profundezas do bem e do mal
O mistério que ainda me domina —

Da torrente, ou da fonte —
Do penhasco vermelho da montanha —
Do sol que girava ao meu redor —
Em seu tom dourado outonal —
Do raio no céu
Que chispava por mim —
Do trovão, e da tormenta —
E da nuvem que tomava a forma
(Embora o resto do Céu estivesse azul)
De um anjo diante de meus olhos —

— O último verso está errado. Deveria ser "De um demônio diante de meus olhos".

Jared olhou para o irmão.

— Acha que é um código?

— Preciso de um papel. — Lukas já estava rabiscando na própria mão.

Elle procurou em sua sacola, que mais parecia uma gaveta de tralhas, até encontrar um velho teste de história.

— Aqui.

Lukas virou o teste, segurando-o contra o mostruário. Ele copiou a último verso do poema e começou a riscar as letras sistematicamente. Nós o observamos escrever palavras aleatórias na lateral da página até ter exaurido as possibilidades.

— Não é uma substituição de letras.

Sacerdote analisou o poema.

— Tente desembaralhá-las.

Lukas tentou combinações diferentes enquanto o restante de nós dizia palavras com letras que nem sequer estavam no verso do poema.

— E se usar a versão certa, "de um demônio" em vez dessa? — perguntou Alara.

Fiquei diante do texto de novo. Dessa vez, visualizei as palavras como se fossem imagens em uma pintura, concentrando-me no feitio de cada letra, na forma do poema como um todo e no espaço negativo ao redor das palavras. Não havia nada gritante, mas a legenda acima da moldura chamou minha atenção: *Doado por Ramona Kennedy.*

Não pode ser coincidência.

Lukas amassou o papel e o jogou no chão.

— A pessoa que falsificou o poema devia ser idiota e escreveu errado.

Sacerdote olhou para o teto.

— Ou precisamos do Engenho para ler a mensagem. Deve estar sobre a lareira de algum bombeiro neste exato momento.

— Então estamos ferrados. — Jared bateu com a palma da mão contra o mostruário.

Eu não conseguia tirar os olhos da legenda.

— Meu pai escreveu essa cópia do poema ou pediu para alguém escrever por ele.

A caligrafia não era a mesma do bilhete que ele deixara para minha mãe 12 anos antes, mas obviamente o falsário copiara o estilo de Poe.

Jared entrelaçou seus dedos aos meus.

— Como sabe?

Apontei para a legenda.

— Eu odiava meu nome quando era criança. Sempre que reclamava disso, minha mãe dizia a mesma coisa: "Talvez eu devesse ter aceitado a primeira escolha de seu pai." Ele queria me chamar de Ramona em homenagem a sua banda preferida, os Ramones.

Minha mãe tomava café na mesa redonda lascada de nossa cozinha enquanto meu pai estava parado diante do fogão, com a camisa do Jane's Addiction, fazendo panquecas.

— *Ramona é um nome original, e os Ramones foram deuses do punk rock* — argumentou ele, mais alto que o chiado do bacon que fritava em outra panela.

Minha mãe amassou o guardanapo e o jogou nele, sorrindo.

— *Tem sorte por eu ter deixado você escolher o segundo nome de Kennedy.*

— *De sua lista. Rose era o segundo nome de sua avó.* — *Meu pai mastigou um pedaço de bacon e piscou para mim.* — *Eu teria escolhido Ramona Kennedy.*

Expulsei as vozes de minha cabeça quando Alara passou por mim. Ela voltou logo depois, trazendo um bode empalhado com rabo de sereia que ficava na frente do museu, então foi até o mostruário e baixou a manga para cobrir a mão.

— Afastem-se.

Elle tapou os ouvidos.

— E se alguém ouvir o vidro quebrar?

Alara virou os chifres do bode para o vidro.

— Como Lukas disse, este lugar está fechado. E fica no meio do nada.

Jared estendeu a mão para pegar o bodereia.

— Por que você não me deixa...

Alara impulsionou o bode pelo rabo de sereia e o soltou no momento em que os chifres atingiram o mostruário. Uma fenda se abriu no centro, começando no ponto onde o rabo ainda se projetava do vidro.

— Ótimo. — Jared balançou a cabeça para Alara. — Eu poderia estar cego agora.

— Só que não está. — Ela chutou o resto do vidro que havia sob os resquícios do bodereia. O poema caiu da parede, a moldura se espatifando no chão junto ao animal.

— Está meio agressiva hoje, não? — Lukas pegou a moldura quebrada e a entregou para mim, tentando impedir que se despedaçasse.

Sem o vidro para mantê-la no lugar, a página deslizou para fora. Havia outro pedaço de papel dobrado em três partes atrás do poema.

— O que é isso? — perguntou Elle, enquanto eu o desdobrava.

Tinta preta cobria a folha de papel branco vincada. Havia estradas serpenteando por entre árvores estilizadas, e casas desenhadas à mão que me faziam lembrar de uma caça ao tesouro do acampamento de verão.

— Um mapa.

7. CÍRCULO DE SAL

Reconheci a velha casa cinza no instante em que a vi. Era a mesma que aparecia ao fundo da foto que eu encontrara presa no espelho no dia que encaixotei as coisas de meu quarto com Elle, depois da morte de minha mãe. Os detalhes da imagem tinham se gravado em minha mente: meu pai me carregando nos ombros, o sorriso bobo de criança colado a meu rosto.

A casa de Faith ficava aninhada na floresta, após cerca de 1,5 km por uma estrada de cascalho sem nome, como a que levava ao museu. Tínhamos passado por algumas outras casas, mas nenhuma era tão enterrada na mata.

Lukas estacionou o jipe no acostamento.

De um lado, não havia nada além de um mar de árvores cobertas de neve, e, do outro, a floresta descia, desaparecendo sobre as bordas de escarpas irregulares.

Fiquei na beira de um amplo declive com Alara e Elle. Pinheiros altos escondiam o local. Sem um mapa, seria difícil, se não impossível, de encontrar.

— Já estive aqui — falei.

Elle suspirou.

— Por favor, diga que não fomos àquele museu nojento e cheio de bichos mortos para achar um mapa de que não precisávamos. Aquelas foram duas horas de minha vida que nunca vou recuperar.

Alara passou por ela com um empurrão.

— Aposto que já perdeu mais tempo fazendo coisas piores.

— Ai. — Elle esfregou o cotovelo. — Custa ser um pouco mais simpática?

— Sim. — Alara foi se juntar aos garotos, que estavam ocupados desenhando na neve rotas para a casa.

— Kennedy — sussurrou Elle. — Preciso fazer xixi.

Fiz um gesto que indicava nosso entorno.

— Escolha um lugar.

— Vigie para ninguém se aproximar. — Ela se afastou da beirada e saiu andando por entre as árvores que ficavam paralelas ao declive.

Ao olhar através dos galhos para a casa lá embaixo, perguntei-me como seria Faith Waters. Há quanto tempo morava ali? Tinha família? E a pergunta inevitável: meu pai também morava ali?

— Ei — chamou Elle, acenando do meio da vegetação. — Encontrei um círculo de colheita igual aos de *Alienígenas do passado*.

Sacerdote, Jared e Lukas trocaram olhares entretidos. Alara balançou a cabeça como se não conseguisse imaginar o que Elle inventaria em seguida.

Jared espanou a neve da calça jeans e veio até mim.

— Não existem colheitas aqui, Elle.

Ela colocou uma das mãos no quadril, lançando seu olhar de você-vai-levar-um-fora-depois-de-dois-encontros.

— Obrigada por esclarecer.

Lukas foi o primeiro a chegar até ela. Suas mãos estavam enfiadas nos bolsos, e ele a cutucou de brincadeira com o cotovelo.

— Venha. Vamos ver.

Lukas acompanhou Elle até uma pequena extensão de rocha, que formava um patamar sobre as árvores abaixo. Chegando à beirada, ele congelou.

— Tem alguma coisa lá embaixo? — perguntou Alara.

— Eu avisei. — Elle estava ao lado dele com um sorriso triunfante.

Quando os alcançamos, Lukas apontou para a casa. Ficava no centro do que parecia um círculo de colheita cinza-escuro. No entanto, em vez de vegetação amassada, o círculo era feito de outra coisa.

— Deem uma olhada.

Alara estreitou os olhos.

— O que é?

Lukas olhou para Jared e Sacerdote, que não haviam tirado os olhos da casa e do estranho anel que a cercava.

— Não sei.

⇥ • ⇤

Jared nos conduziu de volta pela estrada até chegarmos à base da colina. Teríamos de andar pelo restante do caminho. Alara caminhava com facilidade por entre as árvores, enquanto eu e os outros tínhamos de nos esforçar para acompanhá-la.

A casa ficava a apenas 800 metros da estrada, e a neve diminuíra um pouco.

— Alguém mais está ouvindo isso? — Alara parou de andar, então fechou os olhos, escutando. Um som delicado, quase musical, flutuava pela floresta.

— Acha que é o vento? — perguntei.

— Não. — Alara ziguezagueou entre as árvores, movendo-se mais rápido.

A cada passo, o barulho ficava mais alto.

— Parecem mensageiros do vento — disse Jared.

— Também acho — concordou Alara.

Mas antes que tivéssemos a chance de descobrir, pedaços de madeira cinzenta surgiram como peças de um quebra-cabeça espalhadas entre as árvores. Logo depois, a casa, assim como uma extensão curva de terreno, entrou em nosso campo de visão.

— Parece que alguém cavou o círculo na neve — falei.

— Ou o derreteu. — Alara parou à margem de um aglomerado de pinheiros. — É uma linha de sal.

Pedaços de sal grosso cintilavam dentro das paredes de neve do círculo.

Jared estava atrás de mim, segurando minha cintura.

— Já viu algo assim?

— Nada parecido. — Lukas balançou a cabeça e se voltou para o irmão, depois desviou os olhos quando notou os braços de Jared ao meu redor. Não parecia ciúme, mas uma reação por reflexo de alguém que estava desconfortável e só queria que a sensação desaparecesse.

Eu também queria que aquilo sumisse, que o constrangimento entre nós deixasse de existir.

Ficamos próximos à margem da floresta, contornando a frente da casa. Quando dobramos a quina, havia centenas de mensageiros do vento de metal alinhados na varanda, batendo uns contra os outros. Alguns eram feitos com cordões de tampas de garrafas, enquanto garfos e colheres pendiam de outros.

Jared cobriu os ouvidos.

— Ela está tentando atrair todos os espíritos em um raio de 30 quilômetros?

— Algumas culturas acreditam que mensageiros do vento assustam os espíritos em vez de atrai-los — esclareceu Alara.

Sacerdote vestiu o capuz de seu casaco acolchoado, agitando o medidor de campo eletromagnético.

— A área está limpa no que diz respeito à paranormalidade.

— Quando vou ganhar um caçador de fantasmas eletromagnificado? — indagou Elle, apontando para o aparelho de Sacerdote e assassinando o termo *medidor de campo eletromagnético* pela segunda vez naquele dia.

Alara se abaixou e pegou um punhado de sal grosso.

— Quando se lembrar do nome.

Ao chegarmos à linha de sal, aproximei-me de Elle.

— Cuidado para não romper a linha — sussurrei. Não queria que cometesse o mesmo erro que eu.

Sacerdote contornou os fundos da casa.

— Alguém que se esforça tanto para assustar espíritos tem de ser membro da Legião.

— Ou totalmente paranoico — retrucou Elle.

Sacerdote parou alguns metros a nossa frente.

— Acho que ambos.

Uma lápide erguia-se da neve, e, diante dela, o solo estava recém-revirado. Alguém abrira um túmulo em sua base.

Elle ofegou.

Uma pomba de pedra estava pousada sobre a lápide, acima de uma caligrafia rebuscada que cobria a superfície.

FAITH MADIGAN
1972 —
QUE ELA DURMA COM AS POMBAS.

Faith Madigan, o primeiro e o segundo nomes da certidão de nascimento que Lukas encontrara. Fui invadida por alívio. Ela era real.
Meu pai não é o membro perdido da Legião.
Alara se abaixou ao lado da lápide.
— Acha que ela deixou de usar "Waters"?
— É a primeira coisa que eu faria se não quisesse que ninguém me encontrasse. — Jared puxou minha mão para seu bolso.
Elle fez uma careta.
— Quem cava o próprio túmulo?
Sacerdote espiou dentro do buraco.
— Alguém que sabe que está sendo caçado.
Galhos estalaram do outro lado.
— Isso são...? — Olhei para trás.
Alara recuou.
— Latidos.
Um enorme dobermann contornou a lateral da casa correndo e deslizou até se agachar diante de nós, rosnando.
Elle se virou para correr, mas Lukas segurou seu braço.
— Não. Ele vai seguir você.
— Se só fizer isso, vai ter sorte. — Uma mulher saiu para a varanda; estava com o rosto escondido sob o capuz de uma parca verde-oliva. Ela segurava uma espingarda com o cano apontado diretamente para nós. — Esta é uma propriedade privada. Sugiro que vão embora antes que ele fique agitado. Ou eu.
O cachorro latiu mais alto, e Elle correu para trás de Lukas.
— Não estou vendo ninguém se mexer. — A mulher desceu da varanda, então congelou ao me ver. Ela baixou

a arma e tirou o capuz, revelando familiares e assombrosos olhos verdes.

Os olhos de meu pai passaram por minha mente, um verde profundo salpicado de dourado, que sempre me fizera lembrar árvores de Natal quando eu era pequena. Os olhos da mulher tinham o mesmo tom incomum, assim como o formato amendoado.

— Urso. Venha. — Ela chamou o cachorro sem tirar os olhos de mim. Ele parou de latir e foi até ela.

— Sabe quem eu sou? — perguntei.

Ela assentiu levemente.

— Você é idêntica a Alex.

Meu pai.

Qualquer dúvida que restasse sobre meu parentesco com ela desapareceu.

— Não sei como me encontrou, mas não deveria estar aqui. — A mulher, que sem dúvida era minha tia, voltou-se outra vez para a casa. — Sua mãe não ficaria feliz com isso.

— Minha mãe está morta.

Faith parou de repente, apertando a arma que pendia ao lado do corpo com a mão.

— Alguém sabe que está aqui?

Balancei a cabeça.

— Não.

Passando os olhos por nós, perguntou:

— Quem são eles?

— Meus amigos.

— Podem esperar aqui. — Ela esquadrinhou o terreno antes de se voltar para mim. — Se pretende entrar, ande logo.

— Eu estaria morta se não fosse por eles — falei.

— Ela não vai a lugar algum sozinha. — Jared tirou nossas mãos entrelaçadas do bolso para mostrá-las a Faith.

O dobermann rosnou. Faith estalou os dedos, silenciando-o, e apontou para a porta com o cano da espingarda.

— Não toquem em nada.

No topo da escada, um símbolo pintado à mão cobria as tábuas do piso: um olho de aparência tribal.

Alara parou à margem da tinta branca e olhou para Faith.

— Como conhece o Olho da Eternidade?

— Conheço muita coisa e gostaria de esquecer a maioria — respondeu Faith, segurando a porta aberta para nós.

Sacerdote cutucou Alara.

— O que é isso?

— O Olho da Eternidade é um símbolo de atenuação — explicou ela. — Enfraquece qualquer forma de mal.

Faith entrou conosco, depois fechou uma dúzia de trancas que ficavam na parte de dentro da pesada porta. Ela tirou a parca, deixando cair pelas costas uma cascata de cachos castanhos, exatamente iguais aos meus.

Vista da entrada, a casa parecia bastante normal, ou seja, não era cheia de anéis de sal ou mensageiros do vento. O vestíbulo dava para uma escada íngreme de carvalho, da qual desviei os olhos, pois me fez lembrar aquela da mansão Lilburn. À esquerda dos degraus, um longo corredor se estendia diante de nós, com arcadas abertas que levavam a uma série de cômodos. Faith deixou o casaco em um banco com pés em forma de garras e entrou às pressas no cômodo à direita.

Elle a seguiu, parando de repente na porta.

— Talvez alguém devesse sugerir cortinas.

Minha tia parou ao lado de uma enorme janela projetada, coberta de sacos de lixo presos com longas tiras de Silver Tape. Uma mesa de pinho cheia de jornais era a única mobília do ambiente. Estantes embutidas, cheias de livros, forravam as paredes até o teto. Mais livros cobriam o chão; alguns estavam meio abertos ou empilhados em torres tortas, enquanto outros formavam pedestais para suportar exemplares maiores.

Examinei a pilha mais próxima. Havia grimórios com lombadas rotas apoiados sobre atlas do século XVII e textos com títulos estranhos, como *O códice demonotica*, *Documentos de iluminação*, *Selos e cifras papais* e *O código Amadeus*, além de um exemplar de *As obras completas de Hieronymus Bosch*.

Faith empurrou um dos sacos brilhantes para o lado e olhou pela janela.

— Como me encontraram?

— O mapa — disse Sacerdote. — Alterar o poema foi uma forma inteligente de escondê-lo.

— Ideia de Alex. Eu me mudo após alguns meses, fazendo um rodízio entre várias casas. Precisávamos de um sistema que permitisse que meu irmão sempre me encontrasse. — Ela mencionou o nome de meu pai casualmente, como se fosse alguém que eu visse todos os dias, e não o homem que tinha me abandonado.

— Onde Alex está agora? — perguntou Elle.

— Não sei. — Faith a olhou de um jeito estranho e passou apressada por nós.

Urso a seguiu impassível.

O corredor dava em uma grande sala, onde havia uma lareira estalando em um canto e um doce aroma floral vindo da cozinha.

Alara observou a sala com desconfiança.

— Este lugar não parece pertencer a alguém que cola sacos de lixo nas janelas.

Pensei o mesmo, até ver o restante do lugar.

Havia pilhas de telas retratando cenas apocalípticas apoiadas contra as paredes: mãos saindo de buracos cavernosos abertos no chão; um homem acorrentado em uma cela com um estranho símbolo desenhado nas costas; pessoas sendo arrastadas por ruas com coleiras de metal no pescoço. As imagens pareciam saídas diretamente do *Inferno* de Dante ou de uma das pinturas satânicas de Hieronymus Bosch.

Ilustrações inquietantes de espíritos com pele pálida e olhos furiosos alinhavam-se ao lado de mais pinturas perturbadoras de figuras com olhos inteiramente pretos sem pupilas. Faith saiu da cozinha, olhando nervosa de nós seis para as pinturas.

Eu me aproximei de uma das maiores telas. Uma figura contraída de dor atrás das grades de uma cela. Vapor ou fumaça desprendia-se de seu corpo.

— Você pinta? Eu também.

Faith olhou para a imagem, depois desviou os olhos como se não conseguisse tolerar a visão.

— Espero que seu trabalho não se pareça com o meu.

Sacerdote estava diante de uma obra no estilo *Inferno* de Dante.

— Você viu algumas dessas coisas, não é?

— A maioria não passa de pesadelos. — Minha tia se apoiou a uma pintura alta e usou seu peso para deslocá-la parede abaixo. A tela se moveu, revelando uma estante.

— E as outras? — perguntei.

— Coisas que você deveria rezar para nunca ver — retorquiu Faith, tirando por vez dois ou três livros das prateleiras até encontrar o que procurava: uma maçaneta de latão presa ao fundo da estante. Ela a girou, e a estante se abriu como uma porta.

O closet antes escondido estava lotado do chão ao teto com o que pareciam ser suprimentos para um desastre.

— Sua tia é oficialmente louca — sussurrou Elle.

Faith jogou fita adesiva, corda, pilhas e munição no chão. Após abrir algum espaço, esforçou-se para tirar um enorme saco de estopa.

— Precisa de ajuda? — Lukas foi até ela, e Urso rosnou. Ele deu um passo para trás com as mãos para o alto. — Calma, Cujo.

Minha tia estalou os dedos, então o dobermann saiu trotando pelo corredor para montar guarda na porta da frente. Faith arrancou o barbante que prendia o saco, derramando sal grosso no chão. Ela usou um galão plástico de leite com a parte de cima cortada como pá e correu pela casa despejando linhas de sal diante das janelas e portas, que já tinham bastante sal.

— Sinto muito por sua mãe. Mas não deveria ter vindo aqui.

— Se nos contar o que está acontecendo, talvez possamos ajudar — disse Alara no tom monótono que costumava reservar a espíritos voláteis.

Faith tirou um elástico de um jornal amarelado e usou-o para fazer um rabo de cavalo.

— Vocês não iam acreditar se eu contasse.

— Tenho certeza de que acreditaríamos. — Sacerdote pegou um punhado de sal no saco e ergueu a manga, esfregando os cristais sobre o pulso para as linhas aparecerem em sua pele.

Perplexa, Faith observou os cortes formarem um quinto do selo de Andras. Os membros originais da Legião tinham usado o selo para convocá-lo, e cada um deles gravara uma parte do símbolo na pele em uma tentativa de prender o demônio.

Jared, Lukas e Alara polvilharam os próprios pulsos com sal. Uma a uma, suas marcas apareceram, cada qual formando outra parte do selo.

Fixei os olhos em minhas botas e contei os arranhões nas pontas, qualquer coisa para desviar a atenção do ódio que sentia de mim mesma por ter inveja.

Faith ofegou, voltando-se para mim e para Elle.

Não lhe dei a chance de fazer a pergunta.

— Se estivermos certos sobre quem você é, então sabe que não tenho a marca.

Elle ergueu as mãos.

— Não olhe para mim. Não tenho nenhuma tatuagem do demônio. Só estou aqui para garantir que minha melhor amiga não seja morta.

Minha tia se virou para os verdadeiros membros da Legião.

— Eu nunca tinha visto as marcas juntas.

— Quer ver todas as cinco? — perguntou Sacerdote.

Faith posicionou o pulso sobre o saco e o esfregou com sal. Linhas se entalharam em sua pele, revelando a última parte do selo de Andras.

Eu tinha imaginado colocar meu pulso onde o de Faith estava naquele momento, ser a peça que faltava no quebra-cabeça da Legião e a pessoa que enfim o completaria.

Quando o selo do demônio sumiu, Sacerdote limpou o pulso.

— Agora que sabemos que estamos todos do mesmo lado, sou o Sacerdote. É meu nome, não minha ocupação.

Lukas não se incomodou com formalidades.

— Meu nome é Lukas, e este é meu irmão, Jared. Você não é uma pessoa fácil de encontrar.

Faith os encarava como se tivesse acabado de perceber que eram gêmeos idênticos. Então voltou ao modo de sobrevivência, revirando uma caixa cheia de lanternas e trocando as pilhas em uma velocidade estonteante.

— Essa é a ideia, Lukas.

Jared pegou uma chave de fenda extra na caixa de ferramentas para ajudar.

— Srta. Madigan, certo?

— Só Faith.

— Acha que pode fazer uma pausa? — perguntou Alara. — Viemos de muito longe para falar com você.

— E você é...?

— *Só* Alara.

Elle acenou.

— Oi. Sou a Elle.

Respirei fundo. Apresentar-me confirmava o fato de que eu estava diante da irmã de meu pai.

— Meu nome é...

— Kennedy. — Ela parou de revirar a caixa. — Eu estava presente no dia em que você nasceu.

Por um instante, fiquei sem saber como reagir. Quantas vezes já tinha me visto? Será que era próxima de minha mãe?

— Tenho uma foto em que estou com meu pai em frente a esta casa. Mas não me lembro de você.

— Você era pequena na última vez que a vi. Devia ter uns 5 ou 6 anos.

— Cinco, eu tinha 5 anos. — Certas coisas não podem ser esquecidas, como a idade que você tinha na última vez que viu seu pai. — Por que não a vi mais?

Faith tirou uma caixa de pilhas do closet.

— Eu estava escondida, e seu pai tinha...

— Já tinha me abandonado.

A expressão de Faith ficou sombria.

— Alex fez o que foi preciso.

Lágrimas arderam em meus olhos, mas minha tia já voltara a seus afazeres.

Lukas notou minha reação e se intrometeu.

— Não viemos aqui para preencher as lacunas da árvore genealógica de Kennedy. Você precisa saber de uma coisa. Nós cinco somos tudo o que sobrou da Legião.

— Os outros quatro, nossos parentes, morreram todos na mesma noite há dois meses — acrescentou Alara.

— E minha mãe também — falei.

— Por que Elizabeth? A mãe de Kennedy não era da Legião. — Faith enfatizou cada palavra como se a ideia fosse inconcebível.

— O demônio cometeu um erro — explicou Lukas, protegendo o irmão.

Jared olhou para as próprias mãos. Apenas eu e Lukas sabíamos que sua inocente busca pelos membros da Legião levara Andras direto à porta deles. Qualquer menção a nossos parentes mortos parecia ser fisicamente dolorosa para Jared.

Depois do que eu fizera, finalmente entendia o peso daquele tipo de culpa. Como apenas um erro podia parecer 10 mil. Eu carregava aquela sensação comigo a cada minuto de cada dia.

Sacerdote puxou um dos cordões do capuz.

— Foi uma execução. E os espíritos vingativos de Andras têm nos perseguido desde então.

— Por isso viemos — falei. — Precisamos de sua ajuda.

Faith olhou para nós.

— Não sabem o que estão enfrentando. Esta é uma batalha que não podem vencer. Separem-se e desapareçam como eu fiz. Antes que seja tarde demais.

— Já é tarde demais. — Deixei a verdade se despejar antes que pudesse mudar de ideia. — Andras está livre.

Ela balançou a cabeça, rejeitando aquela informação.

— É fácil confundir uma entidade demoníaca com o demônio em si. Andras não pode se libertar da prisão que o confina. Não é fácil explicar, mas existem defesas.

— Está falando do Engenho? — Sacerdote pegou seu diário e o folheou até o desenho.

Faith se aproximou.

— Eu nunca o tinha visto inteiro, só uma peça.

— A que você deu a Darien Shears? — perguntou Lukas.

Ela se virou lentamente.

— Onde ouviu esse nome?

— Do espírito de Darien. Tivemos um pequeno desentendimento com ele na prisão. — Alara observava minha tia, avaliando sua reação. — Ele nos contou que uma mulher lhe deu o cilindro, a última peça do Engenho, e pediu que o mantivesse a salvo.

— Shears falou que era sua chance de redenção — explicou Lukas.

Minha tia olhava para eles, chocada.

— Você e minha avó eram as únicas mulheres da Legião — afirmou Alara. — Você foi a mulher que entregou o cilindro a ele, não foi?

— Não teriam como saber disso a não ser que tivessem encontrado a peça. — Os olhos dela ficaram frenéticos. — Onde está? Vocês não têm ideia do que aquele dispositivo é capaz de fazer.

Eu não queria contar a parte seguinte.

— Eu o montei.

8. O SANGUE DOS ANJOS

— Então Andras está livre. — Faith se apoiou à parede, os ombros curvados. — E temos pouco tempo.

— Até o quê? — perguntou Sacerdote, quando ela começou a virar as costas.

— Até Andras abrir os portões e convidar o resto dos demônios para se divertirem aqui em cima. — Faith suprimiu uma risada amarga.

— Como o impedimos? — indagou Jared.

Ela respirou fundo, esfregando o pescoço.

— Andras não é um espírito vingativo que pode ser destruído com balas de sal. Ele é um marquês do inferno. A encarnação do mal. Está em todo lugar e em lugar algum, e *vai* nos encontrar.

— Com os cinco membros da Legião, temos uma chance — disse Sacerdote.

Faith lançou a ele um olhar estranho.

— Acredita mesmo que eu aumento suas chances contra um demônio?

Lukas tirou seu diário do bolso da jaqueta.

— Meu pai sempre dizia que a Legião seria muito mais forte se os cinco membros estivessem juntos.

Ela meneou a cabeça negativamente.

— E você acha que isso significa que temos algum tipo de superpoder?

— Claro que não. — Lukas franziu a testa.

Faith suspirou.

— Quando os membros estão juntos, *têm a capacidade* de erguer uma barreira protetora. Padres usaram magia dos grimórios e selos para se proteger do mal durante séculos. A barreira é uma extensão desse princípio, mas não consegue prejudicar Andras. Só impede que ele nos prejudique.

— Só isso? — Sacerdote cutucou o Silver Tape dos fones de ouvido. — Nós cinco nos reunimos e qual é o resultado? Um campo de força?

— Sinto muito se acreditaram que significava outra coisa. Mas não estamos falando de pegar um cachorro de rua e deixá-lo no abrigo. — Faith parou de andar de um lado para o outro e o encarou. — Você conhece a história da Legião? Sabe o que aconteceu na noite em que nossos ancestrais convocaram Andras?

— Markus Lockhart desenhou a Armadilha do Diabo. Mas errou e eles perderam o controle de Andras. — Sacerdote parecia cansado de recontar a história. — Sabemos de tudo, menos do que aconteceu com o anjo.

Minha tia se contraiu.

— Está claro que suas famílias não contaram muita coisa.

Alara enganchou um dos polegares no cinto de ferramentas de couro.

— Então por que você não nos conta?

Faith retornou ao closet escondido atrás da estante e saiu com um livro encadernado em couro marrom, com relevos em ouro.

— Esse é seu diário? — O tom de Alara era esperançoso.
Faith descartou a possibilidade com um gesto.

— Claro que não. Alguém que está fugindo há tanto tempo quanto eu sabe que não pode guardar nada insubstituível consigo. Este livro pertencia a meu pai. O diário que herdou estava em um estado horrível, então ele transcreveu aqui as entradas mais antigas. Ele morreu antes de terminar, mas copiou a entrada mais importante, da noite em que Andras foi convocado.

Os olhos de Sacerdote se arregalaram, e Alara parecia prender a respiração. A história que nenhum deles sabia, as peças que faltavam no quebra-cabeça, estava escrita nas páginas que minha tia segurava.

— O que exatamente disseram a vocês? — perguntou Faith.

— Meu diário tem uma entrada sobre o plano. — Lukas o ergueu.

Jared enfiou as mãos nos bolsos.

— A do meu foi escrita depois que tudo deu errado. Muita coisa sobre libertar a besta e sobre Markus levar a culpa pelo que aconteceu com o anjo. Ele disse que tinha seu sangue nas mãos.

— O que faz parecer que ela morreu naquela noite — comentou Alara.

Elle a olhou de um jeito estranho.

— Anjos não morrem.

— Como sabe? Já conheceu algum? — retrucou Alara.

Faith apoiou o livro em uma das pilhas mais altas para podermos vê-lo.

— Vocês mesmos deveriam ler. Não há nada mais perigoso que ir para a guerra sem conhecer o inimigo.

15 de dezembro de 1776
Nathaniel Madigan

Enquanto escrevo isto, temo que Deus não nos perdoe pelo que fizemos. Sei que nunca me perdoarei. Contudo, os erros cometidos esta noite devem ser registrados, mesmo que nossos pecados não possam se apagar.

Guiada apenas pela luz das velas, não é de surpreender que a mão de Markus o tenha traído. Julian leu o grimório, e nós cinco dissemos as palavras para invocar o demônio. Nem em meus sonhos mais sombrios imaginei ver o verdadeiro rosto do mal — uma criatura que não era homem nem besta, mas algo intermediário.

Markus preparou o círculo de invocação angélico, então chamamos o anjo Anarel para controlar a besta. Ela apareceu, com as asas esfarrapadas, esticando-as como os dedos curvos das mãos de uma velha. A ferocidade de Anarel comparava-se à da própria besta. Com traços cortados da mais fina pedra, não fazia lembrar os protetores alados pintados nos tetos das igrejas mais ricas da cidade. Parecia tão furiosa por ser chamada quanto Andras. No entanto, ao contrário do anjo, o marquês do inferno se deleitava.

Julian falou primeiro, enfrentando a besta sem temor.

— Andras, Semeador da Discórdia, nós o conjuramos sob nosso comando em nome de Sua Santidade. Ordenamos que procure os homens que se nomeiam Illuminati e...

O demônio riu.

— Como se atrevem a me dar ordens? Eu comando 6 mil legiões no Labirinto, e vocês vêm a mim, cinco homens e este... — ele voltou-se para o anjo com desdém — ... rejeitado, como se tivessem o poder de me controlar?

O anjo não demonstrou emoção ao responder à besta.

— Não seria a primeira vez que eu lhe daria ordens, Andras. Nem que você se dobraria à minha vontade.

Então, tudo aconteceu ao mesmo tempo.

Andras ultrapassou o círculo e encarou Markus nos olhos.

Depois entrou no corpo de nosso amigo, fazendo seu peito se expandir, como se respirasse fundo. As costas tensionaram, e ele ficou mais empertigado que qualquer homem que já vi.

Quando Andras o preencheu, Markus virou-se para o anjo, estalando o pescoço, como se os ossos estivessem rígidos depois de passar dias dormindo. Os brilhantes olhos negros do demônio tinham substituído seus olhos verdes.

Markus abriu a boca, mas a boca que falou conosco não foi a dele.

— Eu deveria agradecer a todos vocês por me convidarem a este mundo. O Labirinto do Diabo é abarrotado e tem poucas almas para colher. Prefiro ter espaço. — Ele se voltou para Anarel cujas asas aterrorizantes e maltrapilhas apareciam e desapareciam de vista, como a chama de uma vela.

De seu cinto, ela tirou uma espada, limpa em certos pontos, e manchada com veios escuros em outros.

— Matar você será uma grande honra. Algo pelo que serei muito recompensada.

Konstantin deu um passo à frente com o rosário e a Bíblia na mão.

— Markus é um inocente, possuído pelo mal mais sombrio. Você é um anjo, uma mensageira de Deus.

As asas maltrapilhas agitavam-se à luz das velas enquanto Anarel encarava Konstantin com o mesmo desdém que reservara ao demônio.

— Uma mensageira? É o que acredita que sou? Sou um soldado de um pai que você não conhece. Minha lealdade é a ele, não a você. Em breve, os pecados dos homens vão se comparar aos dos demônios no inferno. — O anjo ergueu a espada. — Não existem inocentes entre vocês.

Em um desespero inútil, Konstantin começou a recitar o Ritual de Exorcismo. Julian, que conhecia as palavras de cor, arrancou o crucifixo do próprio pescoço e se juntou a ele.

> *"Eu o expulso, espírito imundo,*
> *assim como todo o poder satânico do inimigo,*
> *todo espectro do inferno,*
> *e todos seus companheiros decaídos;*
> *em nome de nosso Senhor Jesus Cristo."*

De repente, o anjo investiu com a espada contra o demônio dentro do corpo de Markus. Outra lâmina, infinitamente menor, feita de aço pelas mãos dos homens, projetou-se da mão de Vincent.

Essa lâmina comum cortou o reluzente peitoral de Anarel.

O anjo estremeceu, e sangue preto como carvão encharcou o chão da igreja.

Vincent largou a adaga.

O homem que matara um anjo.

É como será conhecido nos livros escritos daqui a centenas de anos.

Andras jogou a cabeça para trás, debatendo-se e sacudindo-se enquanto Konstantin e Julian continuavam o ritual com a voz inalterada.

Com uma das mãos, o anjo tapou a ferida e, com a outra, pegou algo sob o peitoral. Anarel ergueu o objeto acima da cabeça, escondendo-o com as asas.

— Das forças do inferno você emergiu; e na prisão entre aquele mundo e este será exilado. Comande sua legião de lá, Andras. Eu só o mandaria de volta ao inferno esfolado, como as bestas que o servem.

Uma luz ofuscante queimou meus olhos.

— Com esta chave, abro a porta para sua prisão — disse o anjo, com a mão no ferimento.

Um som agudo escapou da garganta de Markus, perfurando meus tímpanos.

Virei as costas e cobri os ouvidos, sabendo que, se sobrevivesse àquela noite, o som assombraria todos os momentos de minha vida.

Que a pomba negra sempre o carregue — e a todos nós.

Fechei o livro, então o devolvi a minha tia.

— Obrigada por nos deixar ler.

— Infelizmente, esse não é o fim da história. — Faith andava de um lado para o outro diante de nós, parando exatamente no mesmo ponto a cada vez antes de se virar e refazer o caminho na direção oposta.

— Nossa, que TOC — sussurrou Elle.

— A Legião voltou ao Vaticano naquela noite. Mas, quando descobriu que haviam perdido o controle sobre Andras e falhado em entregar os membros dos Illuminati, o papa nomeou-os inimigos da Igreja. Sendo padres excomungados, os integrantes da Legião sabiam muito bem como a Igreja lidava com os inimigos. Então fugiram pelos túneis sob a cidade. No entanto, não saíram de mãos vazias. Levaram o *Diario di Demoni*, as anotações particulares dos exorcistas do Vaticano.

— Registros de exorcismo? — perguntou Alara. — Que escolha estranha.

— Estranha, não. Inteligente. — Faith andava mais depressa. — Ninguém sabia mais sobre demônios que os exorcistas da Igreja Católica, e o *Demoni* continha os relatos em primeira mão.

— Eles estavam tentando exorcizar Andreas? — questionou Elle.

Minha tia franziu a testa.

— É Andras — cochichou Lukas.

Elle revirou os olhos.

— Ah, tanto faz. Não é como se ele estivesse aqui para se sentir ofendido.

Faith esperou para se certificar de que Elle não tinha mais nenhuma pergunta idiota, depois continuou.

— *A arte da guerra*: "Para conhecer o inimigo, é preciso se tornar o inimigo." Se quiserem destruir um demônio, é preciso saber tudo sobre ele. Segundo o *Diario di Demoni*, eles têm tanta aversão ao inferno quanto nós. Gostam daqui.

Lukas meneou a cabeça.

— Mais boas notícias.

Minha tia o ignorou, perdida na própria linha maníaca de raciocínio.

— Mas, quando passam para este lado, os demônios não estão fortes o bastante para assumir a verdadeira forma.

— Não gosto do rumo que isso está tomando — disse Sacerdote entre dentes.

— Até consumirem almas suficientes para recuperar as forças, precisam possuir corpos humanos.

— Consumir? — Elle se retraiu ao dizer isso.

— Demônios se alimentam de violência, então estimulam os humanos a matar e brutalizar uns aos outros. Se uma pessoa acumular pecados suficientes, ao morrer, ou ao se matar, o que em geral acontece quando os soldados do diabo estão envolvidos, o demônio consome sua alma.

Pensei no líder dos escoteiros que havia matado sua tropa, e no bombeiro que incendiara as casas dos vizinhos. Nos últimos 19 dias, a maioria dos assassinos em massa acabara se suicidando.

Faith olhou de relance para as telas na sala ao lado.

— Se Andras abrir os portões do inferno, as pessoas cujas almas não forem consumidas pelos demônios, ou cujos corpos não forem usados como morada temporária, serão escravizadas ou torturadas por divertimento.

Visualizei meus pesadelos e as imagens das pinturas de Faith.

— Nosso mundo vai virar o novo inferno.

A expressão de Jared endureceu.

— Não vou admitir isso.

— A não ser que tenha uma varinha mágica ou o Receptáculo, não poderá fazer nada — retrucou Faith. — O Receptáculo é a única prisão que pode confinar Andras.

— Onde encontramos esse Receptáculo? — perguntei.

Ninguém nunca tinha falado naquilo, o que era estranho. Jared, Lukas, Sacerdote e Alara ficaram em silêncio, esperando uma resposta.

Minha tia nos encarou, como se fôssemos idiotas.

— Não faço ideia. Vocês o perderam.

— Ela está falando do Engenho — disse Sacerdote.

Faith assentiu.

— E sem isso não há como deter Andras.

Lukas se colocou diante de Faith antes que ela pudesse voltar a andar.

— Como o impedimos de abrir os portões?

Ela o fitou por um bom tempo, os olhos verdes tão parecidos com os de meu pai cheios de tristeza.

— Quando ele ficar forte o bastante, será impossível.

9. BALAS DE VERDADE E ARMADILHAS PARA URSOS

A porta do closet bateu atrás de Faith, e em segundos as portas do segundo andar começaram a bater uma a uma, como peças de um dominó caindo.

Urso se agachou na base da escada, rosnando.

Minha tia correu para as janelas e verificou as linhas de sal. Ao se virar, o rosto estava branco.

— Nenhuma foi rompida.

Lukas puxou uma arma de paintball da cintura da calça jeans. Em vez de tinta, as cápsulas estavam cheias com o coquetel de água benta de Alara.

— Vou verificar lá em cima.

Alara o seguiu, subindo dois degraus de cada vez.

Faith apontou para o segundo andar.

— Urso. Procure.

O dobermann subiu a escada aos saltos.

— Como consigo um cachorro assim? — perguntou Sacerdote.

— Passe cinco anos treinando-o para combate. — Faith apertou um botão na parede com a lateral do punho. Os borrifadores contra incêndio acima de nós chiaram, em seguida água salgada choveu do teto.

As luzes piscaram, e as trancas da porta da frente se abriram sozinhas de cima para baixo, em rápida sucessão, depois voltaram a se fechar na ordem reversa.

— Nenhuma das linhas de sal foi rompida aqui também — gritou Alara do patamar do andar de cima.

Minha tia chutou o canto do tapete trançado e soltou uma tábua do piso. Escondida ali dentro, havia uma arma de assalto modificada, saída diretamente de um videogame. Ao girar uma chave perto do gatilho, luzes verdes se acenderam sobre o cano.

Os olhos de Sacerdote se arregalaram.

— Isso é uma obra-prima da truculência.

— É uma controladora de multidões... — começou Faith.

— Uma semiautomática de ar comprimido para controle de multidões, com distanciômetro a laser — terminou Sacerdote. — No exército, é chamada de Justiceira.

Jared enxugou os olhos com a manga.

— Não importa como a chamam, desde que funcione.

Água salgada continuava a sair pelos borrifadores com um chiado, inundando o primeiro andar e cobrindo tudo com um filme pegajoso.

— Não há nada aqui em cima. — Lukas voltou para baixo, acompanhado de Alara.

Urso pulou na frente deles e congelou ao chegar ao último degrau, quase fazendo Lukas tropeçar nele. O cachorro fixou os olhos no teto, paralisado, emitindo um rosnado baixo pela garganta.

— Ele não deve gostar dos borrifadores — comentou Alara.

Faith seguiu o olhar e ergueu a arma.

— Não é isso.

Todas as lâmpadas da casa acenderam ao mesmo tempo.

Esperei que as luzes piscassem. Contudo, passaram de um amarelo fraco a um vermelho profundo.

— O que está acontecendo? — Elle girou, com a pele banhada pelo mesmo tom sangrento que o resto do ambiente.

Clarões vermelhos invadiram minha visão periférica como um negativo de filme tirado da sala escura cedo demais. Veios cor de cereja desciam pelas paredes como sangue. Meu estômago se contorceu, e eu tropecei para trás.

Sacerdote segurou meu cotovelo.

— É um poltergeist? — Lembrei-me de como minha casa ganhara vida poucos meses antes.

— Não. — Alara balançou a cabeça sem desgrudar os olhos das paredes. — Uma assombração visual.

A sala pareceu se inclinar, e Faith segurou o corrimão.

— A casa estava limpa até vocês seis aparecerem. O que trouxeram para cá?

— Nada — falei.

Os borrifadores cuspiram o que restava da água salgada em jatos entrecortados.

— Um espírito vingativo não conseguiria passar pela porta a não ser que se ligasse a um de vocês. — As palavras mal tinham deixado sua boca quando um relógio ressoou no andar de cima. Um segundo depois, um timer de forno disparou na cozinha e a campainha começou a tocar sem parar.

— Vieram do museu direto para cá? — gritou Faith, mais alto que o barulho.

Lukas pressionou a base das mãos contra as pálpebras.

— Viemos.

— E lá dentro? Tocaram em alguma coisa?

Jared se afastou de uma parede que sangrava.

— Claro que tocamos. Como acha que encontramos o mapa?

Minha tia atravessou a água acumulada no corredor, já na altura dos tornozelos.

— O mapa não pode ser assombrado. Eu o fiz. Mais alguma coisa?

Sacerdote deu de ombros.

— Em uma tampa de garrafa gigante, e posso ter tocado em alguns daqueles esquilos mortos com espadas.

— Mas não tiraram nada lá de dentro?

— Não. — Sacerdote se irritou.

— Hmm... — enrolou Elle. — Não *tirei* nada de lá. Mas *achei* uma coisa no chão. — Ela ergueu a manga. Havia um bracelete dourado art déco em seu pulso.

— Tire-o. — Faith estendeu a mão, e Elle obedeceu.

De repente, a campainha parou de tocar, e o silêncio caiu sobre a sala. Os clarões de cor cessaram, então o tom vermelho que cobria os cômodos esmoreceu, descendo do teto.

Elle soltou um longo suspiro.

— Acabou.

Jared, Lukas, Alara e Faith observaram a sala, menos convencidos.

— Nunca tire nada de um lugar como aquele — advertiu Alara. — Museus são quase tão ruins quanto vendas de garagem. Aposto que metade das porcarias que as pessoas compram nesses lugares é assombrada.

Eu não sabia que objetos podiam ser assombrados, o que significava que Elle sem dúvida não fazia a menor ideia. Minha experiência era limitada a dybbuks: entidades demoníacas presas em recipientes selados, a versão real da Caixa de Pandora.

Àquela altura, o teto e os dois terços superiores das paredes já tinham voltado a ser brancos, e a mancha vermelha descia lentamente em direção ao piso. Urso rosnava com o olhar fixo na água, que batia no rodapé. Conforme a cor se infiltrava no líquido, o corredor inundado se transformava no mar Vermelho. A mancha se espalhava pela superfície, como um vazamento de óleo, movendo-se com rapidez incomum.

Jared chapinhou pelo corredor.

— Precisamos queimar o bracelete. Pode não ser o suficiente para destruir o espírito, mas talvez consiga bani-lo. — Ele encontrou uma tigela de aço cheia de pilhas e a esvaziou.

Faith deu um passo para trás com uma expressão apavorada.

— As janelas estão salgadas, e há um círculo de sal ao redor da casa. O espírito está preso aqui conosco. Precisamos sair daqui.

Uma rachadura serpenteou pela parede ao lado da porta da frente no instante em que ela falou essas palavras, e o rosnado de Urso se tornou selvagem. O gesso explodiu, então um grosso fio preto se desprendeu sozinho da parede.

— Saiam da água! — gritou Lukas.

Sacerdote pegou Elle pela cintura e se jogou para a escada, levando-a consigo.

Jared ficou no corredor e perscrutou a sala com os músculos tensos, até me ver em segurança nos degraus. Em seguida, pulou e segurou o corrimão, pendurando o corpo na lateral da escada.

Faith veio em nossa direção através da água.

— Pegue minha mão. — Alara tentou alcançá-la.

Assim que as pontas dos dedos se tocaram e a bota de minha tia chegou ao degrau, o fio empinou para trás como uma víbora, batendo contra a água e fazendo uma chuva de fagulhas estourar no ponto de contato.

A eletricidade se espalhou pela água, usando o sal como o condutor perfeito.

A força jogou Faith para a frente, e seu corpo bateu contra a escada de madeira. Ela gemeu e se virou de lado, segurando o pulso.

Alara se ajoelhou para ajudá-la a sentar.

— Precisamos tirar aquele bracelete da casa.

O fio pairou sobre a água, depois golpeou outra vez.

— Preciso de sua algibeira. Pode esvaziá-la? — Faith apontou para a bolsa de sal enfiada no cinto de ferramentas.

Alara despejou o sal, entregando-a.

— O que vai fazer?

— Nem sei se vai dar certo. — Minha tia jogou o bracelete dourado do museu dentro da bolsa e a amarrou com a mão que não estava machucada. — Urso. Venha.

O dobermann correu para perto, esperando o comando seguinte.

Faith apontou para a janela coberta de sacos de lixo.

— Precisamos atirar naquele vidro.

Alara tirou uma arma de paintball que estava pendurada na calça cargo.

— Pode deixar.

Minha tia se virou para mim.

— Tem boa pontaria?

— Consigo acertar a janela, se é isso que quer saber.

— Entregue a Justiceira a Kennedy — pediu ela a Sacerdote.

Ele ergueu a pesada arma.

— Deixe comigo. Este negócio vai dar um coice forte.

Faith lançou um olhar feio para ele.

— Minha mãe dizia que meninas deveriam ser vistas, e não ouvidas. Eu acho que devemos ser vistas e *temidas*. Dê a arma a Kennedy.

Sacerdote me entregou a arma, e minha tia explicou o básico. A munição era carregada com água benta e sal grosso. Para garantir um tiro certeiro, precisava me deitar de bruços como um franco-atirador e disparar do patamar do andar de cima.

O fio bateu outra vez contra a água, a poucos metros da escada.

— No três — indicou Alara, e miramos juntas. — Um. Dois. Três.

Apertei o gatilho. A coronha da Justiceira bateu contra meu ombro, tiro após tiro. As vidraças explodiram, lançando folhas de plástico preto pelo ar.

— Chega — gritou Faith.

Mesmo depois de parar de atirar, meus músculos continuaram vibrando e o som dos tiros ecoava em meus ouvidos.

Lukas segurou a parte de trás da jaqueta de Jared, puxando-o sobre o corrimão.

Faith se abaixou para entregar a algibeira a Urso, que a pegou na boca e esperou. Ela tirou uma pequena lanterna de metal do bolso para apontar na direção do banco na entrada. Urso ficou alerta, fixando os olhos em Faith.

— Pule — comandou ela.

O dobermann pulou da escada, caiu no banco e se virou para Faith, esperando o comando seguinte.

Dessa vez, ela apontou a lanterna para a mesa da sala de jantar, em frente à janela que tínhamos acabado de destruir.

— Pule.

O cachorro se abaixou e se concentrou no círculo claro de luz no centro da mesa. Eu prendi a respiração quando ele saltou. As patas de Urso bateram na madeira, fazendo-o derrapar sobre a mesa.

Minha tia não perdeu tempo. Lançou o feixe de luz pela janela projetada, apontando para o jardim do lado de fora.

Uma das paredes da sala de jantar rachou, e outro fio começou a se desprender.

Faith não hesitou.

— Leve lá para fora, Urso.

O cachorro se concentrou no círculo de luz, jogando-se em direção ao vidro que se projetava da moldura. Seu corpo ágil ultrapassou as mandíbulas de vidro, e ele desapareceu na escuridão.

Os fios elétricos se retorciam no ar. Nesse momento, cada centímetro do chão estava encharcado, incluindo a escada em que nos abrigávamos. Os fios empinavam para trás com a cobertura de plástico preto pulsando, como se houvesse um coração paranormal dentro deles.

Prendi a respiração.

Os fios caíram na água vermelha, como pedras, e o pigmento começou a desbotar.

— Urso deve ter atravessado o círculo de sal — afirmou Faith. — Ele vai levar a bolsa para a floresta e deixá-la por lá, como o treinei para fazer. — Ela se apoiou à parede e expirou devagar. — Sorte de vocês que um espírito vingativo qualquer se fixou àquele bracelete, e não Andras, ou isto teria sido muito pior.

Jared olhou para a água no chão.

— Acha que é seguro? — perguntou ele a Sacerdote.

Sacerdote jogou uma bala de ferro frio no corredor inundado. Como nada aconteceu, ele desceu, espirrando água com os Nikes verdes.

— Está tudo certo. — Ele abriu a porta do porão, e uma onda de água limpa desceu escada abaixo.

— Você está bem? — Jared parou diante de mim com o cabelo molhado e o olhar ansioso.

Eu me limitei a assentir, observando-o se ajoelhar ao lado de Faith para examinar seu pulso.

— Estou bem — disse ela, retraindo a mão. — Tem toalhas lá em cima, na segunda porta à esquerda.

Minha tia desceu a escada e abriu caminho pela água até chegar ao closet de sobrevivência. Faith desenterrou uma tala de emergência enfiada sob um estoque de suprimentos de primeiros-socorros, incluindo instrumentos de extração de dentes e um kit de sutura portátil. Ela tentou pegar uma caixa de munição, que escorregou dos dedos, espalhando balas pelo chão. Uma delas bateu contra a ponta de minha bota, e a peguei.

O que eu tinha na palma da mão não era uma bala de sal. Era munição de verdade.

— Esse tipo de bala não vai deter um demônio. — Alara pegou outro projétil e o entregou a Faith. — É melhor usar balas de sal.

— Obrigada pela dica — disse Faith. — Mas não planejo usá-las em um demônio.

Meus braços se arrepiaram.

Dos mensageiros dos ventos e o anel de sal ao estoque de suprimentos e as pinturas apocalípticas, a paranoia de Faith marcava cada centímetro da propriedade e cada uma de suas ações. Mas até então, parecera sã.

Talvez não seja.

— Está dizendo que vai atirar em alguém, Faith? — perguntei, temendo a resposta. Ela era minha única conexão com a Legião e com meu pai, por mais que eu o odiasse. Eu conseguia lidar com alguém excêntrico, antissocial e paranoico, desde que não fosse louco.

Minha tia terminou de enrolar uma tira de fita ao redor da tala e se dirigiu para a cozinha, parando na porta.

— O demônio não é o único que está me caçando.

10. TEORIA DA CONSPIRAÇÃO

— Devíamos dar um pouco de privacidade a ela — falei, depois que minha tia foi para a cozinha. — Parece mais estressada do que quando chegamos.

— Se com *estressada* você quer dizer *louca*, concordo. — Alara se sentou em um degrau.

— Ela está fugindo, indo de casa em casa há mais de uma década — disse Sacerdote. — Dê um desconto.

Jared balançou a cabeça.

— É mais que isso. Estava carregando a arma com balas de verdade.

Urso enfiou a cabeça pela janela quebrada. Alara assobiou, e o cachorro pulou por cima dos pedaços pontiagudos de vidro, trotando até ela. Sentou-se ao seu lado lado, e ela lhe fez carinho.

Elle olhou para a porta.

— Talvez seja melhor irmos embora. Não acho que ela queira a gente aqui.

— Não podemos. — Lukas apareceu no topo da escada, apoiando algumas toalhas sobre o parapeito. — Ela continua sendo a quinta integrante da Legião. Mesmo que não queira nos ajudar, precisamos descobrir o que mais sabe sobre Andras. — Ele passou uma toalha cinza desbotada pelo cabelo molhado. — E do que está se escondendo.

Elle amassou uma toalha e a jogou nele.

— Do demônio. Até eu sei disso.

Ele pegou a toalha com uma das mãos e sorriu para ela.

— Andras foi libertado há menos de um mês. A tia de Kennedy está se escondendo há anos.

— Então ficamos aqui e esperamos até ela aparecer de novo — concluiu Sacerdote, ainda cobrindo o cabelo louro com uma toalha.

De repente, um estouro alto veio da cozinha, como se alguém tivesse batido duas panelas pesadas uma contra a outra.

— Ou não — retruquei.

Sacerdote foi até a cozinha e quase escorregou. O chão fora coberto de sacos de lixo pretos, e havia ao menos uma dúzia de armadilhas para ursos espalhada sobre eles.

— Cuidado. — Faith estava perto da pia, usando um avental de soldador e uma luva amarela de lavar louça na mão que não estava machucada.

Ali, o cheiro floral que eu notara antes era sufocante.

— Isso é bálsamo de inverno? — perguntou Alara.

Minha tia levou uma lata de sopa até uma das armadilhas, pintando os dentes com uma substância rosa pegajosa, que parecia geleia de framboesa.

— Você é uma garota inteligente. A maioria das pessoas não reconheceria.

Alara estendeu o braço, barrando nossa aproximação.

— Faith, as pessoas chamam isso de "veneno do bosque" por uma razão. Se espirrar, a seiva mata.

Minha tia mergulhou o pincel na lata para pintar outra armadilha.

— Então acho melhor eu tomar cuidado.

Elle ficou na ponta dos pés para ver melhor.

— O que vai fazer com isso, afinal?

— Vou nos proteger. — Faith embrulhou uma das armadilhas em lona plástica e a levou para fora, antes de voltar para buscar as outras, uma a uma.

Nós a observamos posicionar as armadilhas no perímetro da casa. Jared se ofereceu para ajudar, mas Faith recusou. Eu prendia a respiração a cada vez que ela desembrulhava uma armadilha envenenada.

Quando ela voltou para dentro, Sacerdote não perdeu tempo.

— Balas de verdade e armadilhas para ursos? Nada disso vai proteger você de um demônio. De quem está se escondendo de verdade, Faith?

Quando percebeu que todos nós esperávamos uma resposta, sua irritação se transformou em choque.

— Realmente não sabem.

— Então nos conte — pediu Alara.

— Dos Illuminati.

Sacerdote deu alguns passos cambaleantes para trás.

— Tem certeza, Faith? — questionou ele. — Porque acho que meu avô foi o último membro da Legião a ver um deles, e faz mais de quarenta anos.

Minha tia contraiu os lábios e engoliu em seco, preparando-se para o que falaria em seguida.

— Se me sequestrarem de novo, vou pedir uma identificação. Mas me interrogaram durante três dias, então acho que tenho condição de tirar essa conclusão.

Por um momento, ninguém se moveu nem disse nada.

— Por que sequestraram você? O que queriam saber? — perguntou Alara, enfim.

— Algo que não descobriram. Algo que vai para o túmulo comigo. Mas, quando eu for, levarei alguns daqueles desgraçados junto.

— Se Andras abrir os portões, tenho certeza de que vai matar todos eles para você — argumentou Lukas. — Sei que é um tiro no escuro, mas, se nos ajudar, talvez possamos detê-lo.

— Não vou ajudar vocês a se matarem. — A expressão estoica e a postura rígida deixavam claro que ela não ia mudar de ideia.

— Fico no seu lugar — falei automaticamente.

Faith se virou.

— Não funciona assim, Kennedy. O dever é meu até eu morrer ou transferi-lo a um sucessor.

— Então transfira para mim. — Se alguém merecia uma sentença de vida defendendo o mundo de demônios e espíritos, era eu.

O rosto dela ficou pálido.

— Seu pai nunca desejaria que você fosse parte disso.

A fúria explodiu dentro de mim.

— Meu pai me abandonou. Nem se deu ao trabalho de aparecer quando minha mãe morreu. Não ligo para o que ele desejaria, já sou parte disso.

Faith me encarou, sem palavras.

— Ele cometeu erros, Kennedy. Mas você não sabe de certas coisas. Não vou colocar a única filha dele em perigo.

— E deixar Andras se fortalecer o bastante para abrir os portões não é me colocar em perigo?

Ela tirou a luva amarela e a jogou na pia, depois passou por mim com um encontrão sem dizer nada.

Ao chegar à porta, parou.

— Seu pai não é o homem que você imagina, e mesmo que o céu despencasse sobre mim, nunca lhe passaria esta maldição infernal.

※ • ※

Eu estava diante da porta do quarto de Faith, reunindo coragem. Havia muitas perguntas que eu queria fazer, tantas coisas que ela podia responder.

Quando ergui a mão para bater, a porta se abriu.

Minha tia apareceu do outro lado, de calça jeans e camisa de flanela, com o cabelo trançado caindo pelas costas. Uma olhada no quarto me convenceu de que a roupa devia ser sua versão de pijamas.

Havia um Olho da Eternidade pintado no teto, acima da cama de dossel que ficava imprensada entre fileiras de prateleiras de metal, abarrotadas com tudo, de galões plásticos de água benta e potes para conservas cheios com sal grosso a mapas de estradas gastos e enormes crucifixos que pareciam pertencer a altares de igrejas.

Nas prateleiras mais baixas, havia armas suficientes para um pequeno vilarejo. Eu não conseguia olhar para elas sem me perguntar quantas estavam carregadas com balas de verdade em vez de balas de sal. Urso dormia sob as prateleiras em uma cama enfiada entre caixas de munição e pilhas de telas inacabadas.

— Precisa de alguma coisa? — perguntou Faith.

— Queria fazer algumas perguntas. Se não tiver problema.

Na cama de cachorro, Urso levantou a cabeça, como se esperasse para ver se ela ia me convidar para entrar. Ela olhou por cima do ombro, franzindo a testa.

— Meu quarto é meio...

— Meu quarto também é bagunçado. — Deixei escapar. — Pelo menos, era.

Faith deu um passo para trás, abrindo a porta.

— Eu ia dizer *privado*.

Isso está indo bem.

— Posso ir embora. — Comecei a virar as costas.

— Não, tudo bem. — Minha tia abriu mais a porta e me convidou a entrar com um gesto. — Deve ter muitas perguntas. Nunca pensei que sua mãe esperaria tanto tempo para contar a verdade. — Ela desviou os olhos.

— Acho que nunca teve a oportunidade. Agora você é a única familiar que me restou, com exceção da irmã de minha mãe, e elas não eram próximas.

Faith atravessou o quarto e se apoiou a uma das prateleiras.

— Me lembro da Diane. Reclamona e irritante.

Eu ri, então um sorriso repuxou o canto da boca de Faith.

— Diane não é sua única família — disse ela.

— Não faça isso. — Ergui a mão para silenciá-la. Referia-se a meu pai. — Por favor.

Faith se ocupou diante das prateleiras, verificando se os rótulos dos recipientes estavam todos virados na mesma direção.

— Queria saber sobre o sequestro. Você se escondeu depois disso, não é? — Eu não podia perguntar o que realmente queria saber: se meu pai tinha ido embora por causa do rapto.

Ela respirou fundo.

— Me escondi por outros motivos.

E meu pai foi embora por outros motivos.

Faith parou de virar os potes.

— Minha vida não foi sempre assim. Tudo mudou quando conheci Archer. Ele era bonito e interessante, e eu era jovem e idiota. Seus pais estavam casados havia mais ou menos um ano, e sua mãe sentiu antipatia por ele na hora. Ela me disse que não se pode confiar em um homem que não gosta de cachorros.

As orelhas de Urso se ergueram.

— Mas, àquela altura, eu já estava apaixonada e não dei ouvidos a ela. — Faith olhou para mim outra vez. — Devia ter dado.

— Então ela estava certa sobre ele?

— Conheci Archer no mercado do produtor, mas não foi por acaso. Ele sabia que eu estaria lá, assim como sabia que eu amava cookies com gotas de chocolate e filmes de catástrofe, e que eu fazia parte da Legião. Ele era membro dos Illuminati, um agente dormente. — Ela fez uma pausa, como se fosse doloroso demais falar do assunto. — Sua tarefa era ganhar minha confiança e descobrir tudo o que pudesse sobre a Legião. E sobre meus sonhos.

— Seus sonhos?

— Tenho o que chamam de sonhos proféticos. Vejo coisas, e algumas delas acabam acontecendo. — Ela esfregou os olhos, cujas olheiras eram ainda mais escuras que as minhas.

Lembrei-me do que ela dissera quando vimos seus quadros.

Espero que não se pareçam com os meus.

— Suas pinturas.

Ela assentiu.

— Depois que descobrimos a verdade sobre Archer, Alex me mandou para um esconderijo. Eu não queria mais nenhuma ligação com a Legião.

Meu peito se apertou ao ouvir o nome de meu pai.

— Infelizmente, os Illuminati me encontraram. Mas só uma vez.

— O que denunciou Archer? — perguntei.

— Foi sua mãe quem finalmente entendeu tudo. Eu deveria ter percebido na época... — Faith parou e piscou para afastar as lágrimas. — Certas coisas devem ficar no passado.

— Obrigada por me contar o que aconteceu. — Embora eu quisesse saber mais, não seria justo continuar a fazer perguntas depois de ter trazido à tona lembranças tão dolorosas.

— Boa noite, Kennedy Rose.

Parei com a mão na maçaneta. Ouvir meu segundo nome, o que meu pai tinha escolhido, me fez questionar o que mais ela sabia.

— Por que meu pai foi embora? — Fiquei com a mão na maçaneta e de costas para ela. Fazer a pergunta em voz alta já era difícil o bastante.

— É complicado, e não sou eu que devo contar essa história. Mas, se faz com que se sinta melhor, ele não queria ir.

Eu abri a porta.

— Não faz.

11. PROMESSAS NO ESCURO

Quando subi a instável escada para o sótão, o corrimão oscilou. Ou talvez tenha sido eu. Depois de minha conversa com Faith, tudo parecia desequilibrado.

O quarto não ajudava.

Balestras e rifles pendiam de ganchos metálicos nas paredes de chapas de compensado perfurado, juntamente com facas, armas de choque, correntes e uma picareta. Mais lembretes da guerra que travávamos.

Jared estava sentado sobre um saco de dormir no meio de tudo aquilo, os cotovelos apoiados nos joelhos, olhando pela janela.

Alara e Elle haviam dominado o quarto restante da casa, que tinha um sofá-cama escondido atrás de uma parede de jornais amarrados e empilhados. Quando vi o sofá, perguntei-me se meu pai já dormira ali. Sacerdote e Lukas ficaram no salão, cercados pelas pinturas de minha tia. Talvez tivessem percebido que eu e Jared precisávamos de um momento a sós, ou simplesmente não quisessem ficar no sótão conosco.

Ver Jared sentado ali com as mãos entrelaçadas atrás do pescoço, algo que só fazia quando estava preocupado ou desconfortável, lembrou-me do quanto ele era vulnerável, e de como escondia aquilo bem.

Como se sentisse que eu o observava, ele se virou e abriu um sorriso.

— Oi.

— Oi. — Sorri também e me aproximei.

Jared me puxou para baixo, e minhas pernas se encaixaram no espaço vazio sob as dele, deixando-nos a pouco mais de 30 centímetros de distância.

— Não acredito que você está mesmo aqui. — Seu polegar percorreu a lateral de meu rosto, parando para enfiar uma mecha de cabelo atrás de minha orelha. Ele ergueu meu queixo, sem tirar os olhos de mim. Quando os lábios finalmente roçaram os meus, eu os senti no corpo inteiro.

Um suspiro baixo escapou de minha boca quando a mão dele deslizou para a nuca. O beijo seguinte foi mais faminto. Dedos percorreram minha pele. Dentes puxaram meu lábio inferior. Mãos se enredaram por meu cabelo. Eu tinha esquecido como o restante do mundo desaparecia quando ele me tocava.

— Nossa, como senti sua falta — murmurou ele contra minha boca.

Assenti, incapaz de falar. Porque por mais que tivesse sentido a falta de Jared, estava destruída e arrasada de um jeito que ninguém podia consertar.

Ele segurou meus ombros com delicadeza e se afastou, observando meu rosto.

— Você está tremendo. Aconteceu alguma coisa?

— Só estou com frio. — Tentei manter a expressão neutra.

Jared me abraçou, aquecendo-me com o calor de seu corpo. Por um instante, eu me permiti experimentar o carinho e a segurança que só sentia com ele.

— Ainda não acredito que está aqui, em meus braços. — Ele me puxou mais para perto, aninhando o rosto a meu pescoço. — Pensei tanto em você, Kennedy.

— Tentei não pensar em você. — As palavras escaparam antes que pudesse detê-las.

Os ombros dele ficaram tensos.

— Não porque meus sentimentos tenham mudado. — Lágrimas ardiam em meus olhos. — Porque dói demais. Eu...

— O quê? — A esperança se infiltrou na voz dele.

Balancei a cabeça e fechei os olhos.

Jared me puxou contra o peito, com o coração acelerado.

— Converse comigo, Kennedy. Está me assustando.

Conte a ele.

— Tive medo de nunca mais ver você.

Ele se contraiu.

— Você não acreditou que eu ia voltar. — Jared ainda achava que não era bom o bastante para mim, que seus erros ofuscavam tudo o mais que ele era. Não percebia que eu é que não era boa o bastante para ele.

Jared deixou os dedos descerem por meus braços.

— Não imagina como foi difícil... — Ele respirou fundo. — Fiquei arrasado por deixar você naquela noite. Estava machucada, e eu simplesmente fui embora.

— Você não teve escolha.

— É. — Ele parecia enojado. — Foi o que disse a mim mesmo por uns cinco minutos. Depois voltei para a estrada e peguei uma carona para o hospital mais próximo.

Tirei a cabeça de seu peito para encará-lo.

— Está brincando? E se tivesse sido pego?

— Não importava. Precisava saber se você estava bem. Mas, quando cheguei lá, você já estava no pronto-socorro. Tentei entrar sem ser notado, mas havia policiais por todos os lados.

Eu me lembrava de estar na cama do hospital, rezando para ele estar bem.

Quem dera soubesse que estava tão perto...

— Depois você foi transferida. Vi a cama sendo empurrada para o elevador. Seu rosto ainda estava sujo, e seu olhar... — Jared mordeu o lábio. — Não consigo descrever. Parecia tão solitária, como se não ligasse para o que aconteceria com você. Precisei de todas as minhas forças para não me aproximar. Quando vi as portas daquele elevador se fecharem... — Ele balançou a cabeça. — Aquilo me destruiu.

Cada parte de mim sofria por ele. Apoiei a palma da mão contra seu peito, em cima do coração.

Jared colocou as duas mãos sobre a minha e as deixou ali.

— Você foi a única coisa em que pensei, Kennedy, juro. Não conseguia me importar com o demônio, com os corvos mortos ou com o fim do mundo. Sei que foi egoísmo, mas tudo o que interessava era encontrar você.

O fundo de minha garganta queimava.

— Também pensei em você. Queria que você me achasse. Só que...

Ele apertou minha mão.

— O quê?

Lutei para encontrar as palavras.

— Sei que disse que estava pensando em mim, mas, depois de tudo o que aconteceu, não achei que ainda ia me querer.

E eu não mereço você.

Jared ficou perplexo. Puxando-me para seu colo, pressionou a testa contra a minha.

— Você é a única coisa que quero. Mas é mais que isso. O que sinto por você...

— O quê? — Eu não sabia o que ele diria, mas queria ouvir.

— Eu preciso de você — sussurrou ele. — Como nunca precisei de nada.

Puxei a gola da camisa térmica dele e o beijei como se talvez nunca mais tivesse a chance. Quando finalmente paramos para respirar, Jared puxou o saco de dormir à nossa volta.

— Nunca falei isso para ninguém.

Eu queria dizer que sentia o mesmo, mas me contive.

— Está arrependido de ter falado?

— Não. — Ele balançou a cabeça no escuro. — Só não estou acostumado a dizer o que sinto. Sempre fui o cara que não deixava ninguém se aproximar, porque não queria me envolver. Não assim.

— E agora?

Jared me abraçou com força, a única resposta que podia dar. Apoiei a cabeça contra seu peito e ouvi o som do coração batendo.

Quando estava caindo no sono, ouvi Jared sussurrar outra coisa.

— Nem sei mais como ser aquele cara.

12. MENINA DE OLHOS NEGROS

Acordei com o corpo de Jared aninhado ao meu enquanto seu peito subia e descia contra minhas costas em um ritmo suave. Os lábios roçavam meu pescoço a cada vez que inspirava, causando-me um arrepio na coluna.

Esqueci onde estávamos e todas as coisas que tinham nos levado àquele lugar, até um feixe de luz recair sobre a parede de armas.

Desenlacei o corpo do de Jared e fui, na ponta dos pés, até a escada do sótão.

Precisávamos de Faith, por mais louca que parecesse. Ela sabia mais sobre Andras e a Legião que o restante de nós, e, se estivesse certa sobre os Illuminati, estávamos no escuro com relação a isso também. Por mais que odiasse a ideia, se eu prometesse ficar de fora, talvez ela reconsiderasse e nos ajudasse.

Atravessei o corredor. As paredes brancas nuas e as luzes de emergência próximas ao piso me lembravam de quão diferente, e mais solitária, a vida de minha tia era da minha.

Ao chegar à porta de Faith, fiquei ali com o punho parado no ar.

Você consegue.

Um som estranho veio lá de dentro. Ela estava chorando? O som ficou mais alto, e reconheci o ganido insistente. Urso.

— Faith? — chamei através da porta, batendo sem parar. — É a Kennedy. Está tudo bem?

Uma porta se abriu no corredor, e Alara enfiou a cabeça para fora.

— O que está acontecendo?

— Tem algo errado. — Bati com mais força. — A porta está trancada, e Urso está lá chorando. Ela não responde.

Alara enfiou os pés nas botas de combate e afivelou o cinto de ferramentas enquanto se aproximava de mim.

— Podemos arrombar a porta ou coisa do tipo? — perguntei.

— Não é tão fácil quanto parece nos filmes. É preciso chutar no ponto exato.

Ela me tirou do caminho com um empurrão.

— Vá para trás. Este é um trabalho para uma mulher só.

Olhei as camadas de tinta branca lascada da porta de Faith. Tinha sido pintada pelo menos meia dúzia de vezes, e cada novo tom fora passado sobre a camada descascada de baixo.

Algo terrível espera do outro lado.

Alara chutou o meio da porta com a sola. A madeira rachou, estilhaçando-se. Na segunda vez que a bota a atingiu, a fechadura cedeu e parafusos enferrujados rolaram pelo chão.

A porta se abriu, e entrei no quarto andando sem firmeza.

Um cheiro doce pairava no ar. Ao menos não era enxofre, um sinal característico da presença demoníaca.

Urso ganiu, e meus olhos se deslocaram para ele, que estava sentado ao lado da cama de dossel.

Pequenas vagens verdes do tamanho de azeitonas estavam espalhadas por todo o chão.

— Ah, meu Deus. — Alara tapou a boca com a mão.
Faith estava caída contra a cabeceira.

Minha mente voltou à noite em que encontrei o corpo de minha mãe, com o olhar vazio e o braço pálido pendendo pela lateral da cama.

Eu só queria que ela acordasse.

Aproximei-me devagar, incapaz de me conter.

Acorde, Faith.

Faith estava de olhos fechados, o rosto sujo do mesmo tom de rosa com o qual pintara as armadilhas para ursos. Havia um balde de metal virado ao lado da cama, despejando uma poça de seiva envenenada pelo chão.

Bálsamo de inverno.

Acima da cabeceira, vagens verdes amassadas manchavam a parede com o mesmo tom intenso de rosa, formando letras pontudas idênticas às que tinham se gravado no espelho do quarto no dormitório. Contudo, a mensagem era outra.

ELE ESTÁ AQUI

Vozes flutuaram pelo corredor. Jared, Lukas, Sacerdote e Elle conversavam sobre alguma coisa, talvez café da manhã, banhos quentes ou tias loucas que colavam sacos de lixo em janelas. Não sabiam que Faith estava morta, que eu tinha perdido mais um membro da família, mesmo que mal a conhecesse.

— Estamos no quarto de Faith — gritou Alara, estranhamente calma. Ela voltou o rosto para o Olho da Eternidade, pintado no teto acima do corpo. — O Olho não foi forte o bastante para protegê-la.

Talvez nada tivesse sido.

Lukas parou assim que passou da porta.

— Ei, o que vocês...

Elle olhou para o corpo de Faith e para a parede gotejante, então gritou:

— Ela está morta? Está morta, não é?

Os olhos de Sacerdote correram dos pulsos amarrados de minha tia para as vagens verdes espalhadas pelo chão.

— O que aconteceu?

Jared olhou para a mensagem na parede, perplexo.

— Ela foi envenenada por um espírito vingativo ou por alguma outra coisa. — Alara se afastou da cama, tentando se distanciar do corpo e da mensagem.

— *Alguma outra coisa*? — Elle esbarrou no batente e se sobressaltou. — Que tipo de coisa?

Pela primeira vez, era eu quem tinha a resposta.

— Um demônio.

⁌ • ⁍

Com as armas em punho, Lukas, Jared, Alara e Sacerdote me tiraram do quarto, com Elle.

— Devíamos enterrar o corpo. — Eu não aguentava pensar em deixá-la deitada sob a mensagem sinistra.

— Só depois que fizermos uma varredura na casa. — Sacerdote jogou um medidor de campo eletromagnético para Jared, tomando o comando.

— Fique aqui com Elle. — Jared beijou minha testa, então me entregou uma semiautomática com Silver Tape enrolada no cano. Ele deslizou a mão pela lateral de minha perna até chegar ao bolso do jeans. O metal retiniu quando ele jogou balas de sal lá dentro. — Só por precaução.

— Precaução contra o quê? — Elle se encostou à parede.

— Vou ficar com Kennedy e Elle. — Os olhos de Lukas percorreram-lhe o rosto ao dizer seu nome, mas Elle estava apavorada demais para notar.

Em vez disso, agarrou seu braço com todas as forças.

— Não vai deixar a gente, não é?

Ele tirou uma mecha de cabelo ruivo dos olhos dela.

— Vai ficar tudo bem.

Ela assentiu várias vezes, como um brinquedo a pilha quebrado.

— Vou verificar as linhas de sal. — Alara foi para a escada com a pistola de pregos de prontidão e um rifle apoiado ao outro ombro.

Urso a seguiu, correndo para ultrapassá-la.

Fiquei ao lado de Lukas e Elle, ouvindo os apitos familiares dos medidores de campo eletromagnético.

Elle olhou para a porta de Faith, com uma expressão perplexa, e se afastou um pouco mais.

— Não acredito que ela está morta. E do jeito que aconteceu... Eu nunca deveria ter pegado aquele bracelete no museu.

— Isto não teve nada a ver com o bracelete. — Minha mão apertou o cabo da arma. O que acontecera ali estava conectado à mensagem arranhada no espelho em Winterhaven.

— Kennedy está certa — confirmou Lukas. — Quando objetos são assombrados, o espírito vingativo é ligado ao item em si. E o bracelete está enterrado em algum lugar da floresta. Pode acreditar em mim, já lidei com muitos espíritos malignos. Isto é diferente.

Elle ergueu o rosto para ele, os olhos cor de chocolate ainda atordoados.

— Por que faz isso?

— Do que está falando, exatamente? — Lukas deslocou o olhar do rosto de Elle para o piso entre eles, como se de repente percebesse como estavam próximos.

Ela esfregou o rosto, deixando um rastro de delineador preto sobre a bochecha.

— Sei que estão tentando evitar que um demônio abra os portões do inferno e transforme o mundo em seu parquinho particular. E entendo isso. Mas Kennedy falou que você combate esses espíritos assassinos desde que era criança, *antes* de o demônio escapar. — Os pensamentos se despejavam em um fluxo insano de consciência. — Por que arriscaria a vida assim?

Eu me lembrei de ter feito a mesma pergunta a Jared e Lukas quando os conheci, sem compreender por que alguém correria tal risco.

Lukas limpou o delineador borrado do rosto dela.

— Porque quero proteger as pessoas.

Elle assentiu como se entendesse.

Depois disso, o corredor ficou em silêncio. Não houve luzes piscando nem fios se desprendendo das paredes, apenas o som de vozes familiares e leituras normais nos medidores de campo eletromagnético até Sacerdote e Jared voltarem.

— A casa está limpa. — Sacerdote apoiou a Justiceira à parede ao lado.

Jared entrelaçou os dedos aos meus, como se já tivesse feito isso mil vezes.

Urso subiu a escada trotando, seguido por Alara.

— Todas as linhas de sal estão intactas.

— Quero enterrá-la. — Depois de todas as coisas terríveis que tinham acontecido a Faith, ela merecia um pouco de paz.

⚜ • ⚜

Enterramos minha tia no túmulo que ela mesma cavara pouco antes.

Alara fez uma oração, e nos revezamos para jogar punhados de terra no buraco. Eu não parava de imaginar o túmulo de minha mãe, vendo os detalhes nítidos como em uma foto.

Eu me via parada ao lado de um monte de terra revirada, olhando para as rosas brancas, algumas tortas ou quebradas, as pétalas sujas de terra espalhadas sobre o caixão reluzente.

Desviei o olhar quando Jared e Lukas recolocaram a terra no buraco. Não conseguia encarar aquilo, então fixei os olhos na lápide, na qual Jared gravara o ano da morte.

Será que Faith desconfiava do que aconteceria o tempo todo? Será que tinha visto em um de seus sonhos? Acrescentei as dúvidas à lista de perguntas sem respostas que se acumulava em minha cabeça.

Eu continuava sem saber por que minha mãe havia escondido a Legião de mim, ou se tinha planejado me contar a verdade um dia. Será que temia que os Illuminati, ou homens como Archer, nos prejudicassem?

Passei os olhos pelo epitáfio: *Que ela durma com as pombas.* A própria Faith devia tê-lo escolhido. Tentei me imaginar escrevendo o meu. O que diria?

A garota que destruiu o mundo.

Voltei com os outros para dentro da casa. Eles pararam para conversar no que teria sido a sala de estar em uma casa normal. Ali, cercada pelas pinturas proféticas de minha tia, eu prestava pouca atenção às conversas ao redor.

— Como ele entrou?

— Andras não pode cruzar uma linha de sal.

— Não sabemos o que ele pode fazer.

Até ouvir algo que não pude ignorar.

— Acha que isso significa que agora Kennedy é uma de nós? — Alara parecia esperançosa.

— Você ouviu minha tia dizer que não queria que eu fizesse parte da Legião. — Tentei agir como se aquilo não me afetasse.

— Quem mais ela escolheria? Seu pai? — perguntou Sacerdote. — Ele não é exatamente a próxima geração.

— Não acredito que você disse isso em voz alta — sussurrou Alara para ele antes de se voltar em minha direção. — Os adultos passam metade do tempo nos repreendendo por coisas que não querem nos deixar fazer, depois acabam mudando de ideia.

Pensei em tudo o que minha tia havia compartilhado comigo sobre os Illuminati, Archer e seu passado. Não teria me contado seus segredos se não confiasse em mim, e parecera menos cautelosa quando estávamos sozinhas.

E se Sacerdote estivesse certo, e se Faith tivesse mudado de ideia e me escolhido?

— Talvez. — Não tentei parecer convincente.

— É melhor juntarmos nossas coisas e sairmos daqui — sugeriu Sacerdote a Jared, ou talvez a Lukas. Eu não estava mais prestando atenção.

Concentrei-me nas fivelas prateadas que percorriam as laterais de minhas botas, no fio solto na bainha da camisa, na mancha marrom em minha mão. Levei um segundo para perceber o que era.

Terra. Do túmulo de minha tia.

Meu estômago se contorceu como se a mancha fosse de sangue. Depois das últimas 24 horas, era quase isso, e eu só conseguia pensar em limpá-la.

Jared ergueu o rosto ao me ver seguir às pressas para o corredor.

— Só vou lavar as mãos. — Percebi sua preocupação pela maneira que acompanhou meus passos.

Antes que tivesse a chance de responder, algo bateu contra o telhado com um baque.

Elle ergueu o rosto de repente.

— O que foi isso?

Em questão de segundos, outro objeto pesado atingiu a frente da casa. Urso desceu a escada aos saltos e se agachou sob a janela estilhaçada, rosnando. Mais dois estrondos se seguiram em rápida sucessão.

— Parecem pedras — disse Alara.

Jared correu até o closet de suprimentos, voltando com os braços cheios de balestras e armas semiautomáticas. Ele largou algumas caixas de balas de sal na escada.

— Verifiquem se não estão carregadas com balas de verdade.

A casa estava sendo atingida em intervalos de segundos. Lukas enfiou um punhado de munição no bolso da jaqueta e foi até a janela. O latido do cachorro havia se tornado feroz.

Sacerdote chegou à janela antes.

— Gente, temos um problema sério.

Um borrão marrom passou pela janela quebrada.

— Cuidado! — Agarrei a manga de Alara, tirando-a do caminho pouco antes de o objeto atingir o chão.

Elle deslizou até parar.

— Aquilo é... ?

— Um tijolo. — Alara o chutou para o outro lado da sala.

Do lado de fora da janela, dezenas de tijolos marrom-avermelhados cobriam o quintal. Além do círculo de sal, uma multidão se reunira: uma senhora de avental, pantufas e rolinhos no cabelo; um homem corpulento de macacão jeans e gorro de caça xadrez; uma mulher magra de vestido desbotado, cercada por quatro crianças, cada uma mais magra e suja que a outra; uma velhinha apoiada em uma bengala retorcida.

Cada um tinha uma pilha de tijolos a seus pés.

A distância, mais gente com tijolos chegava por entre as árvores, como se a casa de Faith os estivesse atraindo.

— Devem ser os vizinhos de sua tia, ou seja lá como são chamadas as outras pessoas que moram aqui na floresta — comentou Alara.

A senhora de rolinhos jogou um tijolo, que atingiu a porta da frente.

Lukas olhou pela janela.

— Sejam o que *forem*, acho que não são mais os vizinhos dela.

Uma criança, que parecia ter 5 ou 6 anos, deu um passo à frente com os olhos colados ao chão. O cabelo tinha uma franja irregular, e o vestido maltrapilho estava rasgado em mais pontos do que eu conseguia contar. Ela segurava um tijolo na mão enquanto atravessava a neve penosa e metodicamente, como se estivesse em transe.

A menina foi até a borda do círculo de sal e se abaixou, enfiando um dos dedos nos cristais brancos. Quando se levantou, ergueu a cabeça.

Os olhos estavam negros como piche.

Elle cambaleou para trás.

— O que aconteceu com os olhos dela?

— Está possuída. — Alara parecia apavorada. — Acho que todos estão.

A criança nos encarava sem piscar. Ela inclinou a cabeça para o lado, lambendo o sal do dedo. Então, abriu um sorriso lento e ameaçador ao ultrapassar a linha de sal.

13. FILHOS DA LIBERDADE

Um a um, os vizinhos atravessaram a linha de sal com movimentos rígidos e desajeitados.

— Precisamos sair daqui agora. — Alara agarrou o braço de Elle.

Lukas esvaziou uma caixa de balas de sal e carregou sua arma de paintball.

— Sacerdote, pegue o equipamento. Tem quatro minutos. Depois saia pela porta dos fundos.

— Já está arrumado. — Ele saiu às pressas para o corredor.

A menina de olhos negros ergueu o tijolo e o lançou pela janela quebrada. Ele bateu no chão, lançando pedaços de argila e argamassa em Sacerdote. Os vizinhos possuídos ergueram seus tijolos, sem diminuir o passo.

— Jared! Está esperando um convite? — gritou Lukas para o irmão, que ainda estava com os olhos fixos na criança.

Ele desviou a atenção e pegou o rifle de paintball.

— Kennedy, vá! — gritou Lukas, apontando a arma.

Lukas já me dissera essas palavras uma vez, dentro da mansão Lilburn. Mas dessa vez obedeci. Urso corria atrás de mim, latindo se eu desacelerasse por um segundo.

A explosão das balas de sal substituiu o som de tijolos batendo contra a casa.

Quando cheguei ao corredor, Sacerdote estava no patamar da escada, jogando as sacolas para baixo. Ele juntou nossos casacos e se inclinou sobre o parapeito.

— Pegue, vou buscar a Justiceira. As armas estão na sacola com Silver Tape na alça.

Vasculhei as sacolas e encontrei uma arma de paintball, depois enfiei os casacos lá dentro. Urso latiu, incitando-me a continuar. Enquanto atravessava o salão correndo, as paredes vibravam por causa da chuva de tijolos que bombardeava a casa.

Ainda estão lá fora.

Quantos? Uns 12?

Vi Alara e Elle de relance antes de se jogarem dentro da cozinha. Urso me seguia, empurrando-me para a porta dos fundos. Ao passarmos pela cozinha, o cheiro persistente de bálsamo de inverno revirou meu estômago.

Urso disparou à minha frente e parou derrapando na porta, rosnando.

— Saia, Urso. — Eu me espremi na frente dele e abri a porta. Um ar gelado atingiu meus pulmões, fazendo-me ofegar.

Vazios olhos negros me encaravam de todas as direções: uma mulher grisalha com um machado apoiado no ombro; uma garota não muito mais velha que eu de jeans e avental manchado, segurando um tijolo com uma das mãos, e a alça da jardineira de um menininho de olhos negros com a outra; um homem de macacão de mecânico empunhando uma chave-inglesa; homens velhos carregando tijolos enquanto se esforçavam para atravessar a neve com suas bengalas.

Alara e Elle estavam a apenas alguns metros do bando que tentava cercá-las. Urso disparou na frente das duas, tentando morder.

O menininho avançou para o cachorro, sibilando como um gato arisco e tentando se livrar da mãe.

— Continuem em frente! — berrou Sacerdote, de algum lugar atrás de mim.

Ouvi os tênis dele deslizarem pelo linóleo conforme Alara erguia a arma de paintball para disparar.

Elle gritou e cobriu os ouvidos.

A bala de sal atingiu a mãe do menininho bem no meio dos olhos. A cabeça foi jogada para trás, e ela escorregou.

Alara continuou atirando sem parar, mas meus olhos estavam colados à mulher atingida, caída na neve.

Que voltava a se sentar.

— Olhe.

Havia uma marca branca gravada no meio da testa dela, entre os olhos negros vidrados.

O selo de Andras.

— Saiam do caminho. — Sacerdote caiu de bruços, alinhando a Justiceira diante de si.

Alara agarrou Elle, então se jogou para o lado. Urso correu atrás delas, circulando o ponto em que haviam se encolhido na neve. Elle tinha parado de gritar, e a expressão apavorada fora substituída por um olhar vazio.

Sacerdote disparou a arma para controle de multidões sobre os vizinhos possuídos, acertando-os com uma chuva de munição não letal que os fez voar. Contudo, depois de alguns instantes, eles se levantaram, um de cada vez, com o selo de Andras gravado na testa.

Lukas passou correndo pela porta da cozinha.

— Precisamos ir.

Esperei para ver um relance da jaqueta verde do exército, mas não vi.

— Cadê Jared?

— Achei que já tinha saído. — Lukas recarregou a arma e estava virando para voltar quando a porta se abriu.

Jared cambaleou para fora, suado e ofegante.

Lukas segurou o braço do irmão.

— Onde estava?

Sacerdote disparou outra saraivada de tiros, abafando a voz deles. Para não ficarem para trás, Jared e Lukas ergueram as próprias armas, atirando balas de sal nas pessoas que ainda estavam de pé.

Pessoas.

Presas em algum lugar dentro daqueles zumbis, ainda havia pessoas. Não é?

— Corram! — vociferou Sacerdote.

Alara colocou Elle de pé, e Urso partiu na frente delas, abrindo caminho através da neve coberta de cinza.

⊰ • ⊱

Jared ligou o motor, e o jipe deslizou pelo gelo até a estrada.

Eu me recostei ao banco, enfiando as mãos geladas nos bolsos do casaco. Meus dedos roçaram em um pedaço de papel, e, ao estender o braço para colocá-lo no bolso do banco, que já transbordava com as embalagens de doces de Sacerdote, percebi que não era lixo.

O compacto quadrado de papel fora dobrado com cuidado excessivo, como os bilhetes que Elle e eu costumávamos passar uma para a outra durante a aula. Eu o abri, revelando uma caligrafia confusa. Minha mente catalogava cada curva, incluindo as quase ilegíveis.

Jared olhou pelo espelho retrovisor.

— O que está lendo?

— Acho que é um bilhete de minha tia.

Sacerdote apoiou os fones de ouvido no pescoço.

— O que diz?

— Está muito confuso, mas acho que diz "Uma história enterrada. Um cadarço usado. Uma página da King Jane"...

Sacerdote se aproximou e apontou para uma palavra.

— É *James*. Como na Bíblia.

— Certo. — Ergui o bilhete para todos verem.

Uma história enterrada.
Um cadarço usado.
Uma página da King James.
Um salário de meio-pêni.
Embora não passe de quinquilharia,
Algo mais precioso na pedra descansaria.
Entre 39 e 133.

— O que diz no final? — perguntou Elle.

— "Que a pomba negra sempre os carregue." — Estreitei os olhos para a tinta borrada. — "E que o ângulo"... não, deve ser "anjo"... "os guie".

— Espero que exista uma tradução — disse Elle.

— É uma charada. "Uma história enterrada..." — Alara se aproximou.

Sacerdote observou a página.

— Um cadarço usado. Uma página da King James. Um salário de meio-pêni. Todas essas coisas são do museu de taxidermia. O cadarço de John Hancock. A página da Bíblia de Joseph Warren...

— Era a Bíblia de Paul Revere — corrigiu Jared.

— Ok, da Bíblia de Paul Revere e o meio-pêni de Joseph Warren. Talvez seja preciso voltar ao museu e pegar tudo isso.

Não fazia sentido. Se tínhamos levado o demônio à casa de Faith, não tinha como saber por quanto tempo nos seguira — algo que Faith saberia.

— Ela não nos mandaria de volta para lá. Era paranoica demais.

— Não acho que precisemos dos itens. — Lukas rolou a moeda prateada entre os dedos, ainda tentando entender. — Sacerdote, o que essas três coisas têm em comum?

— Um cadarço, uma página velha da Bíblia e um meio-pêni? — Sacerdote deu de ombros. — É uma pegadinha?

— Não os itens em si — retrucou Lukas.

— Todos pertenceram a patriotas — sugeri.

— E maçons — acrescentou Alara.

— Três patriotas da Guerra Revolucionária que eram membros dos Filhos da Liberdade. — Jared nos olhou pelo espelho retrovisor. — Acho que aprendi mais nas escolas públicas da Filadélfia do que eu imaginava.

— E quanto à parte seguinte? — perguntou Alara. — Algo mais precioso na pedra descansaria.

— A julgar pela personalidade desconfiada de Faith — disse Lukas —, imagino que tenha escondido alguma coisa e queria que Kennedy a encontrasse.

— Por que tudo precisa ser um poema ou uma charada? — Elle esfregou o rosto, exausta. — Não podia simplesmente nos contar a maluquice que precisamos fazer?

— Escrever é perigoso — explicou Lukas. — Espíritos vingativos, demônios e, se Faith estivesse certa, os Illuminati poderiam usar a informação para nos encontrar. — Ele trocou um olhar com o irmão, porém ninguém mais pareceu notar.

Alara esticou as pernas no banco, deixando espaço para Urso.

— Então, por onde começamos?

— Lugares relacionados a Paul Revere, John Hancock e Joseph Warren. — Lukas pegou o celular. — Os Filhos da Liberdade faziam reuniões e eleições na Old South Meeting House. E parece que todos estão enterrados no mesmo cemitério, em Boston.

O reconhecimento cintilou nos olhos de Sacerdote.

— O Granary Burying Ground.

— Sem dúvida cemitérios são cheios de pedras — falei.

Sacerdote sorriu.

— Precisamos dar uma olhada.

Alara jogou o braço sobre os olhos e suspirou.

— Claro que precisamos.

14. CIMENTO E ARGAMASSA

— Quero ver o túmulo de John Hancock antes de irmos — disse Elle, atravessando a neve suja de lama do Granary Burying Ground.

— Já fez bastante turismo na vinda para cá — rebateu Alara, fechando o zíper da jaqueta para afastar o frio.

Boston ficava a apenas uma hora e meia da casa de minha tia, mas parecia que tínhamos levado uma eternidade para chegar ao cemitério. As ruas estavam fechadas para um festival, então ficamos no engarrafamento por 45 minutos antes de finalmente desistir e estacionar. Acabamos andando por mais de uma hora na neve, o que fez o humor de Alara se deteriorar com rapidez.

Quando passamos pelos portões do cemitério, ela se manteve na via principal, embora isso significasse enfrentar o calçamento gélido, pois não queria correr o risco de pisar em um dos túmulos cobertos de vegetação.

Jared olhou para um guia de turismo com uma fantasia de época da Guerra Revolucionária.

— Acho possível que a gente esteja no caminho errado. Não consigo imaginar Faith escondendo nada aqui. Este lugar é muito movimentado.

Era o segundo guia que víamos em 15 minutos.

— De quem é o túmulo que estamos procurando? — perguntou Alara enquanto Urso trotava ao lado.

— Dos três, apenas Paul Revere foi maçom e membro dos Illuminati — disse Sacerdote.

Elle parou.

— Vai ser uma busca rápida.

Uma lápide modesta coberta por pedras e moedas se projetava da neve. Ao lado, havia um pequeno marcador de túmulo, ladeado por duas bandeiras americanas. Alguém tinha deixado três ursos de pelúcia diante da lápide, cada qual vestido com uma farda da Guerra Revolucionária e segurando um pequeno tambor. A placa enferrujada na sepultura retangular dizia:

PAUL REVERE.
NASCIDO EM BOSTON,
JANEIRO. 1734:
MORTO
MAIO. 1818.

Jared se ajoelhou diante do monte.

— A não ser que sua tia tenha deixado alguma coisa para você em um desses ursos, não parece o lugar certo.

— Será que enterrou? — Sacerdote tirou os fones de ouvido, que tocavam aos berros "Head Like a Hole" do Nine Inch Nails.

Alara parecia enojada.

— Vá em frente se quer descobrir, mas não vou cavar em um cemitério. Essa é a definição de azar.

Olhei para os ursos de pelúcia encharcados. Eu convivera com minha tia por 24 horas. Não tinha ideia do que procurávamos nem por que ela queria que eu encontrasse o que quer que fosse.

Isto é um beco sem saída.

Lukas analisou o mapa outra vez.

— Revere tem um jazigo familiar. — Ele apontou para uma fileira de mausoléus escondida pelas coníferas. — Lá atrás.

Todos o seguiram cemitério adentro, menos Alara, que ficou para trás com Urso.

Sacerdote me cutucou, indicando-a com a cabeça.

— Ela está no telefone de novo.

— Com quem acha que está falando? Com a irmã? — perguntei.

— Ninguém liga tanto para a irmã — respondeu Elle. — Já falei, é um cara.

Quando chegamos ao jazigo, Jared limpou a neve fresca da pedra com a manga. No topo estava gravado REVERE.

— É aqui.

As quinas estavam lascadas e gastas pelo tempo, além de haver um emaranhado de raízes de árvores enroscadas no jazigo. Apenas finas rachaduras atravessavam a pedra.

Lukas se abaixou para verificar a base.

— Não há lugar para esconder nada aqui.

Sacerdote abriu a boca para dizer algo, mas ergui a mão para detê-lo.

— Esqueçam. Não vamos olhar por dentro.

— De qualquer forma, seria inútil — comentou Elle. — A julgar pela largura dessas raízes, estão enroladas aí faz décadas. Então, a não ser que sua tia tenha escondido esse item misterioso há mais de vinte anos, não é este o local.

— De onde saiu isso? — perguntou Jared.

Elle o encarou por baixo do capuz felpudo de sua jaqueta de oncinha.

— Da aula de botânica, que fiz depois de biologia e geologia avançadas. Nem todas as meninas bonitas são burras.

— As duas afirmações dela estão corretas. — Sacerdote ligou o medidor de campo eletromagnético e circulou o mausoléu.

— Está testando para ver se encontra espíritos em um cemitério? — Eu me perguntava como aquilo ia funcionar.

— Só neste mausoléu — respondeu ele, desligando o aparelho. — A agulha mal se moveu.

Alara se aproximou de nós, contornando as lápides cobertas de neve. Segundo o mapa, havia pouco mais de 2 mil jazigos e lápides no cemitério, mas quase 5 mil corpos estavam enterrados ali. Eu não tinha coragem de contar a Alara que ela provavelmente já pisara em vários deles.

— Conversando com seu namorado de novo? — implicou Lukas, quando ela se aproximou o bastante para ouvir.

A expressão dela estava sombria.

— Outra garota desapareceu hoje de manhã.

Meu estômago se revirou, e visualizei a fileira de fotos em meu quarto no dormitório.

— Qual era o nome dela?

Alara me lançou um olhar estranho.

— Lucy Klein. Por quê?

— Só por curiosidade. — Acrescentei o nome à lista mental. Mais tarde procuraria sua foto e a desenharia em meu bloco.

— Talvez estejam vivas em algum lugar — sugeriu Elle.

Esperei que alguém concordasse, mas houve apenas silêncio.

Sacerdote tinha certeza de que Faith escondera o que quer que eu precisava encontrar na Old South Meeting House, e tentou nos convencer enquanto íamos para lá.

— Os Filhos da Liberdade faziam debates e eleições públicas na casa de assembleia — explicou ele. — Foi de lá também que partiu o sinal que começou a Boston Tea Party. A marcha dos Filhos da Liberdade saiu dali e liderou os colonos direto ao cais.

Quando chegamos ao prédio de tijolos, com seu alto campanário e a porta pintada da cor do uniforme de um soldado britânico, a neve se transformara em uma chuva fria.

Havia um grupo de turistas ali na frente, aglomerados sob os guarda-chuvas. Um guia de turismo vestido de Paul Revere, com direito a chapéu tricórnio marrom, apontava para a porta vermelha.

Alara revirou os olhos.

— Sério? Outro? Quem faz um tour com esse tempo?

— Será que ganham desconto nesses chapéus? — sussurrou Sacerdote quando passamos.

— A pedra fundamental era um importante símbolo para maçons, como Paul Revere e John Hancock. — Era possível ouvir a voz do guia apesar da chuva.

Sacerdote parou nos degraus da entrada.

— Esperem um segundo.

O guia apontou para uma pedra cinza e gasta, que se destacava dos tijolos vermelhos ao redor, e os turistas esticaram o pescoço.

— Para os primeiros maçons, a pedra fundamental era a primeira pedra colocada na fundação, e, com frequência, a data e as iniciais do construtor eram gravadas nela — continuou ele. — Os maçons consideravam a pedra um elemento simbólico e continuaram a tradição, mas, em geral, a adicionavam ao exterior de seus prédios. *Menos* o patriota e maçom Benjamin Franklin.

Alara ficou na porta.

— Talvez possa fazer o tour mais tarde, Sacerdote. Prefiro ver tinta secar.

— Agora, para todos os fãs de *Jeopardy!* — prosseguiu o guia, tagarelando. — Benjamin Franklin se importava mais com o que estava *dentro* da pedra fundamental que com o que estava gravado do lado de fora. Em seus diários, Franklin revelou que escondeu importantes documentos ligados aos Filhos da Liberdade atrás da pedra fundamental de sua casa.

Um homem atarracado, vestindo um poncho de plástico, ergueu a mão como se estivesse no jardim de infância.

— Se os documentos eram tão importantes, por que ele escreveria onde os escondeu?

— Que excelente pergunta, senhor. — O guia aproveitou a oportunidade para elaborar. — Os maçons eram conhecidos por seu acabamento impecável e *sem emendas*, então com frequência escondiam objetos de valor dentro de coisas que construíam. Esses itens só podiam ser acessados ao se alavancar determinado ângulo, assim como a pedra fundamental da casa de Franklin.

Lukas se virou para mim.

— Me dê o bilhete outra vez.

Sacerdote analisou o pedaço de papel em minha mão e voltou-se para Lukas.

— Está pensando o mesmo que eu?

Lukas abriu um meio sorriso.

— Talvez.

Elle se espremeu entre os dois, tentando evitar a chuva.

— Podemos pensar no que quer que seja lá *dentro*?

Sacerdote vestiu o capuz.

— Precisamos voltar ao cemitério.

Alara gemeu.

— Não encontramos nada lá.

Lukas segurou seu cotovelo e a guiou escada abaixo.

— É porque estávamos procurando no lugar errado.

— Então, o que os números significam? — perguntou Jared, acertando o passo com Lukas.

— Acho que são ângulos — disse seu irmão.

Visualizei a caligrafia de Faith no bilhete que deixara no bolso de meu casaco.

E que o ângulo os guie.

Desde o começo dizia ângulo, não *anjo*.

Sacerdote olhou em volta.

— Precisamos encontrar uma farmácia.

Alara parou de andar e ficou no meio da calçada, de braços cruzados. Urso se sentou ao seu lado.

— O que está fazendo? — perguntou Sacerdote.

— Esperando alguém me dizer o que está acontecendo — resmungou ela.

Sacerdote apontou para uma farmácia no final da rua.

— Que tal explicarmos lá dentro, onde está seco?

Alara passou com arrogância por ele e seguiu em direção à loja.

Aquilo era um sim.

⚔ • ⚔

Nós cinco estávamos no corredor de material escolar da farmácia, olhando as prateleiras e pingando por todo o carpete barato, enquanto Jared esperava lá na frente com Urso.

Sacerdote encontrou uma bússola e uma régua, as quais abriu conforme Lukas desdobrava o bilhete.

— Se eu estiver certo...

— Se *nós estivermos* certos — corrigiu Sacerdote.

Lukas apontou para o pé da página.

— Se nós estivermos certos, esses dois números são ângulos.

— E como sabem disso? — questionei.

— O guia de turismo disse que a pedra fundamental de Ben Franklin só podia ser movida se alguém a alavancasse de um ângulo específico. — Lukas indicou os números do bilhete. — Mas há dois números aqui. Acho que a interseção desses dois ângulos é o ponto que abre a pedra fundamental onde Faith escondeu o que você precisa encontrar.

Elle abriu um rolo de papel toalha que pegara enquanto percorríamos o corredor, e enxugou o rosto.

— Calma aí. Como sabem que Faith não escondeu esse item misterioso atrás da pedra fundamental da Old South Meeting House?

Lukas deu de ombros.

— Não sei. Mas a casa de assembleia fica no meio de uma rua movimentada. Não consigo imaginar Faith pulando a cerca e mexendo nas pedras de um prédio histórico sem ninguém perceber. O cemitério parece um lugar mais fácil para esconder alguma coisa.

— Mesmo que ele esteja errado, vamos ter de esperar até escurecer para voltar à casa de assembleia — disse Sacerdote.

Elle limpou o borrão de delineador preto sob os olhos.

— Meninos, vocês sabem mesmo como entreter uma garota.

Lukas passou o braço ao redor do pescoço dela.

— O que acha de arrombar uma tumba?

15. SONHOS FANTASMAGÓRICOS

Os três ursos de pelúcia encharcados continuavam em formação ao passarmos pelo túmulo de Paul Revere. Quando chegamos ao jazigo da família, Sacerdote examinou a base.

— A pedra fundamental deve estar aqui.

No canto nordeste, as iniciais P.R. estavam gravadas na pedra.

Lukas colocou a bússola no ângulo de 90 graus à base da pedra fundamental.

— Este ponto seria o zero. — Ele desenhou um arco até 39. — Qual é o outro número?

Verifiquei o bilhete só por precaução.

— É 133.

Ele mediu o segundo ângulo e desenhou um arco que dividia o primeiro ao meio.

— Vai simplesmente abrir sem mais nem menos? — perguntou Alara, segurando o guarda-chuva sobre Lukas enquanto ele trabalhava.

Jared passou o dedo pela tela do celular.

— Segundo tudo na internet, se atingirmos o ponto em que as linhas se cruzam, a pedra fundamental deveria se abrir.

Sacerdote tirou uma chave de fenda do bolso de trás e cutucou Lukas.

— Chegue para lá. Abra espaço para o gênio da matemática.

— Vocês sabem que estão prestes a saquear o túmulo de alguém, não é? — Alara parecia nervosa.

— Relaxe. O medidor de campo eletromagnético não captou nenhum espírito. — Sacerdote posicionou a chave de fenda e pegou um tijolo quebrado, segurando-o sobre a extremidade da ferramenta como um martelo.

Alara recuou, como se quisesse ter certeza de que os espíritos dos parentes de Paul Revere sabiam que ela desaprovava.

Lukas apontou para a pedra.

— Cuidado para acertar bem na interseção das linhas.

— Pode deixar. — Sacerdote bateu com o martelo na ponta da chave de fenda.

Elle rondava atrás.

— Não está acontecendo nada.

— Espere um minuto. Não é mágica. — Ele bateu de novo. Dessa vez, a pedra fundamental se deslocou, e o canto voltado para a chave de fenda girou em nossa direção. Sacerdote soltou a pedra retangular, revelando um espaço escuro. — Quem vai enfiar a mão aí dentro?

Alara ergueu as mãos e deu um passo para trás.

— Não olhe para mim. Não roubo túmulos.

— Não estamos roubando nada das pessoas mortas — disse Jared. — O que estiver aí pertencia a Faith, e ela queria que ficasse para Kennedy.

Arregacei a manga, tentando não pensar em todas as coisas nojentas e mortas que deviam estar ali. Meus dedos se deslocaram para a frente até tocar em uma superfície lisa e retangular.

— Encontrei alguma coisa.

— O que é? — perguntou Sacerdote.

Os nós de meus dedos rasparam contra a pedra quando desalojei o objeto.

— Parece uma caixa.

O que surgiu foi um livro com as páginas protegidas por capas folheadas a prata. Terra se encrustara nos símbolos e arabescos gravados na frente.

Alara segurou o guarda-chuva sobre mim, protegendo o livro, enquanto eu o abria cuidadosamente. Apesar dos rasgos e estragos causados pela água, só levei um instante para reconhecer a história da primeira página e perceber o que estava segurando.

O diário de minha tia.

Alara sorriu.

— Inacreditável.

Sacerdote a cutucou.

— Como se sente em relação a roubar túmulos agora?

— Sabe o que isso significa, não é? — Lukas me observava com expectativa. — Sua tia está passando o bastão.

Eu queria acreditar, mas tinha me decepcionado muitas vezes.

— Faith não queria nem conversar sobre me deixar substituí-la. Todos vocês estavam lá.

— Talvez fosse algum tipo de teste para ver se você queria mesmo entrar — argumentou Alara.

— Não sei, não. — Depois de passar menos de 24 horas com minha tia, eu não a conhecia melhor do que nenhum de meus amigos.

Elle se enfiou entre mim e Alara.

— Se Faith não a escolheu como substituta, por que deu aquela equação matemática maluca e deixou o diário para você? Não deveria deixá-lo para a pessoa seguinte na linha de sucessão?

Alara olhou para Elle como se ela tivesse acabado de provar que a Terra era redonda.

— Sério? E vai dizer isso assim, como se não fosse nada? Então passou esse tempo todo prestando atenção?

Elle abriu um sorriso convencido.

— Lembrar o nome de seu eletromagneto caçador de fantasmas não é uma medida de inteligência.

Alara balançou a cabeça.

— Você estava quase lá...

— Quase não conta — argumentou Sacerdote. — O que significa que a próxima entidade paranormal que mexer conosco é de Kennedy. — Ele se virou para mim. — Vamos ficar para trás enquanto você desenha um símbolo para destruí-la. Aí ganhará sua marca.

Toquei meu pulso.

Será que ainda havia uma chance?

Jared aproximou os lábios de minha orelha.

— Eu sabia que você era parte da Legião — sussurrou ele.

Não crie expectativas outra vez. Mas eu tinha o diário de Faith, o que fazia com que me sentisse do grupo.

— Talvez ela tenha deixado um bilhete para você — sugeriu Elle.

Olhei a primeira entrada, que resumia o plano para convocar Andras. Correspondia à que o pai de Faith copiara, palavra por palavra. Contudo, era diferente ver a escrita no pergaminho envelhecido.

Uma frase me paralisou.

Não existem inocentes entre vocês

O anjo dissera essas palavras a Konstantin, um anjo que detestava humanos. Passei à entrada seguinte, que consistia de duas linhas centralizadas na página.

Que a pomba negra sempre o carregue.
E a pomba branca o liberte.

— Vocês nunca mencionaram uma pomba branca — falei.

— Nunca ouvi falar de uma. — Lukas olhou para Sacerdote e Alara. — E vocês?

Alara balançou a cabeça.

— Negativo — respondeu Sacerdote.

— Tudo tem um significado. — Os últimos meses haviam me ensinado isso.

Lukas recolocou a pedra fundamental no lugar. Depois de espanar os fragmentos soltos, ela voltou a se mesclar com perfeição à tumba.

Enquanto eu passava os olhos por mais algumas entradas, minha memória eidética criava imagens das páginas e as arquivava. Outra sentença chamou minha atenção.

— Faith estava dizendo a verdade sobre a barreira protetora.

Erguendo a barreira
Apenas quando os cinco membros da Legião dão
as mãos e falam estas palavras como se suas vozes
fossem uma, eles conseguem erguer a barreira
e mantê-la firme: Que os laços de sangue e as
marcas que ostentamos nos protejam.
Enquanto as asas da pomba negra nos carregam.

— É. — Sacerdote parecia estranhamente decepcionado. — Podemos criar um campo de força.

Alara deu uma olhada para outro sósia de Paul Revere que vinha em nossa direção com um novo grupo de turistas.

— Podemos pensar em tudo isso no carro.

Enfiei o diário sob a jaqueta e pensei em minha mãe. O diário me fez sentir um passo mais perto de destruir o demônio responsável por sua morte. Procurei não pensar na outra pessoa a quem as páginas me conectavam, ou em onde ele estivera durante todo esse tempo.

Enquanto andávamos pelas ruas enlameadas, segurei o diário contra o peito, tentando fingir que não me importava. No entanto, a sombra de meu pai ainda espreitava no fundo de minha mente, como um tipo diferente de fantasma.

⊱ • ⊰

Depois da longa caminhada de volta sob chuva, todos estavam exaustos.

— Eu dirijo — disse Jared.

Lukas jogou a chave para ele, e me sentei no banco do carona. Alara e Urso tinham dominado permanentemente a terceira fileira, então Sacerdote ficou com Lukas e Elle.

Elle tirou as botas e esfregou as meias molhadas.

— Acho que a sola do meu pé virou uma bolha gigante.

— Se tivesse botas de verdade e não uma dessas coisas chamativas que está usando, não sofreria tanto — argumentou Alara, tirando o casaco.

Elle desenterrou uma escova de sua sacola gigantesca e a passou pelo cabelo.

— Nem todo mundo compra na loja de artigos militares.

— Nem todo mundo fica bem nelas — retrucou Alara.

— Vamos guardar a briga de garotas para o pay-per-view. — Sacerdote parecia meio esperançoso demais.

— Só estamos cansados — disse Lukas. — Acho que devemos encontrar um hotel. Preciso de mais informações sobre a garota que desapareceu...

— Lucy Klein — falei. Ela merecia que alguém se lembrasse de seu nome.

Lukas me olhou de um jeito estranho.

— E quero entrar na internet e ver se consigo descobrir em que droga de lugar Andras está agora.

Sacerdote secou os fones de ouvido e o MP3 player.

— Acho que eu devia checar as armas para ver se temos munição o bastante.

— Não precisa pedir duas vezes — avisou Jared. — Estou faminto e congelando.

— Eu também. — Elle tossiu, sacudindo catarro no peito. — Acho que estou ficando doente.

— Por que você ainda está aqui? — perguntou Alara.

— Como é que é? — Elle se ofendeu.

— Pare com isso, Alara — disparou Lukas antes que eu tivesse a chance de partir para cima dela.

— Calma, Romeu — retrucou ela. — Não foi isso o que eu quis dizer.

Lukas corou.

— Só estou falando que você não precisa estar aqui — esclareceu Alara. — Se eu pudesse partir, já teria ido embora.

Sacerdote se virou para trás.

— Você sairia da Legião?

— Falei se *pudesse*. Tipo, se amanhã destruíssemos Andras e tudo isto acabasse.

Sacerdote franziu a testa como se nunca tivesse considerado a possibilidade.

Alara se inclinou para a frente e apoiou os cotovelos no encosto do banco, entre Elle e Sacerdote.

— Se derrotássemos Andras amanhã, eu faria as malas e passaria um ano mochilando pela Europa. Talvez dois. E pela Ásia. Passaria o dia em cafés e andaria pela Muralha da China. Eu teria um carimbo em cada página do passaporte. O que você faria, Lukas?

Ele pensou por um instante.

— Acho que iria para a faculdade.

— Onde? — perguntou Elle, estimulando-o a continuar.

Lukas sorriu timidamente.

— Virginia Tech. Minha professora de cálculo sempre disse que eu conseguiria entrar se parasse de faltar aulas.

Jared pareceu surpreso.

— Quando ela disse isso?

— Quando você estava em álgebra com todos os calouros — disse Lukas.

— Em que se formaria? — perguntei.

— Matemática aplicada. Mas não faria diferença, porque eu seria recrutado pelo Departamento de Defesa ou pela Segurança Nacional logo depois que hackeasse o sistema deles no último ano.

Sacerdote cruzou os braços, remexendo-se no banco.

— Quer dizer depois que soltassem você da cadeia por ameaçar a segurança nacional?

— Só prendem quem é uma ameaça real. Caso contrário, hackear o mainframe deles é basicamente a entrevista de emprego. Aposto que metade dos caras que trabalha lá é ex-hacker. E você, Sacerdote? — questionou Lukas. — Aposto que conseguiria entrar direto em uma aula de engenharia mecânica de Harvard e tirar de letra sem abrir um livro. Acabaria conseguindo um ph.D. antes mesmo de eu me formar.

Sacerdote contraiu os lábios até formarem uma linha fina.

— Não estou interessado em frequentar uma universidade pretensiosa para conseguir um diploma imprestável.

Alara passou o braço em torno do pescoço dele.

— Concordo. Que se dane o sistema. Vá direto para a NASA, ou revolucione uma indústria inteira com uma de suas invenções.

— Como aquele cara que inventou a estrela que espirra água nas árvores de Natal se elas pegarem fogo — disse Elle.

— É claro que você seria DJ nos fins de semana em uma boate exclusiva — continuou Alara. — E eu teria de aparecer de vez em quando para afastar suas stalkers.

Sacerdote tirou o braço de Alara de seu ombro.

— Se eu inventar alguma coisa que seja digna de nota, será para a Legião. Não podemos simplesmente sumir se destruirmos Andras. E quanto aos espíritos vingativos e entidades paranormais perigosas que andam por aí? Alguém precisa proteger as pessoas, e é *nossa* função.

— Nossa função é proteger o mundo dos espíritos malignos que Andras influencia, impedi-lo de encontrar um jeito de entrar aqui. — Alara me olhou sem jeito. — Digo... era. Agora nossa função é destruí-lo. Se fizermos isso, acabou. Não vou ficar aqui para ser um dos Caça-Fantasmas.

Sacerdote estremeceu com a referência, passando os olhos pelo rosto dos outros membros da Legião.

— É assim que todos se sentem? Vão simplesmente sair?

Alara girou seu piercing de sobrancelha enquanto Lukas pegou sua moeda e a rolou entre os dedos.

— Jared? Você sente o mesmo? — perguntou Sacerdote.

Jared esfregou a nuca, parecendo quase tão desconfortável com a conversa quanto Sacerdote.

— Não sei o que faria caso não fosse parte da Legião. Mas não quero combater espíritos vingativos se tiver uma alternativa.

Sacerdote o encarou, sem palavras. Então colocou os fones de ouvido e vestiu o capuz.

— Bom saber. Não tinha percebido que era o único a acreditar que tínhamos uma vocação. Que isto era algo a longo prazo.

— Mais de duzentos anos é um prazo bem longo — respondeu Alara, referindo-se ao tempo de existência da Legião. — Não quero passar o resto da vida seguindo regras.

— É. Entendi — disparou Sacerdote, aumentando a música.

Lukas estendeu a mão e apertou o ombro dele.

— Qual é. Foi uma conversa hipotética. Nem sabemos onde encontrar Andras, muito menos como destruí-lo. A banda não vai se separar amanhã.

Sacerdote relaxou um pouco, mas não respondeu.

Eu não conseguia imaginar querer viver como ele para sempre se tivesse a chance de levar uma vida normal. Contudo, para Sacerdote, a Legião devia ser o normal. Seu avô o criara e treinara desde pequeno. Ele havia estudado em casa. Eu nem sabia se ele tinha amigos antes de conhecer Jared, Lukas e Alara, menos de seis meses atrás.

Ele queria sentir que pertencia a algo.

Algo que eu entendia melhor do que ninguém.

16. HERÓIS E MONSTROS

— Não vou dormir com o cachorro — avisou Elle, jogando-se em um dos beliches de nosso quarto de hotel.

Alara retirou o cinto de ferramentas e o deixou na outra cama.

— Não se preocupe. Ele também não quer dormir com você. — Ela coçou as orelhas de Urso. — Não é?

— Espero que você seja mais legal com Elvis — falei para Elle, tirando as botas molhadas com dificuldade.

Ela havia adotado meu gato extraoficialmente quando eu parti com a Legião. Depois de ser possuído por um espírito vingativo, estava muito traumatizado quando ela o encontrou.

— Até parece. — Ela agitou a mão no ar. — Cuido daquele gato como o rei que ele é. Com certeza gosto mais de gatos que de cachorros.

Alara abriu um pacote de biscoitos de aveia de cortesia e deu um a Urso.

— Isso explica muita coisa.

Um dos meninos bateu na porta entre os quartos adjacentes. Como nem Alara nem Elle se moveram, eu me levantei para abrir.

— Por que o quarto de vocês é maior que o nosso? — perguntou Sacerdote ao entrar com os outros. Finalmente, ele voltara a falar depois da conversa constrangedora no carro.

Alara enfiou um biscoito na boca.

— Porque eu que estou pagando.

Jared se sentou na cama ao meu lado, então notou o diário prateado de minha tia sobre o criado-mudo e o pegou.

— Ainda não acredito que o encontramos.

— Pois é. — Eu abri a capa, e meus dedos roçaram os dele. — Faith não exagerou quando disse que estava em mau estado. Algumas das páginas desbotaram tanto que é quase impossível distinguir as palavras.

— Agora está com você. É isso que importa. — Ele o fechou, mantendo minha mão sob a dele.

Sacerdote se esticou ao lado de Alara, que assistia à TV, e Urso se enfiou entre os dois.

— O que acha? — perguntou ela a Sacerdote conforme o apresentador do programa desafiou os espectadores a adivinhar se o soco de um boxeador peso-pesado era mais poderoso que o de um lutador de vale-tudo — Eu aposto no de vale-tudo — disse Alara.

— Como eles sabem quem ganha? — questionou Elle.

Sacerdote apontou para um grupo de cientistas de jalecos brancos na tela.

— Os especialistas usam um boneco robótico que mede todo tipo de variante quando os lutadores o atingem.

Lukas parou na porta.

— Oi. Vou descer para visitar a máquina de salgadinhos. Alguém está com fome? — Ele olhou para Elle sobre meu ombro.

— Vou com você — disse ela, meio rápido demais.

— Claro que vai. — Alara aumentou o volume da TV. — Quero batatas se tiver das de sal e vinagre. E uma Coca.

— Só me dê um minuto para trocar de roupa — pediu Elle a Lukas, antes de sumir banheiro adentro com a bolsa imensa.

— Tire esse sorriso idiota do rosto — disse Jared, implicando com o irmão.

— O que foi? — Lukas olhou para mim como se quisesse verificar se o comentário de Jared me incomodava, mas esperando que não.

Sorri para ele, fazendo-o relaxar.

— Faça com que ela ligue para a mãe enquanto estiverem lá embaixo. — Alara não tirou os olhos da TV. — Segundo meu primo, ela é superdifícil.

Lukas assentiu.

— Pode deixar.

No momento em que Elle saiu do banheiro, eu sabia que tínhamos um problema.

— *Não* pode usar isso aqui. — Alara olhava para a calça de moletom rosa de Elle como se estivesse vestida com carne crua.

Elle olhou para a própria roupa, tentando entender a que Alara se referia.

— É rosa. — Sacerdote apontou para o moletom, como se isso explicasse tudo.

— E? — perguntou Elle.

— E essa cor representa morte e azar. Não vou dormir em um quarto com nada rosa dentro — disse Alara. — Incluindo você.

Elle a encarou, esperando para ver se era brincadeira.

Não era.

— Você tem sérios problemas — comentou Elle. — Ninguém me contou que havia regras de cores. Existe mais alguma que eu deva saber? — Lukas a arrastou para fora do quarto, mas ela continuava reclamando. — Vermelho? Cinza? Azul? É só avisar.

— Uau. Ela é sensível. — Alara enfiou outro biscoito na boca enquanto o lutador de vale-tudo dava um soco e arrancava a cabeça do boneco robótico. — Eu falei.

— Quer ir para o outro quarto? — sussurrou Jared.

Assenti e o segui.

— Não façam nada que um sacerdote não faria — gritou Sacerdote.

Eu me encolhi sob o braço de Jared em uma das camas.

— Posso perguntar uma coisa?

Ele me puxou mais para perto.

— Qualquer coisa.

— Se você destruísse Andras amanhã, o que faria? — Jared era o único membro da Legião que não tinha respondido à pergunta. — Sairia viajando como Alara? Ou faria faculdade? — Eu não sabia nada sobre os sonhos dele, as coisas normais que queria e que não tinham nada a ver com demônios e espíritos vingativos.

Ele franziu a testa.

— Não sou bom o suficiente para faculdade. Luke é o inteligente de nós dois.

— Não diga isso. — Eu me sentei e olhei de cima para ele. — Você tem instintos que eu mataria para ter. E é corajoso e leal, e faria qualquer coisa pelas pessoas de que gosta. Minha mãe costumava dizer "sempre existe uma escolha". Era seu jeito de me perguntar se eu achava que estava fazendo a escolha certa. — Apoiei a mão em seu peito, pouco acima do coração. — Quando é preciso, você faz as escolhas certas.

As batidas do coração de Jared aceleraram sob minha mão. Seus lábios se entreabriram como se fosse dizer alguma coisa. Mas ficou em silêncio, observando-me com o coração disparado.

Finalmente, ergueu a mão e a deslizou por minha nuca, puxando-me em sua direção.

Fechei os olhos, prevendo o beijo.

— Olhe para mim, Kennedy. — A voz dele estava grossa e pesada. — Você é a única pessoa que já me disse algo assim. A única que me vê dessa forma.

Nossos rostos estavam a 30 centímetros de distância, mas a sensação era de que Jared estava tão perto que conseguia ouvir meus pensamentos.

— Isso não é verdade...

— Shh. — Ele moveu a mão, levando os dedos até meus lábios. — Não me importo se ninguém mais pensar assim, desde que você pense. O que sinto por você... — Ele mordeu o lábio, como se não conseguisse encontrar as palavras certas. — Às vezes quando olho para você, mal consigo respirar.

Pressionei a boca contra a dele, tentando eliminar o espaço entre nós. Senti o mesmo de sempre quando nossos lábios finalmente se tocaram. Percebia o quanto ele me queria, o quanto eu era importante para ele. Como uma necessidade que eu nunca conseguiria satisfazer.

Mesmo assim, tentei até cada parte de mim doer de exaustão, e com algo que eu só encontrava com Jared.

Felicidade.

⛥ • ⛥

Quando acordei no dia seguinte, ainda entre seus braços, estava dolorida e precisava desesperadamente de um banho.

Eu me livrei do braço de Jared e passei na ponta dos pés por Sacerdote, que dormia na outra cama.

A porta adjacente estava aberta. Alara se enfiara sob as cobertas de uma das camas, com Urso esparramado a seus pés, enquanto Elle e Lukas dormiam sobre as cobertas da outra. Lukas estava meio sentado, e Elle se apoiava no peito dele, como se fosse um travesseiro. Em algum momento, trocara a ofensiva calça de moletom rosa por uma vermelha.

Vasculhei suas roupas até encontrar uma calça jeans skinny e uma camiseta que não parecesse um vestido em mim, levando-as para o banheiro.

Mal esperei a água esquentar para entrar no chuveiro. Quando o sabão deslizou por minhas costas, desejei que a culpa fosse lavada com a mesma facilidade.

Eu precisava parar de me sentir responsável pelas coisas horríveis que estavam acontecendo ao meu redor por ao menos alguns minutos. Revi imagens de minha vida, procurando uma lembrança feliz.

Minha casa.

O cheiro de macarrão com queijo cozinhando. Não o tipo laranja que vem em caixas, mas o tipo que minha mãe sempre fazia, com migalhas de pão por cima.

Uma porta se fecha no andar de cima, e a espero descer. Mas não é ela. Meu pai sorri para mim, com aqueles olhos verdes, covinhas e barba malfeita.

— Como está minha querida? — Ele tira algo do bolso.

Sei o que é mesmo antes de ver as letras na embalagem vermelha e branca do chocolate.

Não...

Pressionei a base da palma das mãos contra as pálpebras, forçando as imagens a desaparecerem.

Ele, não.

Meu pai não tinha permissão de entrar em uma lembrança feliz, nem em nada mais.

De repente, a água ficou densa, como a imundície pegajosa que havia dentro do poço em Middle River. Eu não precisava que essas lembranças horríveis também viessem à tona. Tirei as mãos dos olhos, e o chão do box entrou em foco devagar.

Primeiro os ladrilhos. Depois o redondo ralo prateado. Linhas pretas ainda embaçavam minha visão. Pisquei algumas vezes, então olhei para baixo outra vez.

Filetes pretos atravessavam os ladrilhos e as letras impressas no ralo: MADE IN USA.

Gotas de líquido negro espirravam em minha pele e ao redor dos pés.

Recuei às pressas, escorregando as mãos pelas lisas paredes de vidro. O chuveiro ficou diretamente sobre mim. Água negra descia por meu corpo com a consistência pegajosa de óleo de motor.

Abri a boca para gritar, e o líquido preto desceu queimando pela garganta. A primeira coisa que me veio à mente foram guimbas de cigarro e gasolina. Cambaleei para fora do box, engasgando.

A impressão preta de minha mão escorria pelo vidro.

Agarrei uma toalha e estendi o braço para a maçaneta. No instante em que meus dedos a seguraram, congelei. Uma gota de água transparente desceu pela pele totalmente limpa de meu pulso. Eu me virei para o vidro.

A impressão da mão e os filetes pretos tinham desaparecido.

A queimação na garganta e o gosto enjoativo na boca, até mesmo o cheiro, haviam sumido. Água límpida saía do chuveiro.

Vesti a camiseta e o jeans, então saí correndo do banheiro.

— Tem alguma coisa aqui! — gritei, batendo a porta atrás de mim.

Lukas, Elle e Alara já estavam acordados, assistindo à TV. Alara pulou da cama.

— Como assim?

Jared e Sacerdote entraram às pressas no quarto.

— O que aconteceu? — perguntou Jared.

Eu tentava recuperar o fôlego.

— Uma coisa preta saiu do chuveiro e me cobriu inteira. Depois sumiu do nada.

— Era grossa? — perguntou Lukas.

— Era. — Eu ainda sentia o líquido viscoso descendo pelo corpo.

Jared e Lukas trocaram um olhar astucioso, e Sacerdote disparou para o outro quarto, voltando em instantes com uma pistola de pregos em uma das mãos e, na outra, um extintor de incêndio de cozinha, que eu sabia conter uma solução de água e sal grosso.

— Aquela coisa preta é um sinal de atividade demoníaca — explicou Lukas.

Alara percorreu o quarto com seu medidor de campo eletromagnético. Sacerdote a seguiu com a arma em punho.

Quando ela entrou no banheiro, prendi a respiração.

— Nada — gritou ela lá de dentro.

— Quero sair daqui. — Calcei as botas e fiz um rabo de cavalo com o cabelo molhado.

Elle recolocou suas coisas na bolsa, em seguida pegou o casaco.

— Eu também.

⁓ • ⁓

Esperamos no jipe enquanto Alara fazia o checkout e Sacerdote descia com Urso pela escada do mesmo jeito que tínhamos subido na noite anterior. Ele chegou primeiro ao jipe.

Lukas ligou o rádio e alternou entre as estações.

— Quero ver se tem alguma coisa estranha acontecendo por perto. Isso pode explicar o que houve com você no chuveiro.

Meteorologistas continuavam a discutir o clima incomum, citando tudo, desde aquecimento global a chuva ácida, como possíveis causas.

— Daqui a pouco esses gênios vão dizer que as calotas polares são as culpadas. — Sacerdote mudou de estação.

Alara correu pelo estacionamento, entrando no carro na hora em que a previsão do tempo dava lugar às últimas notícias: "O corpo do padre John O'Shea foi encontrado hoje de manhã, quando um fiel da igreja do Santíssimo Sacramento chegou para a missa das 8 horas e o achou pendurado nas vigas sobre o altar. A polícia excluiu a hipótese de suicídio devido ao que definiu como detalhes *bizarros* do crime."

— Foi há uma hora — disse Lukas, saindo da vaga. — Onde fica a igreja?

— No centro. A dez minutos daqui. — Sacerdote já abrira um mapa no celular.

Tentei não imaginar o padre pendurado nas vigas da igreja, ou a impressão viscosa da mão no vidro do box. Contudo, quanto mais eu lutava para afastar as imagens, mais minha mente se agarrava a elas.

— Acha que é Andras? — perguntou Lukas.

Não estávamos longe da igreja, mas a polícia fechara as ruas graças à mórbida multidão de curiosos que se aglomerara na esquina.

— Acho. — Alara não hesitou. — Estacione no próximo quarteirão. Podemos andar.

Lukas parou o jipe em uma vaga, e Sacerdote tirou uma das sacolas da mala.

A calçada do centro estava lotada de gente correndo para escapar da chuva. Antes de virarmos a esquina, notei algo estranho.

Do outro lado da rua, havia um homem parado no meio da multidão.

As pessoas o empurravam ao passar, mas, ainda assim, ele continuava imóvel, com água pingando da aba de seu boné de beisebol dos Red Sox. Ele olhou através do mar de gente, fixando os olhos em mim. Quando o encarei, sensações terríveis me percorreram como ondas.

Um arrepio gelado subindo pelas costas...

Gosma preta descendo por meu corpo no chuveiro...

O cheiro de cinzas e enxofre...

Tentei desviar os olhos, mas não consegui.

Outras pessoas também começaram a fitá-lo, em seguida se entreolhavam. Uma mulher encolhida sob um guarda-chuva de marca esbarrou nele, depois congelou por um instante. Seu comportamento tranquilo mudou, e ela empurrou um senhor idoso que andava ao lado. Em segundos, os dois gritavam um com o outro. Quando as pessoas tentavam ultrapassá-los, esbarravam sem querer no homem de olhos negros. A raiva se espalhou pela multidão, irradiando dele e passando de uma pessoa a outra.

Mas ele era a fonte.

Alara puxou minha jaqueta.

— Kennedy, o que está olhando? Precisamos ir.

— Repare.

Um casal de mãos dadas, encolhido sob a jaqueta do cara, seguiu apressado na direção do sujeito. A garota esbarrou nele ao passar. Em segundos, ela soltou a mão do namorado e o empurrou. Eles ficaram discutindo na chuva gelada, como se não se lembrassem de que estavam felizes momentos antes.

A assustadora reação em cadeia se repetiu várias vezes.

— Gente — gritou Alara. — Precisam ver isso.

Eu não me virei nem quando ouvi Jared, Lukas, Sacerdote e Elle se aproximarem por trás de nós, ou quando Urso começou a rosnar.

— Existe alguma razão para termos parado de andar? — Os dentes de Elle batiam. — Estou congelando.

— O que estamos olhando, exatamente? — Sacerdote perscrutava a multidão.

— O homem de boné dos Red Sox — respondeu Alara. — Mas não acho que seja um homem.

— Ele parece uma daquelas pessoas possuídas na casa de Faith — disse Elle.

— Mas não está agindo como um zumbi — comentou Lukas.

A multidão que cercava o homem de olhos negros com boné dos Red Sox se agitava cada vez mais conforme as pessoas se empurravam e gritavam umas com as outras. Dois executivos que tentavam pegar um táxi começaram uma briga que se espalhou pela rua. Um carro deu uma guinada para não os atropelar, mas ambos estavam tão enfurecidos que sequer pareceram notar.

Alara se virou para Jared, Lukas e Sacerdote.

— Olhem como a agressividade se alastra pela multidão. Já viram algo assim?

Lukas balançou a cabeça.

— Nunca.

Jared não disse uma palavra.

O homem de olhos negros inclinou a cabeça para o lado devagar. Havia algo familiar no jeito que se movia e gesticulava. Ele deu um passo à frente, focalizando o olhar em mim. Seus olhos se estreitaram, parecendo concentrar-se. Após um instante, ele jogou a cabeça para trás, como se algo o tivesse pegado de surpresa.

Parecia quase impressionado.

Por quê?

Os olhos negros sem pupilas mudaram, transformando-se em olhos castanhos que poderiam ter pertencido a qualquer um da rua.

Inclusive a mim.

17. CRIADOR DE PESADELOS

O demônio abriu um sorriso lento e ameaçador — pois, àquela altura, eu já tinha certeza de que olhava para um demônio. Eu me lembrava daquele sorriso, era o mesmo que a menina que cruzara o círculo de sal na casa de minha tia tinha dirigido a mim.

O demônio ergueu a mão lentamente, como se fosse acenar, mas levou os dedos aos lábios e me jogou um beijo.

— É Andras. — Não existia dúvida em minha mente.

— Não me parece um demônio — argumentou Elle.

— Você esperava um rabo? — perguntou Alara.

Lukas observou o homem de boné dos Red Sox.

— Como sabe?

— Pelo jeito que olhou para mim... o sorriso. — Visualizei a cena da casa de Faith, concentrando-me nos detalhes. — A menina na casa de minha tia tinha exatamente o mesmo sorriso. Até os maneirismos eram os mesmos. E se lembra do jeito que ela lambeu o sal do dedo? Era a única que não estava agindo como zumbi. — Olhei para Lukas. — Viu como os olhos dele mudaram de cor? Pareciam humanos.

— Demônios podem alterar a cor dos olhos — afirmou Lukas, sem desviar o olhar de Andras. — Isso os ajuda a se esconderem em corpos humanos.

Quando possuem pessoas.

— Kennedy está certa. É ele. — Alara abriu o zíper do casaco e esticou a mão para pegar a arma de paintball no cinto de ferramentas.

Jared segurou seu pulso.

— O que está fazendo? Não pode sacar a arma em uma rua movimentada. A polícia apareceria em dois minutos, isso se uma multidão não nos linchasse antes.

Alara manteve a mão no cabo.

— Não podemos deixar que escape.

— Hmm... Não acho que esteja tentando escapar — comentou Elle. — Meio que parece estar vindo para cá.

O sujeito de boné andou em nossa direção, fixando os olhos em uma loura alguns metros à frente. Ela parou quando o viu, encarando-o. O corpo do homem foi impelido para a dianteira. Um segundo depois, a mulher cambaleou para trás, como se alguém tivesse esbarrado nela, então o homem de boné dos Red Sox caiu na calçada molhada. Duas pessoas pararam para ajudá-lo a se levantar. A julgar pela expressão confusa, era difícil saber se ele se lembrava de alguma coisa.

A mulher ficou paralisada, ignorando o mar de gente que a empurrava para passar. Tudo, da postura rígida à imobilidade na chuva, imitava o comportamento do sujeito anterior, minutos antes.

A loura olhava direto para nós, o sorriso familiar aberto nos lábios.

Em segundos, aconteceu de novo. Um menino que segurava as alças da mochila passou correndo por ela e parou no instante em que os olhos negros encontraram os dele. O corpo da mulher foi impelido para a frente, depois ficou flácido, como se alguém tivesse arrancado o cordão das costas de uma marionete. Algo atingiu a mochila do menino, puxando-o para trás. Ele começou a cair, mas se equilibrou antes de bater na calçada. Ao se levantar, tinha o mesmo sorriso ameaçador.

O demônio se aproximava e agora estava a apenas meio quarteirão de distância.

O menino observou uma garota de skate se aproximar. No momento em que a skatista o notou e seus olhos se encontraram, ela desceu do skate, deixando-o rolar para a rua, bem na hora em que o corpo do menino teve um espasmo. A mesma força invisível a atingiu, porém a skatista se equilibrou no meio da queda. O menino não teve a mesma sorte. Bateu com força contra o chão e se encolheu, segurando o braço.

A skatista endireitou os ombros até ficar incrivelmente reta. Então sorriu.

Sacerdote observava com uma fascinação mórbida.

— Ele está se deslocando de corpo em corpo.

Lukas olhou em volta.

— Precisamos sair daqui.

Alara ainda segurava sua arma.

— Não podemos perdê-lo.

— Não podemos disparar balas de sal e dardos de ferro frio a céu aberto — respondeu Lukas. — E, se ele consegue pular de corpo em corpo desse jeito, vai ser mais fácil de escapar se errarmos. Precisamos que nos siga até um lugar mais reservado.

— O cais não fica longe. — Jared apontou rua acima. — Aposto que os estivadores não trabalham com esta chuva. Deve estar deserto.

A skatista que Andras ocupara estava a apenas um quarto de quarteirão de distância.

— Vamos — falei, empurrando Jared.

Ele segurou minha mão, então fomos.

O céu escureceu como acontecera no pátio da prisão na noite em que montei o Engenho. Uma chuva gelada nos fustigava, e o estrondo de trovões ressoava distante. Os sinais de trânsito próximos ao demônio entraram em curto, lançando fagulhas sobre a rua.

Um transformador explodiu à nossa frente, apagando todas as luzes do quarteirão.

— Cuidado para não o perdermos — disse Sacerdote.

Olhei para trás. O demônio ainda estava lá, andando casualmente pela rua no corpo da skatista.

O céu ficou mais escuro. Mesmo sob a luz escassa, eu os vi: a fonte dos estrondos que eu confundira com trovões.

Pássaros.

Milhares deles.

Chuva negra. Era assim que Alara chamava aquilo.

Urso latiu, mas o som foi abafado por um céu repleto de asas escuras.

O demônio pulou de novo, dessa vez para dentro de uma mulher com os braços cheios de sacolas de compras. Ela olhou direto para ele, depois largou as sacolas. Suas costas se arquearam até ficar incrivelmente ereta como os outros. Algo bateu no chão ao lado, espirrando água da poça a seus pés. Então outro objeto caiu, depois outro.

Pássaros despencavam do céu ao redor, batendo na calçada como pedras.

As pessoas gritavam e cobriam a cabeça.

O demônio se aproximava de nós a passos largos, ainda animando o corpo da mulher. As carcaças de corvos, pombos e pardais mortos se alastravam pelo chão enquanto mais pássaros batiam contra o teto dos carros próximos. Ela passou por cima dos corpos emplumados, atravessando a rua.

Um homem de capuz azul dobrou a esquina, e o demônio trocou de direção, colocando-se diante dele. Os olhos negros da mulher encontraram os dele. O corpo dela ficou flácido por uma fração de segundo antes que caísse de joelhos, e o homem foi impelido para a frente, mal diminuindo o passo.

Os sinais de trânsito oscilavam perigosamente nos fios da rua que percorríamos. Um cabo se rompeu, e um dos sinais estourou contra o asfalto, como um alerta.

Abrimos caminho a cotoveladas pela multidão de gente assustada, que corria para sair da rua, ou estava perplexa demais para se mover. Entramos na Pearl Street, onde o céu ainda não tinha escurecido por completo. Lutei contra a necessidade de me virar, temendo que Andras estivesse bem atrás de nós. A julgar pela velocidade com que pulava de corpo em corpo, podia estar em qualquer lugar.

Ou qualquer um.

Jared correu por um beco que dava no mar.

Quando chegamos ao cais, Urso disparou à frente, desviando-se de empilhadeiras e contêineres de metal arranjados em um gigantesco labirinto. Ele parava antes de cada curva para ter certeza de que ainda o seguíamos.

Sacerdote apontou para a porta destrancada de um armazém no final de um corredor.

— Por aqui.

Lá dentro havia mais contêineres, cercados de paletes de tábuas e folhas de metal empilhados contra a parede. Cabos pendiam do teto sobre cavaletes de madeira e áreas de trabalho improvisadas, providas de serras de mesa enferrujadas e maquinário pesado.

A porta de metal bateu atrás de nós, e o som vibrou pelos contêineres.

Eu me virei devagar, o coração disparado no peito.

Em vez de Andras, um estivador de aparência bruta, usando casaco de lona com capuz e macacão castanho do mesmo tecido, estava junto à porta. Ele acendeu um cigarro com um isqueiro azul de plástico e deu um longo trago, como se tivesse passado o dia esperando por uma pausa para fumar.

— Precisamos nos livrar desse cara — sussurrou Sacerdote.

O estivador ergueu o rosto, e a brasa do cigarro cintilou nos brilhantes olhos negros.

Jared apertou minha mão, tentando me puxar para trás de si, mas mantive a posição. Andras estava ali, e não preso em algum lugar entre nosso mundo e o inferno, onde era seu lugar, por minha causa.

Não vou me esconder atrás de ninguém.

Jared abriu a sacola e pegou uma arma semiautomática de paintball. Sacerdote pegou a Justiceira e se jogou no chão, como um franco-atirador, apontando a imensa arma para o demônio.

Andras deu outro trago, então andou em nossa direção, fazendo as botas de trabalho de couro marrom rangerem sobre o chão de concreto.

Lukas e Alara tentavam chegar à sacola, mas Jared e Sacerdote não hesitaram. Ambos atiraram, e uma chuva de munição cortou o ar. As cápsulas de paintball explodiram contra o peito do demônio, queimando o casaco de lona com o coquetel de sal e água benta. Os tiros para controle de multidões da Justiceira esmurraram o torso de Andras, que cambaleou para trás.

Lukas pegou a balestra e um punhado de dardos de ferro frio.

— Não pode usar isso — gritei, mais alto que o barulho dos tiros. — Vai matar o cara que Andras possuiu.

— Verdade. — Lukas balançou a cabeça, como que se repreendendo por não se dar conta, em seguida jogou a arma no chão.

Sacerdote espiou por cima da mira da Justiceira.

— Ele não cai.

Andras olhou para os buracos fumegantes em sua camisa.

— Espero que tenham algo melhor que isto. — A voz não tinha nada das vozes demoníacas dos filmes de terror. Era grossa e enganosamente humana.

Urso disparou à nossa frente, rosnando.

O demônio jogou o cigarro no chão e respondeu com um rosnado próprio. O cachorro se abaixou, ganindo.

Alara se ajoelhou, usando o pilot preto que estava sempre no cinto de ferramentas para desenhar uma forquilha. Reconheci o começo do símbolo protetor de vodu que estava gravado na medalha pendurada em meu pescoço.

A Mão de Exu.

Somando a memória eidética a minhas habilidades artísticas, eu podia desenhar o símbolo com mais exatidão que ela. O demônio observava, vagamente interessado.

Elle e eu corremos até Alara, abaixando ao seu lado.

— Deixe-me fazer.

Ela entregou o pilot com a mão tremendo. Trabalhei rápido, desenhando linhas perpendiculares e a cruz inclinada no centro.

— No Labirinto, os nomes têm poder — afirmou o demônio.

Ele está falando do inferno.

— Alara. — O demônio pronunciou o nome lentamente.
— Significa "regente de todos". Eu comando 6 mil legiões, e você não rege nem esta Legião de pombas negras. Diga-me, Alara, Regente de Todos, quando os pesadelos começam, o que você teme?

Passos ecoaram em algum lugar além dali.

— Alara? — chamou a voz de uma garota.

Os olhos de Alara percorreram o ambiente. Uma menina alguns anos mais nova que ela apareceu no corredor de contêineres de metal amassados. Era alta e magra, com escuros cachos espiralados, e compartilhava os traços deslumbrantes da irmã.

— Maya — sussurrou Alara, cambaleando em direção à irmã mais nova, a pessoa por quem tinha sacrificado tudo.

Meus olhos correram para Andras, mas ele sumira. Um instante depois, apareceu entre os contêineres onde Maya estava.

Os olhos do demônio estavam azuis de novo, escondendo a verdadeira natureza.

— Oi, Maya. Sou amigo de sua irmã. — O tom formal e o jeito de falar tinham se alterado, sendo substituídos por uma fala mais casual.

Maya abriu um grande sorriso.
— Oi.

— Não se aproxime dele! — gritou Alara, correndo em direção à menina.

Lukas e Jared aproximavam-se pelos lados.

Quando Maya viu a expressão apavorada da irmã, recuou um passo. Contudo, não foi rápida o bastante. Em segundos, Andras se colocou atrás dela, e as mãos imensas do homem possuído se fecharam ao redor do pescoço da garota.

Lukas ergueu a balestra enquanto Maya lutava para respirar.

— Eu não faria isso — informou Andras. — Não vai me ferir, mas um desses dardos pode matá-la.

Lukas baixou a arma devagar.

Jared se aproximava aos poucos. O demônio percebeu e apertou mais o pescoço da menina.

— Por favor, não a machuque — implorou Alara.

— Não respondeu a minha pergunta, Alara — disse Andras. — Quando os pesadelos começam, o que você teme?

Ela caiu de joelhos, com lágrimas descendo pelas bochechas.

— Conto qualquer coisa que quiser. Mas não a machuque.

As íris do demônio ficaram pretas, e a cor vazou do centro de seus olhos como nanquim.

— Resposta errada.

Andras ergueu a garota do chão pelo pescoço, olhando diretamente para Alara, enquanto girava as mãos com rapidez. O pescoço de Maya virou de um jeito anormal entre as palmas dele, e o corpo amoleceu.

18. O OLHO DA PROVIDÊNCIA

Jared e Lukas avançaram quando Andras deixou o corpo de Maya cair no concreto.

— Não! — Alara soltou um grito agudo, tão áspero e gutural que minha pele se arrepiou. Ela caiu no chão, soluçando, e eu a abracei.

Os olhos de Elle se arregalaram.

— Meu Deus. Ele a matou.

O demônio se afastou do corpo, andando mais devagar que antes.

Jared se ajoelhou ao lado de Maya com a intenção de fechar os olhos dela. Ao tocar a pele, a mão dele a atravessou. Ele passou os braços pelo ponto onde o corpo caíra. A silhueta desvanecida continuou ali por um instante, depois sumiu.

Alara fixou os olhos na parede descascada atrás de nós, com a expressão vazia. Segurei seus ombros, forçando-a a olhar para mim.

— Não foi real. Andras criou algum tipo de ilusão. Sua irmã não estava aqui.

— Ela está certa. — Sacerdote apontou para o outro lado do armazém. — Não tem nenhum corpo.

Alara levou um momento para registrar as palavras, antes de olhar de relance para o ponto onde Maya caíra. Ela esfregou os olhos inchados e olhou outra vez.

— Onde ela está?

Jared e Lukas voltaram correndo para onde nos amontoávamos no chão. Urso os seguiu.

— Não foi real — repeti.

— De alguma forma, ele manifestou seu medo — assegurou Lukas.

Alara o encarou por um bom tempo.

— Como vamos combatê-lo?

— Se nossas armas físicas não funcionam, vamos ver como ele lida com uma arma espiritual. — Sacerdote abriu seu diário e o folheou. Quando encontrou a página que procurava, recitou as palavras:

— Eu o expulso, espírito imundo,
assim como todo o poder satânico do inimigo,
todo espectro do inferno, e todos seus
companheiros decaídos.
Em nome de nosso Senhor.

Reconheci o Exorcismo do *Rituale Romanum*. Eu o vira escrito no diário de Sacerdote certa vez, e era a mesma passagem que Konstantin havia recitado na entrada do caderno de Faith.

Sacerdote continuou lendo:

— Trema de medo, Satã,
inimigo da fé,
adversário da raça humana,
causador da morte, ladrão da vida,

> corruptor da justiça,
> raiz de todo mal e vício.

O demônio riu.

— Derramei sangue sobre a espada de um anjo e lutei com demônios nas gaiolas do inferno. Não temo você.

A voz de Sacerdote se ergueu.

> — Eu o adjuro, velha serpente,
> pelo juiz dos vivos e dos mortos,
> por seu Criador,
> pelo Criador de todo o universo...

— Sou o Semeador da Discórdia e enfrentei exorcistas mais fortes que você. Contudo, nas gaiolas do inferno, me chamavam por outro nome. Criador de Pesadelos — retorquiu Andras. — Permita-me criar os seus, Owen Merriweather.

Jared, Lukas, Alara, Elle e eu olhamos ao redor. Levamos um momento para perceber que o demônio falava de Sacerdote.

Andras ergueu os braços e um esguicho de líquido preto, com a consistência de óleo de motor, se ergueu em direção ao teto. O líquido espirrou contra as vigas sobre nossas cabeças, retorcendo-se em cordas grossas ao descer.

Não, não eram cordas.

Eram cobras.

Outro truque.

Sacerdote ergueu o rosto a tempo de ver a massa negra convulsionante aproximar-se. O diário escorregou de suas mãos quando a chuva de cobras atacou, envolvendo-o com o corpo, como uma rede. A julgar pela expressão apavorada, dava para ver que ele não percebia que as cobras eram uma ilusão.

— Não são reais! — gritei.

Sacerdote desviava-se das serpentes menores com o corpo e agarrava freneticamente as maiores, jogando-as longe.

— Tirem isso de cima de mim! Tirem daqui!

Fui lá e estendi a mão para pegar uma cobra preta apoiada sobre o ombro de Sacerdote. Quando a toquei, minha mão atravessou por ela e as outras desapareceram.

— Sacerdote. Olhe para mim. — Segurei o rosto dele entre as mãos. — As cobras não são reais. Não se lembra do que Andras fez com Maya?

Ele me encarou com uma expressão atônita. Logo depois, a confusão passou.

— Kennedy? Você as viu?

— Eram algum tipo de ilusão — falei, tentando tranquilizá-lo.

Sacerdote assentiu.

— Fiquei tentando me dizer isso, mas era como se minha mente não ouvisse. Foi muito real. Dava para sentir o rastejar por todo o corpo. — Ele estremeceu.

Jared, Lukas, Alara e Elle se aproximaram de nós, e o demônio riu. No entanto, seus ombros se curvaram e os movimentos estavam mais lentos, como se manifestar os medos de Alara e Sacerdote o tivesse exaurido.

— Chega de jogos — afirmou Andras.

— Não podemos combatê-lo — informou Lukas. — Ele é forte demais.

Os olhos de Elle voaram para a porta.

— É impossível fugir dele.

Preciso confiar em Faith.

— Podemos erguer a barreira — falei. — Talvez isso nos dê algum tempo.

Lukas estendeu a mão.

— É nossa única chance.

— E quanto a Elle? — perguntei. — Não pode fazer parte do círculo.

Lukas se colocou atrás dela.

— Fique no meio e segure o diário de Kennedy para que o resto possa ler. — A essa altura, ele sabia que eu só precisava visualizar algo uma vez para me lembrar de cada detalhe.

Elle passou um dos braços ao redor de Urso. Demos as mãos e seguimos as instruções do diário de minha tia.

Recitei as palavras de cor enquanto os outros membros da Legião liam a página:

— *Que os laços de sangue e as marcas que ostentamos nos protejam.*

Andras riu, mas nossas vozes permaneceram fortes.

— *Enquanto as asas da pomba negra nos carregam.*

Uma onda de energia se abateu sobre nós, jogando nossos corpos no chão. Minha bochecha colidiu contra o concreto, e lutei para ficar de joelhos.

A barreira não tinha funcionado.

Meus amigos estavam espalhados pelo armazém, e Andras estava no centro de tudo. Sua expressão sádica parecia assustadoramente humana.

Faith estava certa. Esta é uma batalha que não podemos vencer.

— Pelo que vejo, isso está meio desequilibrado — gritou uma voz masculina que não pertencia ao demônio. — Um marquês do inferno atacando um monte de adolescentes? Os tempos devem estar difíceis, Andras.

Na extremidade do armazém, um homem alto, que eu nunca tinha visto antes, fumava um cigarro. O cabelo louro-claro era bem-cortado, e óculos escuros cobriam seus olhos. Considerando o cigarro que pendia dos lábios, as roupas estilo SWAT e as botas de combate pretas aparecendo sob o casaco, ele não parecia o tipo de homem com quem alguém gostaria de arrumar confusão. Ele largou uma maleta de médico e um recipiente de plástico vermelho no chão.

Andras o encarou através dos olhos do estivador.

— Fico feliz em atacar você primeiro.

Um segundo homem, usando os mesmos óculos escuros e roupas de combate, saiu de trás de um dos contêineres de metal com uma bolsa preta de lona. Havia algo enrolado em sua outra mão. Os traços morenos e a barba de alguns dias o tornavam ainda mais impressionante que o parceiro.

O homem abriu a mão, liberando o que parecia ser um chicote. Então estalou a arma cor de marfim, que se empinou no ar, projetando as seções individuais para a frente, uma de cada vez, como elos de uma corrente de bicicleta.

O chicote, ou o que quer que fosse aquilo, atingiu Andras.

O demônio arqueou as costas e urrou de dor. Tentou livrar-se, mas a arma começou a se mover sem qualquer ajuda do homem que a empunhava. As seções marfim se agarraram às costas de Andras, pulsando e estremecendo como ratos.

— Está vivo. — Sacerdote observava, perplexo.

— Que droga é aquela? — perguntou Lukas.

Sacerdote balançou a cabeça.

— Não sei, mas quero conhecer o cara que o fez.

O homem que guiava o chicote sacudiu o pulso, fazendo-o retrair. Andras caiu de joelhos quando as seções individuais do dispositivo se desprenderam de suas costas.

Elle estreitou os olhos para ver os pedaços de marfim.

— É feito de ossos?

Alara se retraiu.

— Parecem vértebras.

O chicote o atingiu de novo, e o demônio soltou outro grito enfurecido.

— Você deve ter gastado muita energia no que estava fazendo antes de chegarmos aqui — disse o homem que segurava a arma.

Eu me lembrei de que Andras parecia exausto depois de manifestar Maya. Depois deu vida ao medo de Sacerdote. Será que o exorcismo do *Rituale Romanum* também o afetara? Ele precisava combatê-lo de alguma forma?

O homem mais alto, de casaco comprido, pegou o recipiente de plástico vermelho e foi até o demônio.

Um galão de gasolina.

— Acha que vai pôr fogo em Andras? — Sacerdote parecia esperançoso.

— Só se quiser queimar todos nós também. — Lukas olhou de relance para o irmão. — Acho que não é gasolina.

Jared assentiu.

— Faz sentido.

— Por que ele está com um galão de gasolina? — Os olhos de Elle corriam de Lukas para Jared. — Alguém pode me dizer o que está acontecendo?

— Calma. — Lukas a puxou contra seu ombro. — Acho que é água benta.

— Você *acha*?

O homem alto ergueu o galão, despejando o conteúdo sobre Andras. Um líquido transparente e inodoro se derramou sobre o corpo do estivador. Vapor subiu das áreas de pele atingidas, deixando queimaduras vermelhas.

O homem do chicote correu até eles, passando a arma por um aro na parte de trás da calça. Os ossos de marfim, ou o que quer que fossem, enroscaram-se no aro como uma cobra adormecida. Ele abriu uma bolsa preta de lona, semelhante às sacolas nas quais Sacerdote guardava seu equipamento, e tirou uma pesada corrente. Os dois homens trabalharam juntos, enrolando a corrente no pescoço, nos pulsos e nos pés de Andras em uma estranha configuração, então a prenderam com um cadeado.

— Vou arrancar sua pele e descarnar seus ossos — ameaçou o demônio.

— Vou esperar ansioso por isso — disse o homem do chicote, colocando Andras de pé e arrastando-o para fora do armazém pelo cadeado. O demônio mostrou os dentes, tentando morder o captor como um cachorro raivoso.

— Vocês estão bem? — O desconhecido alto enxugou a água benta das mãos na barra do casaco preto, depois tirou os óculos escuros e os enfiou no bolso.

— Acho que sim — falei.

Sacerdote ajudou Alara a se levantar, e examinou seus olhos.

— Você bateu feio com a cabeça. Pode estar com uma concussão.

— Estou bem. — Ela afastou a mão dele com um tapa, voltando a parecer normal pela primeira vez desde que Andras dera vida a seu pior medo.

— Quem são vocês? — perguntou Lukas.

O desconhecido ergueu uma das sobrancelhas.

— Um pouco de gratidão seria bem-vinda. Acabamos de salvar suas vidas.

— Como sabiam que estávamos aqui? — indagou Jared. — Este lugar não fica exatamente no tour do Caminho da Liberdade de Boston. Vocês nos seguiram?

— Estávamos seguindo Andras, mas ao que parece ele estava seguindo vocês.

— Como sabem sobre Andras? — Sacerdote parecia chocado.

— Passei a maior parte de minha vida monitorando Andras, embora nunca esperasse ficar cara a cara com ele. — Ele estendeu a mão para Sacerdote. — Meu nome é Dimitri, e aquele é meu parceiro, Gabriel.

Sacerdote estendeu a mão para apertar a do homem.

Jared segurou seu braço.

— Olhe o anel dele.

Um pesado anel de sinete envolvia o dedo de Dimitri. Gravado na prata havia um triângulo sob um olho, como o que existe na parte de trás da nota de um dólar. Linhas semelhantes a raios de sol irradiavam do olho. O anel era idêntico ao que o avô de Sacerdote descrevera.

— Ele é membro dos Illuminati — indicou Jared.

Dimitri sorriu.

— O Olho da Providência é popular hoje em dia. Eu o vejo na internet toda hora.

— Mas não comprou esse anel na internet, não é? Ou não teria os Raios da Iluminação — argumentou Sacerdote.

— E você teria chamado o símbolo de Olho que Tudo Vê — acrescentou Alara. — Só os integrantes dos Illuminati se referem a ele como Olho da Providência.

Os olhos cor de avelã cintilaram de divertimento, e Dimitri ergueu as mãos, rendendo-se.

— Bela jogada, Srta. Sabatier.

Alara recuou, perplexa.

— Como sabe meu nome?

— Sei o nome de todos vocês. Jared e Lukas Lockhart. Alara Sabatier. Kennedy Waters. — Dimitri nomeou todos nós até chegar a Sacerdote. — E você é Owen Merriweather, mas sei que prefere ser chamado de Sacerdote. — Ele parou diante de Elle. — Bem, você eu não conheço. Adicionaram um sexto membro à Legião?

— Não. — Ela jogou o cabelo ruivo sobre o ombro e cruzou os braços. — E minha mãe me disse para nunca falar com homens estranhos.

— Bom conselho para uma jovem. — Dimitri não pareceu condescendente, mas isso não impediu Alara de se ofender.

Ela tirou um rolo de moedas do cinto de ferramentas e fechou a mão sobre elas.

— Estranhos não são problema para jovens que batem com força.

— Não está mais aqui quem falou. — Dimitri olhou o armazém. — Fico surpreso que Andras os tenha seguido até tão longe. Em seu estado enfraquecido, precisa de um corpo o tempo todo. Eu imaginei que ele ia ficar em áreas movimentadas.

Estremeci, lembrando-me de ver o demônio pular de corpo em corpo enquanto nos perseguia pelas ruas.

— Ele precisa possuir alguém o tempo todo?

— Não faça perguntas a ele — disparou Alara. — É um membro dos Illuminati. Não podemos confiar nele.

Dimitri a avaliou por um instante.

— Estamos do mesmo lado, Srta. Sabatier. Sejam quais forem as histórias que ouviu sobre os Illuminati, provavelmente têm centenas de anos.

Sacerdote voltou-se para Dimitri.

— Como a história que meu avô contou sobre dois caras com anéis iguais ao seu que o espancaram na faculdade e roubaram um grimório de uma biblioteca de Yale? Isso não aconteceu há centenas de anos.

Dimitri abriu um maço de Dunhill.

— Estou familiarizado com o incidente, mas não sabia que seu avô estava envolvido. Sei que ele era um inventor e um matemático brilhante. — Dimitri acendeu o cigarro preto. — Aqueles homens faziam parte de uma facção dissidente dos Illuminati, não reconhecida pelo Grão-Mestre. Seu avô foi atacado em Yale logo depois que a Ordem foi formada. Mas eu e Gabriel não somos aliados da Ordem ou de seus membros. Queremos deter Andras tanto quanto vocês.

— Vocês nunca se ofereceram para ajudar a Legião. Por que agora? — perguntou Jared.

— Andras está livre, e isso afeta a todos nós — respondeu Dimitri. — Se ele abrir os portões, o mundo que conhecemos deixará de existir.

Jared o encarou, desconfiado.

— Vocês aparecem do nada, dizem que estamos todos jogando no mesmo time e esperam que simplesmente acreditemos em sua palavra?

Dimitri caminhou até Jared.

— Salvamos suas vidas. Se tivéssemos algum rancor, teríamos deixado o demônio eliminar vocês.

— Estávamos indo bem por conta própria — rebateu Sacerdote.

Dimitri riu.

— Está se referindo ao que faziam quando chegamos? Dando as mãos e esperando que seus poderes de Super Gêmeos se ativassem? Vocês nem sabem por que não deu certo, não é?

Os olhos de Jared correram de Lukas para Alara e Sacerdote.

— Precisam dos cinco membros da Legião para erguer a barreira — explicou Dimitri. — Sem a tia de Kennedy, estão com uma pessoa a menos.

— Minha tia morreu. — Considerando a quantidade de informações que ele tinha sobre nós cinco, provavelmente eu não estava contando nada de novo. — Tomei o lugar dela na Legião.

O sorriso de Dimitri se desvaneceu, e uma ruga de preocupação se formou entre seus olhos.

— Bem, então isso explica por que sua rodinha falhou. — Ele me fitou diretamente, perscrutando meus olhos. — Você não pode ser o quinto membro da Legião, Kennedy.

Eu estava cansada de ouvir o que eu podia ou não podia fazer, e não aguentava mais ser julgada porque minha família não me contara sobre a Legião.

— Por que não?

Os olhos de Dimitri ficaram sombrios, e ele hesitou como se estivesse escolhendo as palavras com cuidado.

— Você não pode ser um membro da Legião porque é uma de nós.

19. GALHETA DE BATALHA

Alara se colocou diante de mim de um jeito protetor, com o cinto de ferramentas chacoalhando na cintura.

— Se quer enganar alguém, primeiro se informe. Kennedy não sabia nada sobre os Illuminati até nos conhecer.

Ouvir Alara me defender eliminava parte da dor da acusação de Dimitri. Por que ele estava mentindo sobre mim?

Dimitri me observou por cima do ombro de Alara.

— Talvez seja verdade, mas com certeza a mãe dela sabia.

— Já conheço a história — falei, interrompendo-o. — Minha tia disse que os Illuminati mandaram um cara fingir que gostava dela, quando na verdade a estava espionando. Foi minha mãe que descobriu.

— Mas sua tia não contou o restante da história, não é? O que aconteceu depois que ela saiu da Legião?

— Não sei o que você está tentando...

Ele me interrompeu.

— A melhor maneira de esconder a própria culpa é apontar o dedo para outra pessoa. Sobretudo se essa pessoa *esperava levar a culpa* porque isso era parte de um plano maior. O namorado de Faith não era o único membro dos Illuminati que a espionava.

Eu não sabia aonde ele queria chegar com aquilo.

— Do que está falando?

— Quando sua mãe revelou a verdade sobre Archer, ganhou a confiança de sua tia. Ela era uma mulher inteligente, uma das melhores agentes dos Illuminati.

— Mentiroso! — gritou Elle, afastando-me dele. — Não dê ouvidos a isso, Kennedy. Ele está tentando confundir você.

Dimitri se aproximou um pouco.

— Você nunca se perguntou por que seu pai foi embora?

As palavras me trespassaram, reabrindo a ferida mais antiga. A julgar pela sua expressão, ele também sabia disso.

— Ele partiu quando você tinha 5 anos, não é mesmo? Sem mais nem menos, sem nenhuma explicação? Seu pai descobriu a verdade, Kennedy, que não um, mas dois espiões Illuminati tinham se infiltrado em sua família. Archer foi o primeiro, o bode expiatório. Sua mãe foi a segunda agente, com quem os Illuminati contavam desde o começo. Era um plano genial. — Dimitri jogou o cigarro no chão e o amassou no concreto com a bota. — Que melhor forma de se aproximar de Faith que se casando com seu único irmão?

Eu não sabia por que aquele homem estava mentindo sobre minha mãe, mas estava furiosa demais para me importar.

— Minha mãe nunca faria algo assim. Ela amava meu pai e ficou destruída quando ele foi embora.

Elle apertou minha mão.

Minha mente trouxe à tona uma imagem de minha mãe sentada na cama, cercada por um mar de lenços de papel, segurando uma foto emoldurada de meu pai, com os olhos inchados e vermelhos.

— Não tenho como saber o que sua mãe sentia por ele, mas sei que era um membro dos Illuminati. — Dimitri voltou-se para Sacerdote. — O que, corrija-me se eu estiver errado, significa que Kennedy jamais poderá ser uma integrante da Legião. Como vocês dizem na Legião? "Sem laços com escuridão ou Iluminação"?

Sacerdote olhou para Jared em busca de respostas.

— Você está muito impressionado consigo mesmo, não é? — perguntou Jared. — Mas Faith sabia disso melhor que qualquer um e deixou para Kennedy algo que um membro da Legião deixa para a pessoa que escolhe como sucessora. Ela nunca teria feito isso se a mãe de Kennedy fosse Illuminati.

Sacerdote assentiu para mim como se dissesse, *Estou aqui para defender você.*

Dimitri andou até mim.

— Então talvez possa responder uma pergunta, Kennedy. Se é realmente a quinta integrante da Legião, por que vocês cinco não conseguiram erguer a barreira? Deveria ter sido fácil.

Uma sensação de angústia tomou meu estômago, pois eu estava pensando a mesma coisa.

— Provavelmente erramos alguma coisa — retrucou Sacerdote. — Erramos toda hora.

Alara lançou um olhar de advertência a ele.

— Ela ainda não ganhou a marca — informou Lukas. — Tenho certeza de que tem algo a ver com isso.

Alara cruzou os braços.

— Se essa é sua única prova, então ninguém aqui acredita, e muito menos confia, em você.

Dimitri balançou a cabeça.

— Vocês são leais, tenho de admitir. Seriam acréscimos valiosos aos Illuminati.

— Eu prefiro morrer — disse Sacerdote, com um ódio que eu nunca vira nele.

Dimitri foi até a maleta de médico.

— Só existe um jeito de descobrir se estou dizendo a verdade.

Ele enfiou a mão lá dentro, tirando um pote para conservas com o que pareciam ser símbolos de vodu pintados sobre o vidro. Uma grossa camada de cera vermelha cobria a tampa e escorria pelas laterais. Dimitri segurou o pote diante de Alara.

— Sabe o que é isso, não sabe, Srta. Sabatier?

— Onde arranjou isso? — sussurrou Alara, recuando.

— Sempre usamos Galhetas de Batalha. Os Illuminati aceitam o conhecimento de qualquer cultura que lide com espíritos e demônios de forma mais eficiente que nós.

— Que droga é essa? — perguntou Lukas a Alara.

— Nós os chamamos de Potes de Guerra. — Ela não tirava os olhos do vidro coberto de cera. — São usados por bokors, que praticam as artes negras e vendem seus serviços. Um dos mais comuns que oferecem é amaldiçoar alguém. Há várias formas de fazer isso, com bonecos, sacos de feitiços ou usando fotos ou itens que pertenciam à pessoa que se quer amaldiçoar. Mas o Pote de Guerra é uma das piores.

— Sua avó a educou bem. — Dimitri sorriu.

— Minha avó nunca tocaria algo assim. Nossa religião não tortura ninguém.

— Eu deveria ter esclarecido. — Seu tom era de desculpas. — Recuperei o conteúdo desta galheta na casa de uma pessoa que estava sendo atormentada por ela.

Elle olhava para o pote, desconfiada.

— O que exatamente tem ali dentro? Não estou vendo nada.

— Se ele estiver dizendo a verdade, é um espírito vingativo. — Alara estendeu o braço diante de Elle para evitar que se aproximasse mais de Dimitri, ou do pote. — O espírito é preso em um pote de vidro e levado à casa da pessoa que se quer amaldiçoar. Para libertar o espírito vingativo, o vidro é quebrado e os cacos são enterrados por perto, em geral no quintal. Assim, o espírito não pode deixar o local onde os cacos estão enterrados, a não ser que gente como nós apareça para destruí-lo.

Dimitri ergueu o pote mais alto.

— Ou alguém como eu leve outra Galheta de Batalha para prendê-lo.

— Como seu pote de magia negra vai provar alguma coisa? — perguntou Elle.

Mas eu já sabia.

— Alguém precisa destruir o espírito vingativo que está aqui dentro, ou a vítima inocente de sua ira nunca terá paz — explicou ele. — A especialidade de Kennedy são símbolos e invocação, então só precisa desenhar um símbolo que destrua o espírito. Se for uma integrante da Legião, receberá a marca.

— É a tatuagem do demônio, não é? — sussurrou Elle para Alara.

Sacerdote encarava Dimitri, aturdido.

— Como sabe disso?

— Minha função é saber o máximo possível sobre a Legião da Pomba Negra. Como disse, estamos lutando pela mesma causa.

Jared se colocou diante de mim de um jeito protetor.

— Ela não vai fazer isso. Não precisa provar nada para você nem para ninguém.

No entanto, a julgar pelos olhares que Alara, Lukas e Sacerdote trocavam, percebi que precisava. Dimitri havia plantado a semente da dúvida na mente deles.

Pior ainda, alimentara a que já estava plantada na minha.

— Eu topo — falei.

Jared segurou meu rosto entre as mãos.

— Kennedy, não precisa fazer isso.

Sacerdote baixou os olhos.

Gabriel apareceu entre dois contêineres de metal com as roupas encharcadas.

— Ele está acorrentado e foi embebido em água benta suficiente para afogar um elefante. Mas não terminaram de preparar o santuário, então ainda não podemos deslocá-lo.

Dimitri apalpou os bolsos, provavelmente procurando mais cigarros.

— Isso deveria ter sido feito há dias.

— Houve uma confusão com a cruz — disse Gabriel. — Não era uma verdadeira cruz de altar.

— Idiotas. — Dimitri examinou os bolsos, claramente agitado. — Não podemos nos dar ao luxo de cometer erros como esse. Se Andras não tivesse gastado tanta energia aterrorizando esses garotos, correntes e água benta não bastariam para segurá-lo. E sem saber quantas almas consumiu, é impossível prever quanto tempo vai levar para recuperar as forças.

— Consumiu? — sussurrou Elle para Lukas. — No sentido de...

— Possuiu e matou — respondeu Gabriel. — Quanto mais almas Andras consome, mais forte fica.

Gabriel tirou o suéter molhado. Dezenas de tatuagens pretas cobriam seu braço direito: um Olho da Providência, um X curvo e outros símbolos que eu não reconhecia. O braço esquerdo não parecia ter nenhum desenho até ele se virar, revelando uma estranha tatuagem na parte interna do antebraço.

Uma cruz medieval, com um falcão no centro, sobre palavras em latim.

Visualizei as letras e repassei listas de palavras em minha mente, buscando radicais em inglês para traduzir o latim. Contudo, por alguma razão, não conseguia lembrar as últimas letras da tatuagem.

Havia algo errado. Eu olhara para ela segundos antes, o que significava que minha memória eidética já tinha gravado a imagem, mas não conseguia visualizá-la. Olhei outra vez para o braço de Gabriel. Os símbolos eram exatamente os mesmos, mas ele estava distante demais para que eu enxergasse a escrita com clareza.

Meus olhos devem estar cansados.

Fechei-os por um segundo, então os reabri, mas, mesmo assim, não consegui ler as palavras. Percebi algo ainda mais perturbador. Gabriel não tinha se movido desde que tirara o suéter.

Como as enxerguei antes?

— O que está olhando? — perguntou Alara.

Desviei o olhar, constrangida por ela ter notado.

— A cruz estranha no braço de Gabriel.

— É outro símbolo Illuminati — comentou ela.

Gabriel notou o pote na mão de Dimitri.

— Parece que interrompi alguma coisa.

Dimitri balançou o pote.

— Kennedy ainda acredita que faz parte da Legião. Ofereci a ela uma forma de tirar a dúvida.

— Para que se torturar, menina? — perguntou Gabriel.

Engoli em seco.

— Pode abrir.

— Ainda não. Precisa estar pronta. — Dimitri apontou. — Desenhe um símbolo para destruir o espírito, depois darei a galheta a você.

Alara tirou o pilot preto do cinto de ferramentas e o entregou a mim.

— Mostre do que é capaz.

Assenti e me ajoelhei no frio piso de concreto, visualizando o símbolo que ia desenhar.

A Armadilha do Diabo, o símbolo que usara para destruir Darien Shears, o espírito que havia me alertado para não montar o Engenho.

Eu deveria ter escutado.

Primeiro desenhei o círculo externo, depois um heptagrama com uma estrela de sete pontas dentro. Minha mente gravara cada detalhe: a imagem no centro da estrela, os nomes ao redor do círculo interno: Samael, Raphael, Anael, Gabriel, Michael...

Quando terminei, levantei-me e joguei o pilot aos pés de Dimitri.

— Pronto.

Ele contornou o símbolo, assentindo.

— Impressionante. Sem dúvida você tem o dom.

— É a especialidade dela. — Jared soou orgulhoso.

— Nós os chamamos de dons — disse Dimitri. — Alguns membros dos Illuminati também os têm.

— Pode abrir. — Minha garganta parecia uma lixa. Queria que aquilo terminasse.

Dimitri estendeu o pote.

— A galheta deve ser quebrada, não aberta. Você precisa ser a pessoa a libertar o espírito.

— Isso elimina qualquer dúvida — afirmou Gabriel, que observava.

Segurei o vidro e levei o Pote de Guerra até o centro da Armadilha do Diabo.

— Fique do lado de fora — gritou Alara.

Claro. Um erro de amadora.

Saí de dentro do símbolo e me inclinei sobre ele, esticando-me em direção ao centro. Uma névoa cinza rodopiava do outro lado do vidro. A cera escorregou sob meus dedos quando deixei o pote cair e retraí o braço.

O vidro se quebrou, e cacos cobertos de cera saíram girando pelo chão.

Minha pulsação se acelerou quando o espírito vingativo se materializou. Tênis sujos e jeans gastos cobertos de lama... mãos ensanguentadas segurando um cabo de madeira... a lâmina cega e ensanguentada de um machado. Os traços distorcidos da mulher continham uma expressão letal e levaram um instante para tomar forma. O ódio nos olhos era inconfundível.

E todo aquele sangue.

— Falei que se me machucasse de novo, eu o mataria — disse ela, olhando direto para mim. A mulher andou em minha direção, apoiando o machado no ombro. — Vocês deveriam me proteger, mas são uns covardes e não fizeram droga nenhuma.

Ao chegar ao círculo externo da Armadilha do Diabo, seu corpo convulsionou como se tivesse tocado uma cerca elétrica. A força a jogou de volta para o centro do símbolo.

Exatamente o que tinha acontecido quando Darien Shears tentara cruzá-lo.

Mas ela não era tão forte quanto Darien. Enquanto lutava para se levantar, sua forma começou a se desvanecer. Ela apontou um dedo ensanguentado para mim.

— Vejo você no inferno.

O espírito gritou de dor, e o corpo tremeluziu uma última vez antes de explodir em milhões de minúsculas partículas.

Não espere. Isso só vai dificultar as coisas.

Enfiei a mão no bolso, tirei um punhado de sal e esfreguei os cristais no pulso. Fixei os olhos nas pontas gastas das botas. Os minutos seguintes mudariam minha vida, de um jeito ou de outro.

E se a marca não aparecesse e eu não fosse o quinto membro da Legião? Será que minhas amizades desapareceriam como os fragmentos do espírito vingativo que eu acabara de destruir? Quem mais Faith teria escolhido? O inútil do meu pai?

Mantive os olhos fixos no concreto, nas botas, na borda da Armadilha do Diabo, tudo para evitar o rosto de meus amigos, que esperavam o momento que determinaria meu destino.

Já passou tempo bastante.

Virei o pulso para cima e flexionei os dedos.

Estava na hora.

20. O COVIL DOS LEÕES

Ergui os olhos devagar, querendo, e ao mesmo tempo não querendo, saber a verdade. Olhei para a pele do pulso.
Imaculada.
Prendi a respiração, com medo de me mover.
Não sou um deles.
Desta vez não sobrara nenhuma brecha.
Eu tinha desenhado a Armadilha do Diabo, que destruíra o espírito no Pote de Guerra, e observara Jared e Lukas enterrarem minha tia, a quinta integrante da Legião.
Eu me lembrava de esperar por minha marca na penitenciária estatal de West Virginia. Tivera certeza absoluta de que as linhas estavam se gravando em minha pele.
Mas não estavam.
Aquela noite havia me destruído. Foi o que pensei então. Mas nem se comparava a como eu me sentia no momento: abalada, vazia e sozinha.
Por favor, que isto seja outro pesadelo. Que eu acorde.
— Kennedy? — Jared parecia nervoso, o que significava que também vira.
— Sinto muito, menina — disse Gabriel.

Eu me virei, ainda segurando o pulso

— Sente mesmo?

Dimitri acendeu outro cigarro preto.

— Você precisava saber a verdade.

A verdade.

— Mesmo que não seja o quinto membro da Legião, isso não prova que a mãe dela era Illuminati. — Jared não estava disposto a desistir de mim.

O quinto membro.

Faith devia ter escolhido meu pai, a única outra opção.

Dimitri esfregou as têmporas.

— Sua mãe não tinha muitos parentes, não é, Kennedy? Apenas uma irmã, e aposto que não eram próximas. A Ordem dos Iluminados nunca escolhe agentes com laços familiares fortes. É um dos critérios de seleção.

— Do que os chamou? — Alara parecia perplexa.

Ele bateu a cinza no chão.

— A Ordem dos Iluminados. Reconhece o nome?

Alara se enrijeceu atrás de mim.

— Não. Achei que tinha falado outra coisa.

Estava mentindo.

— A Ordem dos Iluminados desobedecia às leis de nossa organização — continuou ele. — Tinha comportamentos perigosos que os Illuminati desconheciam. Depois que seu pai partiu, enviamos uma pessoa para conversar com sua mãe e tentar argumentar com ela.

Endireitei os ombros.

— Não acredito em você.

Dimitri se virou para Gabriel.

— Por favor, confirme que Elizabeth Waters era uma de nós.

— Ela fazia parte da Ordem, mas não diria que era uma de nós — disse Gabriel.

— Um pastor é responsável por suas ovelhas, Gabriel. Até mesmo as perdidas.

Ele lançou um olhar atravessado a Dimitri.

— Algumas ovelhas querem continuar perdidas.

— Conte a Kennedy como conheceu a mãe dela — pediu Dimitri.

Todos os músculos de meu corpo se contraíram. Eu ainda tentava entender qual era o problema com minha memória. A última coisa que queria era saber como Gabriel supostamente conhecera minha mãe.

Ele não se moveu por um momento, o que me fez pensar que a conversa tinha terminado. Então respirou fundo e começou:

— Eu era membro da Ordem dos Iluminados até descobrir que o que realmente estavam fazendo não tinha nada a ver com as bobagens que nos diziam. Contei aos Illuminati o que descobrira, e eles me receberam de volta. Por fim, convenci o Grão-Mestre de que sua mãe também era digna de ser salva. Então fui até sua casa em Georgetown, aquela com a porta verde. Seu pai já tinha partido. — Ele sorriu para si mesmo, como se relembrasse algo agradável. — Sua mãe me convidou para jantar lá algumas vezes. Ela preparava uma lasanha incrível, e o melhor molho marinara que já comi na vida.

Marinara. A receita que era a marca registrada de minha mãe.

— Qualquer um pode passar pela casa de Kennedy e ver de qual cor é a porta — retrucou Elle em um tom maldoso.

O sorriso de Gabriel se desvaneceu.

— Eu conhecia aquela casa por dentro e por fora. Elizabeth morava lá antes de se casar com o pai de Kennedy. — Ele se virou para mim. — Tingi o piso de madeira e construí as prateleiras na biblioteca. Ainda estão lá?

Eu não reagi. Qualquer um que já tivesse entrado em minha casa saberia sobre o piso e as prateleiras na biblioteca.

— Também construí algumas coisas que você nunca deve ter visto — disse Gabriel. — Sua mãe tinha uma porta escondida no fundo do armário.

As palavras me atingiram com força, e não consegui respirar.

O espaço estreito no armário.

Eu nunca contara a ninguém sobre o minúsculo espaço no fundo do armário de minha mãe, ou sobre a noite que passara escondida lá dentro. Nem a Elle. Meus amigos conheciam minha fobia do escuro, mas ninguém sabia como começara.

Gabriel continuava falando, mas a lembrança já estava tomando o controle.

— *Tem alguém na casa* — *sussurrou minha mãe, tirando uma tábua da parede e revelando uma pequena abertura no fundo do armário.* — *Fique aqui até eu voltar. Não dê um pio.*

Não dê um pio ou os caras maus vão ouvi-la. Foi o que quis dizer.

Enfiei-me ali dentro enquanto ela recolocava a tábua no lugar, afundando-me na escuridão. Não o tipo de escuridão em que se podem ver silhuetas, mas um negrume que engole tudo. Fechei os olhos e tentei fingir que ainda estava na cama.

Então ouvi sons: a escada rangendo, móveis raspando contra o chão, vozes abafadas. Queria que meu pai não tivesse nos deixado. Ele teria enxotado quem quer que estivesse na casa. Mantive a mão contra a madeira, rezando para minha mãe voltar. Finalmente, a tábua cedeu sob a palma de minha mão, e uma torrente de luz inundou o espaço.

Manchas pretas explodiram diante de meus olhos, que se reajustavam à luz. Vi o chão do armário pela abertura: os saltos vermelhos e as pantufas felpudas de minha mãe. Depois o rosto dela olhando para dentro do espaço e os braços se estendendo para mim.

E outra coisa...

Lutei para segurar a memória que passara a vida inteira combatendo. Em geral, a recordação terminava no momento em que minha mãe me tirava do armário. Mas havia mais, partes que foram reprimidas.

Quando ela me puxou para fora, voltei os olhos para o espaço apavorante. Uma imagem embaçada passou, pintada na parede, preta como a escuridão.

Não olhe.

Mas eu já tinha olhado, só nunca me lembrara até então.

Uma cruz medieval com um falcão no centro sobre palavras em latim, as letras que pensei ter visto no braço de Gabriel, antes de perceber que estava longe demais para realmente as enxergar. O restante da tatuagem, a parte que eu *tinha* visto, devia ter atravessado o muro que minha mente construíra ao redor daquela noite.

O que significa que estão dizendo a verdade sobre minha mãe.

Essa descoberta foi pior que não fazer parte da Legião. A vida inteira de minha mãe fora uma mentira.

— Sinto muito — disse Gabriel. — Você não deveria ouvir isso de nós. Eu queria que sua mãe deixasse a Ordem e recomeçasse.

Elle passou por nós, indo até Dimitri a passos largos.

— Mesmo que seu amigo aqui tenha mesmo encerado o piso da casa e assaltado a geladeira da mãe de Kennedy, não significa que ela era Illuminati.

— Talvez fossem amigos, e a mãe de Kennedy nem imaginasse que Gabriel era da Ordem — argumentou Jared. — Nada disso serve de prova. — Ele não acreditava na história de Gabriel. No entanto, não sabia sobre o espaço no armário nem o símbolo.

Não sabia que eles diziam a verdade.

— Talvez você fosse um espião como aquele Archer — argumentou Lukas. — E só fingisse ser amigo dela.

Minha mãe mentiu para mim e traiu meu pai. Ela era membro dos Illuminati.

Jared se aproximou rapidamente, agarrando minha mão.

— Ela não é uma de vocês — afirmou ele a Dimitri. — É uma de nós.

Olhei para o rosto de meus amigos. Lukas e Elle encaravam Dimitri como se quisessem matá-lo, mas os olhos de Sacerdote e Alara estavam fixos ao chão.

Eles sabem que não sou um deles.

Jared apertou minha mão com mais força.

— Você está errado.

Meus joelhos cederam. Senti que estava caindo, o armazém e a escuridão me sufocavam.

Jared me pegou, colocando-me com delicadeza no chão.

— Você está bem?

— Claro que ela não está bem — retorquiu Elle. — Olhe o rosto dela. Está branca como um fantasma.

Ergui o rosto. Gabriel me encarava.

— Sabe que estou falando a verdade, não é? — perguntou ele.

— Kennedy? — Os olhos de Jared perscrutaram os meus.

Eu não podia mentir para ele, não naquele momento.

— Minha mãe era um deles.

21. LINHAS DIVISÓRIAS

— Vou ver como está nosso hóspede — avisou Gabriel, indo para os contêineres.

Dimitri assentiu.

— Nunca subestime...

— O que um animal faria para sair de uma jaula — terminou Gabriel. — Eu sei.

Jared os ignorou, levantando-me.

— O que está acontecendo?

— A tatuagem de Gabriel. — Eu mal conseguia pronunciar as palavras. — A cruz.

Elle veio correndo e me abraçou.

— O que tem ela?

— Eu me lembro de ver a mesma imagem na parede do armário de minha mãe.

Sacerdote e Alara estavam afastados, mas escutavam.

— Isso não significa... — começou Jared.

— Não fale que não significa nada. — Eu balancei a cabeça. — Acha que minha mãe tinha uma cruz com um falcão e palavras em latim na parede de um cômodo secreto no armário por acaso? — Lágrimas ardiam em meus olhos, mas não as deixei cair. — Significa tudo.

— Dimitri. — A voz de Gabriel chamou de trás dos contêineres. — Preciso de ajuda aqui.

— Podemos conversar sobre isso mais tarde — disse Jared, observando Dimitri.

Sem mais uma palavra, nós o seguimos quando ele correu por entre as fileiras. No final do corredor, vi um relance do estivador que Andras tinha possuído, acorrentado em um canto e encharcado de água benta.

Dimitri colocou os óculos escuros e estendeu o braço, detendo-nos.

— Não olhem o demônio nos olhos, aconteça o que acontecer. É assim que pula de um corpo para possuir outro. É preciso estar perto para fazer a troca, mas se não sabem bem o que estão fazendo, é melhor não arriscar.

O demônio se debatia contra as correntes, e Gabriel enrolou o chicote de osso no pescoço da criatura. Farpas se projetaram das dezenas de vértebras, dentes, garras e outros pequenos ossos que formavam o dispositivo. No momento em que os ossos tocaram Andras, as farpas se enterraram profundamente na pele, pulsando e se retorcendo por conta própria.

O demônio urrou de dor.

Eu estremeci, e os pelos de minha nuca se arrepiaram.

— Aquele negócio está vivo? — Sacerdote observava, paralisado.

Gabriel sacudiu o chicote, e Andras caiu de joelhos.

— Não temos tempo para perguntas.

O estivador lutou para levantar a cabeça.

— Me ajude. — O tom rouco e o sotaque russo não tinham nada a ver com a voz que o demônio usara antes.

Segurei o braço de Gabriel.

— Ele está tentando dizer alguma coisa.

— Não dou a mínima para o que diz, desde que diga no inferno. — Gabriel deu de ombros, ignorando-me.

A cabeça do homem caiu para o lado, como se estivesse bêbado.

— Pelos pecados que cometi, peço para ser perdoado — disse ele no mesmo sotaque russo.

— Por que a voz dele está diferente? — perguntou Elle, mantendo distância.

— Acho que o homem possuído por Andras está tentando vir à tona — comentou Lukas.

Dimitri agitou o braço.

— Para trás.

Gabriel ignorou completamente Lukas, pois sua atenção estava concentrada apenas em Dimitri.

— Precisamos matar Andras agora.

— Estão falando de exorcizá-lo, não é? — perguntou Sacerdote.

Gabriel pareceu confuso.

— É impossível exorcizar um demônio tão poderoso quanto Andras.

— Então como se mata o demônio sem ferir o homem possuído? — indagou Elle.

Dimitri a fitou nos olhos.

— Não é possível.

— Você não pode matar um homem inocente — falei.

Dimitri se aproximou a passos largos e puxou a gola da camisa do estivador, expondo uma tatuagem no pescoço. Uma faca com gotas de sangue na lâmina.

— Sabe o que é isso? É uma tatuagem de prisão russa. Significa que este *homem inocente* é um matador de aluguel. E essas gotas de sangue representam o número de pessoas que ele matou. Quer contar?

Eu estremeci.

Lukas se colocou entre nós.

— Por que não relaxa um pouco? Ela perdeu o capítulo de tatuagens de prisão na aula de história criminal.

Alara lançou um olhar de ódio a Dimitri.

— Obviamente, você não.

Ele passou a mão pelo cabelo claro e acendeu um cigarro.

— Vocês não entendem como isso funciona. No momento, Andras precisa possuir um corpo o tempo todo.

— O que significa que se matarmos o corpo, ele morre junto — acrescentou Gabriel.

— O corpo de que está falando é uma *pessoa* — salientou Alara.

Dimitri atravessou o armazém e se abaixou para acariciar Urso. O cachorro rosnou, fazendo-o recuar.

— Depois que Andras consumir almas suficientes, terá força para tomar sua verdadeira forma.

— Aí não será possível matá-lo — concluiu Gabriel, olhando para Lukas, Jared, Sacerdote e Alara, um a um. — Se querem tanto ser membros da Legião, é melhor começarem a agir de acordo. Porque nenhum de seus familiares deixaria aquele cara sair daqui com um monstro dentro de si.

Alara ergueu o queixo.

— Minha avó encontraria outro jeito.

Dimitri colocou a mão no ombro do amigo, um gesto tranquilizador, e Gabriel virou as costas.

— Imani Sabatier teria matado Andras com as próprias mãos se fosse o único jeito de destruí-lo — afirmou Dimitri.

— Você não sabe nada sobre minha avó. — A voz de Alara falhou.

— Sei mais do que imaginam sobre os parentes de todos vocês. — Ele apagou o cigarro na parede. — Não estou dizendo que isto é fácil. Mas a Legião da Pomba Negra e os Illuminati compartilham um propósito acima de todos os outros: defender o mundo de um demônio desesperado para dominá-lo. Se a vida de um homem, a vida de um assassino, é o sacrifício para salvar milhões, posso viver com isso.

O que só deixava uma pergunta.

Nós podíamos viver com isso?

Embora não concordasse com Dimitri, eu vira do que Andras era capaz em pequena escala. Nem imaginava o que poderia fazer se ficasse mais forte.

Se abrisse os portões do inferno, quantos demônios como ele estariam à espera?

Centenas?

Milhares?

Mal tínhamos detido Andras, um demônio temporariamente enfraquecido depois de passar séculos preso. Como teríamos uma chance contra ele quando se fortalecesse?

Jared cruzou os braços e se apoiou à parede.

— Dimitri está certo. Não podemos correr esse risco.

— Então não vê problema em matar alguém? — Eu não conseguia acreditar no que ouvia.

— Já não morreu gente o bastante? — perguntou Lukas ao irmão.

— Não foi isso que eu quis dizer — defendeu-se Jared.

— Ele quis dizer que não temos escolha — disse Alara em um tom incerto.

— Sempre existe uma escolha — falei, repetindo as palavras do mantra que minha mãe gravara em minha cabeça desde que eu era pequena. Elas afundaram como uma pedra no estômago.

Ela escolheu mentir para mim e para meu pai.

Minha mãe tinha feito a escolha errada, sabendo ou não.
Assim como eu.

— Eu não esperava *nada* disso quando decidi vir. — Elle se virou para Jared, fechando a cara. — O que vai fazer? Pegar uma faca e enfiar no coração dele?

Vê-la ali desencadeou uma onda de culpa dentro de mim. Elle deveria estar em uma festa, enrolando um dos caras desesperados para conseguir um encontro com ela. Contudo, em vez disso, fora atacada por uma entidade paranormal e perseguida por um demônio. Agora um fumante compulsivo instável e um cara com um chicote feito de vértebras de demônio pediam para minha amiga ficar ali assistindo enquanto matavam uma pessoa.

Jared franziu a testa.

— Só estou tentando entender isso antes que alguém se machuque.

Dimitri tirou algo do bolso do casaco e segurou entre os dedos.

Uma seringa.

— Ninguém vai arrancar o coração de ninguém. Não somos monstros. — Ele apertou o êmbolo, fazendo algumas gotas de líquido transparente espirrarem da agulha. — Estamos tentando deter um.

Andras, ou o criminoso russo, pois era difícil saber para qual deles olhávamos, gemeu de dor.

Lukas apontou para a agulha.

— Não é assim que se faz.

— Por favor... — implorou o criminoso.

Gabriel estalou o chicote, enrolando os ossos cor de marfim na perna do sujeito.

— Cale a boca. — Ele puxou o cabo, e os ossos se apertaram.

A cabeça do prisioneiro se ergueu de repente, e o corpo se empertigou. Começou nos pés, então se espalhou pelo torso, como se uma corrente elétrica subisse pelas costas. Os olhos negros do demônio nos encararam enquanto os cantos da boca se recurvaram em um sorriso maligno.

— Cuidado, Gabriel — advertiu Andras, já sem o sotaque russo. — Quando eu me libertar, vou cortar sua língua fora.

Gabriel soltou o chicote, estalando-o de novo. Dessa vez, os ossos estreitos enrolaram-se no pescoço do demônio.

— Dói, não é? Foram necessários 447 ossos de demônio para fazer Azazel.

Azazel? Ele tinha batizado o chicote?

A boca de Gabriel se retorceu em um sorriso cruel. Ele estava gostando daquilo.

— Quer saber onde os consegui?

— Sei que não foi você que o fez, Gabriel, Campeão de Deus. Sei seu nome e o significado dele — retrucou o demônio.

— Paguei por cada osso e observei todos serem extraídos de um de sua laia enquanto os demônios ainda estavam vivos. — Gabriel segurava o cabo do chicote com toda a força.

— Qual foi o preço? — A entonação de Andras fazia parecer que ele já sabia a resposta.

— Nós dois sabemos o preço, e, quando morrer, vou pagar. E meu nome significa "força de deus". Não se esqueça disso para poder me encontrar no inferno.

Dimitri se retraiu.

— Chega. Ele está ganhando um tempo que não temos.

Gabriel agitou o pulso, soltando o chicote do pescoço do sujeito.

O olhar de Dimitri recaiu sobre Jared, Lukas, Sacerdote e Alara.

— O treino acabou. Agora vocês são a Legião e juraram proteger o mundo de Andras. — Ele lhes ofereceu a seringa. — Vão honrar o juramento ou não?

Como ninguém respondeu, Dimitri se abaixou e colocou a seringa no chão diante de nós.

— É fácil se considerar um herói. Muito mais difícil é se tornar um.

A seringa ficou ali como uma granada. Ninguém disse uma palavra. Falar era quase como se voluntariar. Urso a cheirou, depois foi trotando até Alara e se deitou a seus pés.

— Eu faço. — Meu tom não tinha nenhuma convicção real.

Com um gesto rápido, Sacerdote a pegou.

— Não pode ser você. Precisa ser um de nós

Nós.

Ele estava criando a linha divisória, aquela que eu sempre acreditara que me separava dos quatro. A linha que eu não sabia se existia. Até aquele momento.

Fiquei destruída ao ouvir Sacerdote dizer aquelas palavras. Era a única pessoa que me aceitara desde o começo Agora nem olhava para mim.

— Ele está certo — falei. — É melhor não deixarem meu sangue Illuminati macular sua execução.

— Ele não quis dizer isso, Kennedy. — A mão de Jared deslizou sob meu cabelo emaranhado, e ele acariciou minha nuca com o polegar.

Quanto tempo faltava para ele também me virar as costas?

— Não é, Sacerdote? — Jared parecia confuso

Sacerdote baixou os olhos para o piso de concreto rachado em silêncio.

Os ombros de Lukas se contraíram.

— Sacerdote, qual é seu problema? Estamos falando de Kennedy.

Ele enfiou as mãos no bolso da frente do moletom.

— Não estou dizendo que ela é Illuminati, mas não faz parte da Legião. Só isso.

A mão de Jared escorregou de meu pescoço. Com três passos, ele se colocava diante de Sacerdote.

— Você não ligou se ela era ou não uma de nós quando salvou sua vida. — Ele se voltou para Alara. — E quanto a você? Concorda com ele?

Ela estava estranhamente quieta, e me preparei para a rejeição.

Alara arrancava os fios soltos da calça cargo.

— Minha avó não confiava nos Illuminati.

— Mas não sou um deles. — A raiva me dilacerava. Embotava a dor e as perguntas, o medo e a dúvida. — Eu não sabia de nada disso. Minha mãe mentiu para mim, e não posso nem a questionar porque ela morreu.

Jared tentou tocar em mim, mas me esquivei.

O celular de Gabriel apitou. Ele olhou a mensagem e assentiu para o companheiro.

— O santuário está pronto, e você me deve dez dólares.

— Não estávamos apostando. — Dimitri passou por nós

— Eu sempre estou. — Gabriel foi até Sacerdote e pegou a seringa. — A brincadeira acabou, garotos. Está na hora de levá-lo.

— Para onde? — Alara o seguiu. — Você disse que tínhamos de matá-lo

— Temos, mas não aqui — respondeu Gabriel, de costas para ela. — Andras só pode ser destruído dentro de um santuário, na presença da cruz do altar de uma igreja.

Ela agarrou o braço dele, virando-o para si.

— Então que droga foi essa que você falou de enfiar uma seringa no cara e honrar nosso juramento à Legião?

— Um teste. — Gabriel baixou os olhos para a mão dela e a afastou de seu braço. — Caso esteja curiosa, nenhum de vocês passou.

22. PORTÕES DO INFERNO

Dimitri passou os braços ao redor do corpo do criminoso enquanto Gabriel segurava as pernas.

Lukas ficou entre os contêineres, bloqueando a saída do armazém.

— Não vão levar Andras a lugar algum sem nos levar junto.

Sem muito esforço, Dimitri deu um encontrão nele e passou.

— Nós tínhamos imaginado.

— Seja útil e abra a porta — pediu Gabriel.

Lukas correu à frente dos dois sem dizer nada, seguido por Sacerdote, Alara e Elle, que pegaram as sacolas no caminho.

— Venha, Kennedy. — Jared pegou minha mão, segurando-a com a mesma força que usara antes de saber a verdade sobre minha mãe.

Você tem sorte.

Mas não me sentia com sorte. Sentia que alguém abrira um buraco em mim, e todas as emoções tinham vazado.

Do lado de fora, Lukas abria o porta-malas de um SUV prateado enquanto Dimitri e Gabriel esperavam. Cada centímetro do interior da mala estava forrado de grades de ferro frio. Os dois homens jogaram o demônio lá dentro, e Dimitri correu para se sentar no banco do motorista. Urso latia e rosnava atrás do carro, correndo de um lado para o outro.

— Se pretendem nos acompanhar, entrem — ordenou Gabriel. — Água benta não é o suficiente. Sem outras medidas preventivas, aquela corrente não vai segurar Andras por muito tempo.

Nós nos amontoamos no banco de trás antes que Gabriel tivesse tempo de mudar de ideia. Alara precisou de algumas tentativas para colocar Urso dentro do carro.

Andras batia contra as grades.

Elle chegou para a ponta do banco.

— Ele parece muito irritado.

— Há um esconderijo Illuminati perto dos currais. Logo chegaremos lá. — Dimitri ligou o rádio e passou pelas estações, parando nas notícias.

Apoiei a cabeça contra a janela, observando os sinais de trânsito embaçados na escuridão. Tudo parecia diferente, mas demorei um tempo para perceber por quê.

A chuva e a neve tinham parado.

Pela primeira vez desde a noite em que eu libertara Andras, o céu estava limpo. Contudo, meus pensamentos estavam mais sombrios que nunca.

Por que minha mãe não tinha me contado a verdade sobre seu passado? Será que sentia vergonha? Talvez achasse que eu não a perdoaria... ou não confiasse em mim para contar seus segredos.

Se minha mãe havia mentido sobre quem realmente era, podia ter mentido sobre qualquer coisa.

Como o que sentia por meu pai.

A voz do locutor do rádio interrompeu meus pensamentos: "Últimas notícias, a história das 17 garotas desaparecidas acabou em tragédia. Mais cedo, 17 corpos foram encontrados na floresta perto de Topsfield, Massachusetts. Os relatórios iniciais do instituto médico legal estimam que as vítimas morreram entre 3 e 5 horas da manhã de hoje. O FBI ainda não emitiu uma declaração oficial, mas a polícia local acredita que os corpos serão identificados como as adolescentes que desapareceram nos últimos 17 dias."

Topsfield. A localização do museu. A trinta minutos da casa de Faith e menos de uma hora dali.

Andras devia tê-las matado antes de matar Faith.

Alara se inclinou para a frente, segurando o apoio de cabeça de Gabriel.

— Aumente o volume.

— Alexa Sears, Lauren Richman, Kelly Emerson, Rebecca Turner, Cameron Anders, Mary Williams, Sarah Edelman, Julia Smith...

Não ouvi o restante dos nomes. Já os sabia de cor.

Shannon O'Malley, Christine Redding, Karen York, Marie Dennings, Rachel Eames, Roxanne North, Catherine Nichols, Hailey Edwards, Lucy Klein... estão todas mortas. E é minha culpa.

Dimitri guiou o SUV por uma área abandonada, cheia de prédios condenados e máquinas enferrujadas antes de parar em um armazém sem identificação, com uma placa na porta indicando materiais perigosos. Gabriel saltou do carro antes de parar, e correu para a porta. Ele remexeu um molho de chaves no cinto e sistematicamente destrancou pelo menos uma dúzia de fechaduras.

Dimitri colocou o SUV em ponto morto e enfiou a mão no porta-luvas, tirando vários óculos escuros de plástico horríveis.

— Coloquem isso. — Ele entregou um par de óculos a cada um de nós e esperou que os colocássemos, então saltou. — Fiquem aqui.

— Bela tentativa. — Alara abriu a porta, seguindo-o até a traseira do carro antes de todos os outros.

Urso correu na frente de forma protetora.

Gabriel saiu do armazém com um rifle de cano grosso e uma mangueira de incêndio.

— Pense rápido. — Ele jogou a arma para Dimitri, que a pegou com uma só mão.

— Para trás. — Dimitri apontou a arma para o porta-malas.

— É uma arma de tranquilizantes como as usadas em zoológicos — sussurrou Sacerdote para Jared, enquanto largava uma sacola cheia de armas no asfalto e os membros da Legião também se equipavam.

Fiquei para trás com Elle, temendo a reação de Sacerdote e Alara se eu tentasse ajudar.

Dimitri assentiu, e Gabriel abriu a mala, desviando-se para o lado.

O corpo forte do criminoso estava apertado ali dentro, imóvel.

— Ainda está apagado. Assim deve ser mais fácil deslocá-lo. — Dimitri baixou a arma.

Quando o fez, Andras lançou-se do porta-malas, derrubando a arma de tranquilizantes. O demônio ainda estava acorrentado, mas isso não o deteve. Ele caiu sobre Dimitri, rosnando como um animal.

Jared, Lukas e Sacerdote abriram fogo, mas as balas de sal não tinham efeito sobre Andras. Alara largou a arma de paintball e se jogou para pegar a arma de tranquilizantes. Ela ficou de joelhos, mirando com cuidado.

Uma saraivada de dardos perfurou as costas de Andras. Ele se virou, fixando os olhos negros em Alara e ainda prendendo Dimitri ao chão com as pernas.

Urso pulou e fechou as mandíbulas sobre o braço do demônio.

Gabriel ligou a mangueira, atingindo Andras com uma enxurrada de água. A força fez Urso sair rolando e jogou o corpo do demônio contra o para-lama. Vapor subiu de sua pele exposta, fazendo-o soltar um grito agudo ao cair de joelhos no asfalto.

Alara o atingiu com outro dardo.

Andras oscilou por um instante, depois caiu.

Gabriel levantou o demônio pelas correntes em seus pulsos. Uma rede de queimaduras horrendas deformava a pele molhada.

— Foi ketamina suficiente para derrubar um urso-pardo — disse Dimitri, tentando recuperar o fôlego.

Alara passou por ele e empurrou a arma de tranquilizantes em suas mãos.

— De nada.

Gabriel colocou Andras sobre o ombro, então correu para a porta do armazém.

— Precisamos levá-lo para dentro rápido, antes que o efeito passe.

Do lado de dentro, o armazém não se parecia em nada com aquele no cais. Em vez de pintura enferrujada e chão manchado de óleo, acompanhamos Gabriel e Dimitri por um labirinto de corredores com paredes reluzentes de metal e luzes fluorescentes no teto. Procurei indícios das pessoas que haviam preparado o santuário, mas o lugar parecia vazio.

Na extremidade do corredor, Gabriel nos conduziu a uma estreita escada de madeira. No fim, Jared e Lukas tiveram de se abaixar para passar por um arco que dava em um túnel claustrofóbico. Refletores portáteis de construção, pendurados em pregos, iluminavam paredes de pedra molhada.

Elle se aproximou de Lukas.

— Este lugar parece um calabouço — sussurrou ela.

Lukas pegou sua mão, fixando os olhos na porta trancada alguns metros à frente.

— Acho que é.

Elle parou no limiar da cela, recusando-se a prosseguir. Eu entendia por quê.

Com exceção de um vaso sanitário de aço inoxidável, a cela parecia algo saído da Idade Média: menos de 20 metros quadrados, paredes ásperas de pedra e um colchão sujo no canto. Havia uma Armadilha do Diabo pintada no chão, e o Olho da Eternidade cobria o teto. Um imenso crucifixo de prata fora preso à parede, como uma relíquia na igreja.

— Achei que estávamos levando Andras para um santuário — disse Alara.

Dimitri o largou no chão sob dois conjuntos de grilhões.

— Isto é um santuário. Foi abençoado por um padre, e aquela cruz ficava atrás do altar da Nossa Senhora dos Santos. — Ele apontou para a monstruosidade de prata.

— O tempo está passando, então é melhor vocês saírem. — Gabriel tirou as correntes dos pulsos e tornozelos do demônio, substituindo-as pelos grilhões. — Não quero ofender o delicado senso de moralidade de ninguém enquanto tentamos salvar o mundo.

— Vai matá-lo agora? — perguntou Sacerdote.

Gabriel demonstrou aversão.

— Não. Pensei em esperar até ele encontrar um jeito de abrir os portões do inferno e convidar todos os amigos para cá.

— Os filhos do Labirinto não precisam de convite — respondeu Andras, ainda com a cabeça caída. — Vão encontrar um caminho, comigo ou sem mim.

Ao ouvir a voz dele, Urso se levantou imediatamente e começou a emitir um rosnado baixo pela garganta. Alara afagou suas costas.

— Está tudo bem, garoto.

Andras rosnou, soltando um som mais feroz que o do cachorro.

Urso tentou mordê-lo, mostrando os dentes.

Alara se abaixou para segurar a coleira no momento em que o dobermann atacou. Sem ter tempo de afastar a mão, o movimento arremessou seu corpo para a frente. Andras forçou os grilhões, tentando alcançá-la.

— Alara! — berrou Sacerdote.

Jared se jogou sobre Andras, criando uma parede entre o demônio e Alara. Ao bater contra o peito dele, os óculos escuros protetores caíram no chão.

O demônio ergueu a cabeça, com água benta escorrendo pelo rosto.

— Não olhe para ele! — gritou Gabriel.

Os olhos negros se fixaram nos azul-claros de Jared.

— Não! — As palavras deixaram minha garganta, mas já era tarde demais.

Jared bateu no chão e caiu para a frente de joelhos diante de Andras. Com os braços acorrentados e o rapaz ajoelhado a seus pés, o demônio parecia um mártir de uma pintura renascentista, olhando para um de seus discípulos. Ele inclinou a cabeça, e Jared imitou cada movimento, sem tirar os olhos do monstro que o controlava.

O corpo do criminoso foi impelido para a frente, forçando as correntes com os braços, e uma força invisível atingiu o peito de Jared. O corpo do russo ficou flácido, então as costas de Jared se endireitaram devagar, como se as vértebras da coluna estivessem se esticando uma a uma.

Havíamos testemunhado a mesma cena nas ruas de Boston, mas aquilo era diferente. Estava acontecendo com Jared. Apesar da curta distância que nos separava, não consegui alcançá-lo rápido o bastante. Coloquei-me às pressas à frente dele, bloqueando sua visão.

Talvez ainda haja tempo.

Segurei seus ombros e o balancei.

— Jared, olhe para mim.

Sua expressão vazia não se alterou. Ele olhava direto para a frente como um zumbi, como se eu nem sequer estivesse ali.

Peguei seu rosto entre as mãos.

— Jared, pode lutar contra isso. É mais forte que ele.

Ignorei todo o restante do ambiente. Urso latindo. Alguém chorando. Gritos.

Eu o estou perdendo. Se é que já não perdi.

Tirei os óculos de proteção, jogando-os no chão.

— Olhe para mim.

— Kennedy, não! — gritou Gabriel.

Os cílios dele oscilaram, e os olhos azuis sonolentos se focaram em mim. Meu coração deu um salto.

Ele vai ficar bem.

A mão de Alara se fechou em meu braço.

— Afaste-se.

— Espere — disse Lukas. — Ele está bem.

Jared ergueu as mãos e segurou meus pulsos, o primeiro indício de que eu o estava alcançando. O toque gélido deixou meus braços arrepiados.

— Achei que tinha perdido você — sussurrei, controlando as lágrimas.

As pupilas de Jared se dilataram, e a escuridão de nanquim se espalhou, encobrindo as íris.

— Você perdeu.

— Andem! — vociferou Dimitri atrás de mim.

Uma mão agarrou as costas de minha jaqueta, então me arrastou pelo chão.

— Feche os olhos e coloque os óculos. — disse Gabriel.

Jared perdeu o interesse em mim e se voltou para a porta.

Recoloquei os óculos escuros e segui seu olhar até Dimitri, que estava na entrada da cela, apontando a arma de tranquilizantes.

— Se me matar, mata o garoto também — advertiu Jared, em uma voz que não era a sua.

Gabriel disparou para o corredor e voltou com uma mangueira.

Os olhos de Andras cintilaram de diversão.

— O que vai fazer agora, Campeão de Deus?

Ele abriu a água benta, e Dimitri atirou.

Jared investiu contra eles, tentando atravessar o fluxo de água. Seu corpo se contraía a cada vez que era atingido por um dardo tranquilizante.

Depois do terceiro dardo, estava encharcado, e seus passos, lentos. Por quanto tempo mais aguentaria?

Caia. Por favor. Apenas caia.

Ele cambaleou em direção a Gabriel, mas não conseguiu atravessar a pressão da água. Então, caiu de joelhos, tossindo e cuspindo. Em um último esforço para alcançar seus agressores, Jared arrastou o corpo pelo concreto molhado.

O quarto dardo pegou seu ombro, e ele bateu de bochecha no chão. Mesmo deitado ali, abrigando um demônio, eu queria erguer sua cabeça e aninhá-la no colo.

Lá no fundo, ainda era o garoto que fazia meu estômago se revirar toda vez que me beijava. O garoto que lutava por mim, mesmo quando eu não lutava por mim mesma.

Ainda era o garoto que significava mais para mim do que jamais pude explicar a ele.

Não era?

23. DANOS COLATERAIS

Gabriel forçou o joelho contra as costas de Jared e enrolou uma corrente em seus pulsos.

— Pare. Você o está machucando. — Corri até eles, mas Lukas me segurou.

— Está tudo bem — disse ele em um tom tranquilizador.

Nada está bem.

Jared estava caído imóvel no chão na cela. Com os lábios entreabertos e cachos de cabelo encaracolado grudados ao pescoço, quase parecia estar dormindo.

Quase.

As queimaduras que marcavam a pele me faziam lembrar que não estava.

Gabriel viu que eu observava e me lançou um olhar de pena.

— Aquele não é seu namorado, menina. É melhor entender isso.

— Você não sabe nada sobre ele — disparei. — Jared é mais forte do que imagina, e ele vai lutar.

Dimitri desviou os olhos e acendeu um Dunhill, amassando o maço vazio na mão.

Gabriel prendeu as correntes com um cadeado, puxando com mais força que o necessário para testá-las. Devia estar agindo assim para provar seu ponto de vista, o que só me fez odiá-lo mais. Ajoelhado ao lado de Jared, ele ergueu o rosto para mim.

— Ele cortaria sua garganta sem pensar duas vezes se tivesse uma chance.

— Não tente me amedrontar para justificar o que está fazendo — falei.

Gabriel puxou a gola da camisa. Uma cicatriz irregular cruzava sua garganta.

— Você deveria ter medo.

Alara, que mal se movera desde o ataque, ofegou.

— Chega — disparou Dimitri.

Gabriel soltou a gola, e o tecido voltou para o lugar, cobrindo a repulsiva cicatriz.

— Ela precisa entender o que estamos enfrentando para não acabar morta.

Dimitri se aproximou até os dois ficarem ombro a ombro.

— Sei o que sentia por Elizabeth. Mas isto não está ajudando.

Elizabeth. Estava falando de minha mãe.

Meu estômago se revirou quando pensei que Gabriel podia nutrir algum sentimento por ela.

— O que vai fazer com ele? — Sacerdote olhou para Jared no chão.

Meu coração disparou de ansiedade.

Dimitri passou por Jared e foi até a parede onde o russo estava preso. Ele jogou o cigarro no chão, depois tirou uma pesada chave do bolso, abrindo o primeiro grilhão.

O braço do criminoso caiu, e o corpo pendeu para a frente, enquanto o outro pulso continuava preso à parede. Dimitri enfiou a chave no outro grilhão, que mantinha o sujeito de pé.

— Alguém precisa pegá-lo — disse Sacerdote, andando de um lado para o outro.

— Não é necessário. — Dimitri girou a chave, e o corpo do russo se estatelou no chão. Os olhos sem vida nos encaravam, abertos e vidrados.

Lukas me soltou.

— Ele está morto? Mas vimos Andras pular de corpo em corpo várias vezes. As pessoas possuídas ficaram bem depois.

Dimitri deu de ombros, como se lidar com um cadáver não o abalasse.

— Pular de um corpo a outro toma muita energia. Ele não devia estar forte o suficiente para pular e matar os hospedeiros. E cada caso é diferente, mas quanto mais tempo possui uma pessoa, menos provável é a sobrevivência da vítima. A não ser que o demônio decida ficar.

Alara atirou a garrafa de água benta do cinto de ferramentas do outro lado do cômodo e gritou. Parecia sentir raiva, frustração e uns cem sentimentos que eu não conseguia definir, embora também os sentisse.

Gabriel se abaixou e colocou Jared sobre o ombro, de modo que o rosto do garoto ficou coberto pelo cabelo escuro e os braços flácidos penderam sobre as costas do Illuminati. Ele o carregou até a parede, onde minutos antes estava o corpo do russo.

Não o acorrentem. Por favor, que eles não o acorrentem.

Cada músculo de meu corpo se contraiu.

Gabriel segurou Jared de pé enquanto Dimitri fechava as algemas nos pulsos queimados.

Algo dentro de mim estourou.

Não! Não! Não! Tirem-no daí! Tirem-no daí!

— Tirem Jared daí! — gritei.

— Eu gostaria que fosse possível, Kennedy. — O tom de Dimitri era mesmo de desculpas.

— Então tire.

O olhar de Dimitri percorreu rapidamente o rosto de meus amigos, depois se voltou para o meu.

— Sinto muito. Um erro é o bastante. — Ele olhou para o corpo do russo antes de jogá-lo sobre o ombro.

Eu queria culpá-lo, mas não podia. Tudo começara muito antes de ele aparecer. Dimitri não era o que minha professora de história mundial chamava de primeira causa: a ação inicial que põe os eventos em andamento. A primeira peça do dominó a cair. O dedo que puxa o gatilho. A ocorrência responsável por destruir tudo o que vem depois.

Ele não era a primeira causa nem a razão para Jared estar acorrentado em uma cela.

Eu era.

Dimitri agitou o braço.

— Esvaziem a cela. Quero todos fora daqui agora.

— Não — gritei quando Gabriel segurou meu pulso. — Não vou deixá-lo.

Jared estava indefeso, acorrentado à parede, queimado e subjugado, com Andras dentro de si. Dimitri e Gabriel fariam qualquer coisa para destruir o demônio.

O que os impediria de matar Jared?

Nada.

Gabriel me arrastou por alguns metros, mas retraí o braço com força.

— Não me toque.

Lukas se jogou em cima de Gabriel, forçando o ombro contra a barriga dele.

— Tire as mãos dela.

Por um segundo, pareceu que Lukas tinha uma chance.

Contudo, Gabriel escorregou para o chão de propósito, levando-o consigo. No chão, a vantagem era sua. Ele lutou como um soldado experiente, virando seu oponente de costas em uma manobra fluida.

— Não quero ferir você, garoto. Mas, se for preciso, vou.

Não posso deixá-lo machucar Lukas também.

Eu me levantei às pressas, repassando as imagens da cela em minha mente. Havia alguma arma ali?

Um relance branco chamou minha atenção.

Gabriel se inclinou sobre Lukas, com o joelho entre suas omoplatas. Ele retraiu o braço, preparando-se para dar um soco.

Eu me joguei na direção dele, segurei o chicote e o arranquei de seu cinto. A arma era mais pesada do que eu imaginara, e precisei de toda a minha força para erguê-la. Minha execução não foi tão boa quanto a de Gabriel, mas as vértebras brancas se desprenderam e elevaram-se sobre minha cabeça em um amplo arco.

Gabriel se virou, segurando Lukas com seu corpo.

— É melhor largar meu chicote neste exato momento.

— Então saia de cima dele.

— Kennedy... — Dimitri estendeu a mão em minha direção. — Me dê o chicote. Ninguém vai machucar você ou seus amigos.

Minha mão tremia violentamente, e eu mal conseguia manter o ombro erguido.

— Não acredito em vocês. — As palavras saíam em soluços irregulares. — Matariam Jared para destruir Andras.

Os ombros de Dimitri se curvaram, e a testa se enrugou... seria de preocupação?

— Não vamos fazer nada contra ninguém agora. — Ele encarou Gabriel até que saísse de cima do peito de Lukas.

— Me entregue o chicote. — Gabriel veio a passos largos até mim.

Relaxei os ombros, e as vértebras caíram contra minhas costas. As farpas furaram a camisa, cortando minha pele como navalhas.

A expressão de Gabriel se alterou de raiva para temor.

— Não se mova. Só vai piorar as coisas.

Gritei de dor.

— K-Kennedy — chamou Jared em um tom áspero. Desta vez, era sua própria voz.

Eu me virei, chorando conforme as farpas cortavam mais fundo que a concertina.

A cabeça de Jared pendia flácida contra o peito.

— Ele ainda está lá. — Meus músculos se contraíam a cada inspiração.

Através do borrão de minhas lágrimas, vi a cabeça de Jared se mover. Ele levantou o queixo em pequenos espasmos até encontrar força para mantê-lo erguido.

Lentamente, um sorriso malicioso se abriu nos lábios.

— Ele ainda está lá. — O demônio imitou minha voz, capturando-a com perfeição. Então Andras voltou a seu tom vazio. — Mas não por muito tempo.

24. BULLET WITH BUTTERFLY WINGS

Acordei no escuro com um frio úmido penetrando nos ossos.

Onde?

Imagens passaram por minha mente, como ilustrações em um flipbook.

Correntes de aço...

Pele queimada, em carne-viva...

Algemas de metal...

A cicatriz acima do olho de Jared...

O som de meus gritos...

Jurar que mataria Dimitri e Gabriel...

Chamar Jared...

Meus olhos se ajustaram devagar à escuridão.

Jared me puxou contra seu ombro.

— Está tudo bem. Vai ficar tudo bem.

Respirei, encostada à camiseta. Tinha um cheiro terroso e forte, como uma fogueira. Nada parecido com a combinação de cobre e sal que sempre se desprendia de sua pele.

As últimas horas voltaram à tona, e percebi que era Lukas que me consolava. Alara, Sacerdote e Elle se amontoavam a nosso redor no túnel que levava à cela de Jared. Elle estava encolhida sob o outro braço de Lukas, como se estivesse congelando, enquanto Sacerdote e Alara tinham se encostado à parede e dormiam profundamente.

Onde estavam Dimitri e Gabriel?

— Jared. — Eu me levantei na hora.

Se o tiverem ferido...

— Ele está bem. — Lukas segurou meu braço. — Digo... não está bem. Mas ninguém entrou na cela, se é com isso que está preocupada.

— Tem certeza?

Ele assentiu, esfregando os olhos para afastar o sono.

— Passamos o tempo todo aqui. Não lembra?

— De algumas partes.

As horríveis.

— Você surtou. — Lukas pegou sua jaqueta e a colocou sobre meus ombros. — Ameaçou Andras e implorou a Gabriel e Dimitri para tirarem o demônio do corpo de Jared. Depois mudou de ideia e se recusou a deixá-lo lá sozinho porque achava que eles iam matá-lo. Por isso temos acomodações tão sofisticadas esta noite.

— Sinto muito. — A essa altura, eu já repetira isso muitas vezes, mas o que mais podia dizer? Como se pede desculpas por destruir a vida de alguém? Destruir sua família? O que se pode dizer quando palavras não bastam?

— Não sinta. — Lukas me cutucou com o ombro. — Você deixou Dimitri e Gabriel apavorados, então permitiram que dormíssemos aqui.

— É muita confiança para aqueles dois.

— Na verdade, não. — Ele sorriu. — Eles levaram as chaves da cela.

A cela.

Estavam queimando Jared com água benta?

— Não podemos deixar que o machuquem. — Eu não tivera a intenção de gritar.

Urso ficou de pé, e Sacerdote se sentou de repente, tirando os fones de ouvido.

— O que foi? — "Bullet with Butterfly Wings", do Smashing Pumpkins, ecoou pelo túnel.

Os olhos de Alara se abriram, e ela tirou a arma de paintball do cinto de ferramentas.

— Tem alguma coisa aqui?

— Só a gente. — Lukas colocou a mão no cano da arma, baixando-o.

Elle esfregou os olhos, espreguiçando-se. O jeito como estendeu os longos membros no espaço apertado me lembrou da noite em que tinha dormido no banheiro comigo, enquanto eu vomitava as tripas depois de beber Keep Cooler demais.

Por que eu não a mandara para casa? E se algo também acontecesse a ela?

Elle passou as mãos pelo cabelo ruivo.

— O que perdi? — Quando percebeu que eu estava acordada, pulou sobre o colo de Lukas e jogou os braços em torno de meu pescoço. — Ah, meu Deus. Achei que íamos ter de trancar você em uma sala acolchoada ou coisa do tipo.

— Ainda não.

— Você se comportou como uma verdadeira leoa lá dentro. — Ela apontou para as barras no final do túnel. — Achei que ia despedaçar aqueles dois maçons.

— Illuminati — falei, retribuindo ao abraço.

— Tanto faz. — Elle se afastou e descartou o erro com um gesto do pulso. — Aquele do chicote de filhote de demônio precisa aprender bons modos.

Todos nós baixamos os olhos para o chão. Ninguém queria encarar as barras.

Sacerdote apoiou os fones de ouvido no pescoço.

— O que vamos fazer?

— Dimitri falou que o único jeito de tirar Andras do corpo de Jared é encontrar outra pessoa para ele possuir — explicou Lukas. — E mesmo assim não há garantia de que o demônio vá sair.

Elle franziu a testa.

— Acho que eu não conseguiria fazer isso com alguém.

Alara guardou a arma de paintball, em seguida apontou para o texto de sua camiseta: CUSTE O QUE CUSTAR.

— Isto não é para chamar atenção. Não deixo ninguém que eu gosto sair ferido.

Lukas olhou o túnel.

— Não sei quanto tempo temos.

— Então vamos parar de desperdiçá-lo. — Alara se virou para mim. — Qual é o plano?

Com a vida de Jared em risco, a margem para erros era zero, o mesmo número de ideias viáveis que eu tinha naquele momento.

Fui até o final do túnel e me obriguei a olhar através das barras, onde o garoto que eu gostava estava acorrentado à parede como um animal.

— Salvá-lo.

-¤ • ¤-

Eu e Alara esperávamos em um corredor no topo da escada que levava à cela de Jared. Sacerdote, Lukas e Elle tinham ido procurar Dimitri e Gabriel.

Ficamos sentadas no chão enquanto Urso se estirava à nossa frente. Alara não dissera uma palavra desde que tínhamos deixado a área de confinamento, e, sem a tagarelice de Elle, o silêncio entre nós havia se tornado constrangedor.

— Nunca suspeitou de nada? — perguntou Alara de repente.

— Quê? — Olhei para ela.

Alara puxou um fio solto da calça cargo.

— Sobre sua mãe.

Parecia uma acusação, não uma pergunta.

Que minha mãe tinha tantos segredos que parece ter mentido para mim todo dia? Que foi por causa desses segredos e mentiras que meu pai foi embora?

Eu me lembrava de cada detalhe, cada conversa e cada sorriso. Pensar que todas as memórias eram uma espécie de atuação me destruía.

— Não. — A admissão tornava a verdade ainda mais dolorosa. — No dia em que meu pai foi embora, ele escreveu um bilhete para minha mãe que mencionava a mim. — Não consegui contar o que dizia.

— Sinto muito. Não sabia. — A voz de Alara se suavizou, voltando a parecer a menina que me dera a medalha de proteção que eu usava no pescoço.

— Posso não fazer parte da Legião, mas não sou Illuminati, Alara. Continuo sendo a mesma pessoa que era alguns dias atrás.

Apenas infeliz, destruída e completamente sozinha.

Ela não respondeu de imediato.

— Quando minha avó contava histórias sobre os Illuminati, eles eram sempre os vilões. E a Legião foi formada para detê-los. — Ela hesitou. — Agora Dimitri nos diz que a Ordem dos Iluminados é responsável por todos os incidentes suspeitos desde que o avô de Sacerdote estava em Yale, e sua mãe era um deles. Só estou tentando entender tudo isso.

Se Alara, o membro mais confiante da Legião, não sabia o que pensar, como Lukas e Sacerdote estavam se sentindo? Eu não conseguia pensar em nada que não voltasse ao fato de minha mãe ser integrante dos Illuminati e da Ordem... e uma espiã.

⇥ • ⇤

Dimitri acendeu um de seus cigarros pretos e agitou o fósforo.

Elle fingiu tossir.

— Sabia que o fumo passivo é quase tão perigoso quanto o fumo ativo?

Não estávamos mais na cela. Gabriel e Dimitri tinham nos levado para um rápido tour pelo esconderijo, um imenso complexo de ficção científica com paredes reluzentes de metal e tetos brancos, escondido atrás do exterior dilapidado do armazém.

Naquele momento, estávamos sentados em uma sala cercada de quadros-brancos de vidro, cobertos de símbolos e equações matemáticas, como se Dimitri e Gabriel estivessem desenvolvendo uma teoria da relatividade Illuminati.

Dimitri tragou e apagou o cigarro.

— Todo mundo tem um vício.

— Tenho certeza de que ele tem mais de um — murmurou Alara.

— Vamos repassar as regras mais uma vez. — Dimitri andava de um lado para o outro diante de nós enquanto Gabriel, sentado a uma das mesas pretas, limpava o chicote.

— Você não quer dizer pela décima vez? — perguntou Sacerdote.

— Se pretendem ficar no esconderijo até descobrirmos como resolver esta situação, sua segurança é nossa responsabilidade — avisou Dimitri.

Depois do tour, Dimitri nos convidou a ficar em dois quartos idênticos e de aparência estéril, que podiam se passar por dormitórios da nave *Enterprise*. Para seu crédito, entendeu que não íamos deixar Jared sozinho com eles.

— Nunca desçam sem companhia. — Elle estava esticada na mesa com a cabeça apoiada no braço, como quem escuta uma palestra na sala de aula.

— Ou sem os óculos. — Lukas deu um peteleco nos óculos de plástico sobre a mesa, parecendo entediado.

Gabriel ergueu o rosto.

— Isto não é brincadeira. Se fizer contato visual com Andras, ele pode pular do corpo de seu irmão para o seu. Ou marcar sua alma.

Elle esfregou os braços como se estivesse arrepiada.

— O que isso significa?

— Se um demônio marcar sua alma, sempre será capaz de encontrar você, não importa aonde vá — explicou ele.

Sacerdote pegou os óculos de proteção, examinando-os.

— Tem de haver um meio mais eficaz de evitar que ele faça contato visual direto.

Ele.

Estavam falando de Jared.

— Deixar que fiquem aqui é má ideia, Dimitri. — Gabriel parou de limpar os ossos cor de marfim. — Eles são destreinados...

Sacerdote afastou a cadeira da mesa, fazendo as pernas rangerem contra o chão.

— Posso criar uma arma com uma lata de refrigerante ou qualquer coisa que tiverem naquela sacola preta. Então se informem antes de começarem a falar em destreinados.

Dimitri lançou um olhar de advertência ao companheiro. Se Gabriel era o furacão, Dimitri era o olho.

— Acho que Gabriel se referia à experiência com possessão e contenção demoníacas.

Contenção.

Jared encharcado de água benta, provavelmente congelando. Chamuscado e coberto de queimaduras. Era disso que falava.

Ele continuou:

— Pedimos desculpas, Owen.

Sacerdote se levantou, empurrando a cadeira para trás.

— Nunca mais me chame assim. — Ele apontou para Dimitri. — Só meu avô me chamava assim.

Alara parou de peneirar os pós na tigela que tinha diante de si, e sorriu.

— Desculpe, *Sacerdote*. — Dimitri enfatizou o nome.

Sacerdote pegou seu moletom no encosto da cadeira.

— Vou sair daqui. Podem me mostrar onde posso trabalhar um pouco? Senão vou para o quarto, ou sei lá como chamam aquelas câmaras criogênicas que nos deram para dormir.

Elle reprimiu uma risada.

— Gabriel pode levar você até a casa de máquinas no final do corredor. Deve encontrar tudo de que precisa lá. Talvez tenhamos até uma ou duas latas de refrigerante. — Dimitri manteve um tom de voz leve, como se fazer uma piada idiota fosse conquistar Sacerdote.

Alara se levantou, ajustando o cinto de ferramentas nos quadris da calça cargo verde-oliva.

— Vou com ele.

Gabriel saiu rapidamente da sala e os guiou pelo corredor. Urso ergueu a cabeça, então foi trotando atrás de Alara.

Dimitri suspirou.

— Isto não está indo bem.

Lukas rolou a moeda sobre os nós dos dedos algumas vezes antes de responder.

— O que esperava?

Dimitri se levantou e andou até nós. Nem mesmo a roupa preta de combate se comparava à cor de suas olheiras; parecia não dormir havia dias.

— Prendemos Jared para protegê-lo de si mesmo. No momento, ele é a faca na mão de um assassino. Como acha que Jared se sentiria se ferisse alguém... ou um de vocês?

— Só quero saber como vamos tirar Andras do corpo de meu irmão. — Lukas o encarou. — Encontre um jeito de fazer isso, aí passo a confiar em você.

Dimitri acendeu um de seus cigarros pretos, deixando o fósforo queimar até a ponta dos dedos.

— Não sei se consigo.

⊰ • ⊱

Lukas, Elle e eu passamos o resto da manhã com a cara enfiada nos diários, procurando qualquer coisa que pudesse nos ajudar a salvar Jared. Dávamos sugestões a Dimitri e Gabriel, mas eles as rejeitavam. Pelo menos *nós* estávamos compartilhando.

Os Illuminati falavam em voz baixa e não nos convidavam a participar da conversa, o que só servia para deixar Lukas mais desconfiado.

Depois do almoço, Sacerdote e Alara voltaram. Sacerdote jogou um pequeno estojo branco de plástico sobre a mesa, diante de Dimitri.

— Um presente? — Dimitri ergueu uma das sobrancelhas.

Sacerdote vestiu o capuz.

— Vá sonhando.

Dimitri pegou o estojo.

— Lentes de contato? Está preocupado com minha visão?

Sacerdote tirou a franja loura dos olhos com uma expressão indecifrável.

— Nem um pouco. Como disse, a julgar pelo que aconteceu com Jared, seus óculos curvos antipossessão obviamente não são eficazes. E não fazem nem um pouco meu estilo. — Sacerdote apontou para o estojo de lentes. — Meu avô costumava dizer que se a ratoeira não pega o rato, é preciso construir uma melhor.

Alara estava atrás dele com um sorriso convencido.

— Conte a eles como funciona.

— Essas belezinhas estão imersas em água benta e têm um pouco da magia haitiana de Alara para completar.

— Ele está falando de ervas e talismãs — esclareceu ela.

Dimitri as examinou com cautela.

Sacerdote controlou um sorriso.

— Achei que os Illuminati eram durões, com roupas da SWAT e chicote de ossos.

— Valorizo minha visão — retrucou Dimitri.

Alara revirou os olhos.

— Estou usando um par agora. Sacerdote também. — Ela jogou estojos de plástico para mim, Lukas e Elle.

Peguei o meu.

— Obrigada.

Dimitri segurou a pálpebra e posicionou o dedo diante do olho, com a lente de contato equilibrada na ponta.

— Tem certeza de que vai funcionar?

Sacerdote colocou os enormes fones de ouvido.

— Só existe um jeito de descobrir.

25. GAROTO PERDIDO

Dimitri não estava disposto a acreditar na palavra de Sacerdote sem alguma evidência de que as lentes de contato funcionavam, então todos o acompanharam até a casa de máquinas para ver como as fizera.

Fiquei para trás, olhando pela janela do armazém. Sentia falta da chuva, minha chuva, porque era assim que a encarava agora. Era reconfortante, a única constante em minha vida desde a noite em que montara o Engenho.

Onde estaria o Engenho? Enterrado na lama sob os destroços da prisão?

Imaginei desmontá-lo. Voltar e desfazer todo o dano que causara.

Algumas coisas não iam mudar: a morte de minha mãe e os segredos que escondera de mim; um mundo cheio de anjos e demônios, espíritos vingativos e sociedades secretas, e meu lugar dentro dele.

Mas a chuva nunca teria começado.

Faith não estaria morta.

A raça humana não se encontraria à beira da destruição ou da escravidão.

Jared não teria sido possuído por um demônio.

Ouvi passos no corredor, e, quando me virei, Gabriel estava apoiado ao batente da porta.

— Precisa de alguma coisa? — Fiz um rabo de cavalo para evitar encará-lo.

— Se quiser ir até a área de confinamento, levo você.

Meus olhos correram de seu rosto para a ponta do chicote enrolado atrás dele.

— Por quê?

— Porque sei que quer vê-lo, e prefiro que vá comigo em vez de descer às escondidas sozinha.

Era mais inteligente do que eu imaginava.

— Por quê? — perguntei outra vez.

— Acabei de falar.

— Digo, por que se importa? — Era uma pergunta justa. Gabriel não tinha demonstrado nenhum interesse em nos ajudar até então.

Ele não respondeu de imediato, e praticamente o vi pesando os prós e os contras entre mentir e falar a verdade.

— Sua mãe e eu fomos amigos durante muito tempo. E ela amava você mais do que qualquer coisa no mundo, mesmo tendo escondido seu passado.

— Minha mãe escondeu mais que o passado. Se era espiã de uma ordem dissidente dos Illuminati, não era quem eu achava que fosse. — Tentei parecer indiferente, mas estava me saindo muito mal.

— Não sei por que ela mentiu para você. Mas sei que gostaria que eu a mantivesse em segurança.

— O que havia entre vocês dois, Gabriel? Porque, para um cara que era só *amigo* dela, está preocupado demais com o que ela ia querer.

Ele ia dizer algo, mas parou. Logo depois, pigarreou e tentou outra vez.

— Nosso relacionamento não é da sua conta. Mas como parece achar que é, vou repetir. Sua mãe era minha amiga e me salvou quando eu não estava forte o bastante para me salvar. Fiquei em débito com ela, uma dívida que nunca tive a chance de pagar. — Gabriel se aproximou de mim. — Então não vou deixar a única filha de Elizabeth acabar sendo morta.

— Está bem. — Passei às pressas por ele e parei na porta. — Me leve até lá embaixo.

Gabriel não disse uma palavra até chegarmos à porta de metal que levava ao túnel. Havia uma fileira de casacos de inverno pendurados em pinos perto da entrada. Ele tirou um e me entregou.

— Vista isso.

— Nós vamos sair?

— Você nunca coopera? — Ele segurou o casaco entre nós.

— Não.

Não com você.

Gabriel suspirou.

— Está usando as lentes que seu amigo fez?

Assenti.

— Lembre-se, Kennedy. Aquele lá não é o garoto que você conhece. Andras é um dos demônios mais poderosos do inferno. Pode ser igual a seu namorado e falar como ele, mas não é Jared.

Um nó se formou em minha garganta.

Meu namorado.

Será que era o que Jared se considerava? Será que um dia eu teria a chance de descobrir?

— Mais uma coisa. — Gabriel tirou um pote de comida para bebê do bolso e abriu a tampa, então enfiou o dedo no pote para tirar uma grossa pasta preta. — Preciso espalhar um pouco disto em suas bochechas.

Eu recuei.

— Quê?

— Vou desenhar sigilos de proteção em suas bochechas. São cinzas.

Enfiei o cabelo atrás das orelhas e virei o rosto para ele.

— De uma fogueira?

— Pode-se dizer que sim. — Ele desenhou um círculo em minha face. — Ossos incinerados de um demônio

Eu me retraí, com repulsa.

— Estou enjoada.

Segurando meu queixo, Gabriel respondeu:

— Vai ficar mais enjoada se Andras possuir você.

— Como sabe essas coisas? — O pote de cinzas parecia o tipo de coisa que Alara teria no bolso.

— Guerra metaespiritual é minha especialidade, para usar a terminologia da Legião. — Gabriel trabalhava com rapidez, desenhando o que pareciam ser círculos e espirais em minhas bochechas. Quando terminou, traçou os sigilos na própria pele.

Ele abriu a porta de ferro, e uma rajada de ar gelado irrompeu do túnel. Eu sabia que uma queda brusca de temperatura era um sinal de atividade demoníaca, mas aquele lugar estava parecendo um frigorífico. Na noite anterior estava bem mais quente. Fechei o zíper do casaco e segui Gabriel enquanto meu hálito saía em nuvens brancas.

— Tem luvas nos bolsos do casaco — disse ele.

— Estou bem. — Eu não precisava ser tratada como uma criança.

Só conseguia pensar em nossa proximidade com a porta da cela. O metal cinzento cintilava na luz fraca, e uma camada de gelo cobria as barras.

As correntes que iam das paredes aos grilhões presos aos pulsos e tornozelos de Jared estavam mais compridas, permitindo que ele circulasse pela cela mínima, mas eram curtas o bastante para evitar que escapasse.

Havia palavras rabiscadas a giz na parede do fundo; algumas horizontais, enquanto outras eram verticais, diagonais ou de trás para a frente.

Palavras, não. Nomes.

Os nomes das garotas mortas.

Gabriel balançou a cabeça.

— Ótimo. Nosso último hóspede deve ter deixado giz. Agora ele tem um hobby.

Jared estava sentado no chão, as costas contra a parede, usando calça jeans e uma regata branca. As roupas estavam encharcadas.

— Ele vai morrer congelado — falei.

— Demônios não sentem frio.

Ao ouvir a voz de Gabriel, Jared baixou o queixo, ainda de olhos fechados.

— Ele está certo. — A voz não era de Jared nem do demônio, mas uma mistura das duas.

Minhas mãos tremiam quando segurei as barras, queimando as palmas com o metal gelado.

— Ai. — Eu me retraí e recuei.

— Devia ter cuidado. Pode se machucar aqui. — A voz do demônio tinha ficado mais suave, mais parecida com a de Jared. A esperança aumentou dentro de mim. Então ele abriu os olhos, e as íris azuis me encararam. — Mas são as pessoas ao seu redor que sempre se machucam, não é?

Gabriel apontou por entre as barras.

— Cale a boca ou vou mostrar o que é se machucar.

Andras se levantou, inclinando a cabeça para o lado. Os movimentos eram lentos e deliberados, como se estivesse experimentando um novo corpo que não vestisse muito bem.

— Vai pegar seu chicote, Gabriel? Bater em mim com os ossos de meus soldados?

— Talvez eu junte seus ossos aos deles. — Gabriel soltou o dispositivo do cinto, deixando-o cair ao redor dos pés, como uma serpente de marfim.

— Está usando sua pintura de guerra. Vamos para a guerra hoje?

— Quando estiver pronto, também estarei — retrucou Gabriel.

O demônio se aproximou. Estava descalço e respingava água benta no chão a sua volta.

— Tem certeza, Campeão de Deus? O único homem pronto para enfrentar o Criador de Pesadelos é aquele sem medos. Você *não* é esse homem.

— Gabriel, chega. — Eu sabia onde aquilo daria.

Andras forçou as correntes com as mãos ainda presas diante de si.

— Seria sábio de sua parte dar ouvidos a ela, Gabriel. Afinal de contas, é a filha de Elizabeth.

À menção do nome, minha mãe apareceu do outro lado das barras. Usando uma camisa branca de botões e calça jeans, parecia tão viva quanto em vida, desde o longo cabelo castanho encaracolado e os lindos traços aos cordiais olhos cor de chocolate e sorriso bem-humorado.

— Elizabeth? — sussurrou Gabriel.

Senti que o mundo à minha volta havia parado. Não conseguia ver nada além de minha mãe, porque, enquanto a encarava, percebi que sempre seria isso para mim. E não uma integrante dissidente dos Illuminati ou a mulher que tinha traído meu pai e mentido para mim.

Ela ofegou com os olhos brilhando.

— Kennedy? — O olhar se deslocou para Gabriel. — O que vocês dois...? Por que estou em uma cela?

Ao se virar, Andras fechou a mão ao redor de seu pescoço.

— Não! — gritou Gabriel, batendo nas barras.

Segurei seu braço.

— Não é real. É um truque da mente. Andras está manifestando um de seus medos. Já o vi fazer isso.

Ele me ignorou, fixando os olhos em minha mãe.

O demônio ficou atrás dela e a levantou do chão, ainda segurando seu pescoço.

— E agora, Gabriel, você é destemido? — urrou Andras. — A magia pintada em sua pele o protege do Criador de Pesadelos?

Gabriel virou o bolso do avesso. Percebi que estava procurando as chaves.

— Não abra. — Pressionei as costas contra a porta da cela, bloqueando o acesso. — Juro que não é ela.

Os olhos dele estavam ensandecidos.

— Kennedy, saia da frente!

Ouvi sons de asfixia atrás de mim e a voz de minha mãe.

— Por favor...

Não olhe.

— Vou arrancar seu coração! — gritou Gabriel, empurrando-me para o lado.

Os borrifadores chiaram acima de nós. Então, quando enfiou a chave na primeira tranca, água gelada, misturada a sal grosso, caiu do teto.

Vapor ergueu-se da pele de Andras, que cambaleou para trás, batendo contra a parede. O efeito da água benta em minha mãe foi pior. As gotas abriram buracos, erodindo sua forma. Gabriel caiu de joelhos e agarrou as barras enquanto eu observava os últimos pedaços dela desaparecerem.

O demônio cerrou os dentes.

— É assim que prefiro ver você, Gabriel. De joelhos.

Gabriel conseguiu se colocar de pé e olhou as chaves na mão enquanto cinzas pretas escorriam por seu rosto

— Eu quase...

— Mas não foi até o fim — falei.

Andras aplaudiu com movimentos mais lentos, como se tivesse gastado energia demais.

— É mais inteligente do que Jared pensa, Kennedy Waters.

— Você não faz ideia do que ele pensa. — Tentei parecer confiante, mas ainda estava confusa por ter visto minha mãe, mesmo que fosse apenas uma ilusão.

— Estou dentro do corpo dele. Acha que é difícil entrar na cabeça?

Será que era possível?

Estremeci.

O demônio sorriu.

— Sei o que aconteceu no Corações Misericordiosos. Jared se arrepende daquilo. Ele gosta de você, mas só a beijou porque achava que era um deles, o membro perdido da Legião que ele procurava.

As palavras me dilaceraram. Se Andras sabia de nosso primeiro beijo quando estávamos presos na parede..

Ele pode mesmo entrar na cabeça de Jared.

O demônio não tinha terminado.

— Mas então ele descobre que você é Illuminati. Consegue imaginar a decepção?

Minhas bochechas queimavam.

— Como fica, Kennedy Waters? Com uma mãe morta. Um pai que não a quis. Amigos que não confiam em você. — Andras fez uma pausa, saboreando o momento. — E um garoto que não a ama.

Parecia que meu coração ia parar de bater.

Finalmente, Gabriel saiu do transe.

— Ele está tentando afetar você, Kennedy. Não sabe de nada.

Então como sabe sobre o Corações Misericordiosos e o beijo?

— Quero conversar com Jared — falei.

O demônio riu.

— Desculpe. Jared não está em casa no momento. Mas me pediu para dar um recado.

— Não ouça uma palavra que sai dessa boca imunda — advertiu Gabriel.

E se Jared estivesse mesmo tentando se libertar e se comunicar comigo? Como eu podia ir embora sem saber?

— Qual é o recado?

Andras se levantou e foi até as barras, arrastando as correntes consigo.

— Qual é o recado? — repeti.

Ele não vai dizer.

O corpo de Jared disparou em minha direção, mais rápido que qualquer ser humano poderia se mover, parando a apenas centímetros das barras, e de mim.

Gabriel ergueu o chicote, mas segurei seu braço.

— Não. — Voltei-me outra vez para Andras. — Qual é o recado?

Um sorriso lento e insidioso se abriu nos lábios de Andras.

— Adeus. Foi tudo o que disse. — O corpo do demônio retrocedeu em alta velocidade, como se alguém tivesse apertado o botão de rebobinar, até encostar-se outra vez à parede oposta da cela.

Gabriel segurou meu braço.

— Venha.

— Mas já, Campeão de Deus? — perguntou Andras.

— Não se preocupe. — Gabriel forçou um sorriso. — Vou voltar.

Quando virei as costas para as barras, Andras gritou:

— Alexa Sears, Lauren Richman, Kelly Emerson, Rebecca Turner, Cameron Anders, Mary Williams, Sarah Edelman, Julia Smith, Shannon O'Malley, Christine Redding, Karen York, Marie Dennings, Rachel Eames, Roxanne North, Catherine Nichols, Hailey Edwards, Lucy Klein. — Ele zombava de mim com os nomes, como se eu já não os soubesse de cor. — Estão todas mortas, Kennedy. Por sua causa.

— Você as matou, não eu. — Mantive a voz calma.

O demônio inclinou a cabeça para o lado.

— Mas fiz isso por você.

— Ele está mentindo. Vamos sair daqui. — Gabriel tocou meu ombro, mas não consegui fazer as pernas se moverem.

— Estou? Jared tinha certeza de que seu irmão, o grande decifrador de códigos, já teria descoberto a esta altura.

Olhei para os nomes escritos na parede como um jogo esquizofrênico de palavras cruzadas: Anders, Klein, Edwards, Turner, Nichols, Eames, York, North, Dennings, Williams, Redding, Smith, O'Malley, Edelman, Richman, Sears, Emerson. Minha mente tirava fotos enquanto eu esquadrinhava as letras, procurando padrões nas palavras.

Em pouco tempo, letras aleatórias chamaram minha atenção, arranjando-se e rearranjando-se mentalmente. Então a primeira letra do sobrenome de cada garota se destacou.

A. T. E. R. S.

Não.

R. O. S. E. W. A. T. E. R. S.

Meu estômago se revirou.

K. E. N. N. E. D. Y. R. O. S. E. W. A. T. E. R. S

— Por quê? — Eu mal consegui perguntar.

Andras olhou direto para mim.

— Queria saber como seria estar dentro de você. As outras garotas foram substitutas. Almas para ir levando até encontrar a sua. Aquela que me libertou.

Meus joelhos cederam, e caí no chão, a água gelada encharcando minha calça jeans. Senti pequenas alfinetadas na pele molhada, mas não me movi. Queria que o torpor se espalhasse até não sentir nada.

— Vamos sair daqui. — Gabriel me levantou.

Uma melodia familiar percorreu o túnel enquanto ele me levava embora. Eu reconhecia a letra. "Cry Little Sister", a música preferida de Jared.

— Kennedy, está me ouvindo? — Gabriel segurou meus ombros. — Aquele não era Jared. Demônios usam nossas inseguranças. As coisas pelas quais nos sentimos culpados.

Mas ele sabia outras coisas, como detalhes de meu relacionamento. Como podia saber essas coisas a não ser que Jared as pensasse?

Quando chegamos à porta, a voz de Jared flutuou escada acima, cantando "Cry Little Sister"

26. ATENEU

O labirinto de corredores de aço do armazém parecia ser todo igual, e em três voltas eu estava perdida. Daquela vez, não me importei. Já estava perdida havia muito tempo, fugindo de lembranças das quais não podia escapar, feridas que não podia curar e erros que não podia apagar. Tudo começara na noite da morte de minha mãe e conduzira ao momento em que Andras havia confirmado meus piores medos minutos atrás.

Assim que pisamos no andar de cima, eu tinha me separado de Gabriel e voltado para o quarto. Contudo, não estava pronta para encarar Alara nem Elle, então pegara o diário de Faith e saíra, e agora estava perdida.

Tecnicamente, não estava sozinha. Urso tinha me seguido, indisposto a continuar enclausurado no quarto por mais tempo. Abaixei-me e cocei suas orelhas.

Minha mente não parava de repassar as palavras do demônio.

Amigos que não confiam em você... E um garoto que não a ama.

Todas as portas do corredor eram folhas idênticas de aço reflexivo.

Menos uma.

No final do corredor, uma porta de madeira com entalhes intrincados ofuscava as de metal. Cada centímetro era esculpido com símbolos: uma cruz gótica, uma Armadilha do Diabo, um nó celta, um pentagrama, o olho grego e outros que eu não reconhecia. O Olho da Providência observava do centro da maçaneta triangular de latão.

Urso se sentou diante da porta, olhando para mim.

Se estiver destrancada, vou entrar.

Girei a maçaneta, e as dobradiças rangeram. Uma luz suave vinda de dentro se despejou no corredor. Devia ser um escritório.

Ou o quarto de Dimitri ou de Gabriel.

A ideia me paralisou. Quando comecei a virar as costas, Urso escapuliu porta adentro.

Parece que vou ter de entrar.

Lá dentro, fileiras intermináveis de livros forravam as paredes da sala circular. As prateleiras tinham luzes embutidas, que iluminavam os livros, como também o faziam as estrelas que brilhavam no teto. Uma imensa esfera opalina sobre um estranho suporte de metal projetava dezenas de constelações na superfície preta, como em um planetário. Símbolos de proteção e círculos de convocação iguais aos dos diários cobriam o piso claro de pedra.

No centro das prateleiras, havia seis estantes envidraçadas idênticas. Era difícil ver o interior, então me aproximei de uma. Em vez de livros, a estante continha uma perturbadora coleção de objetos: vértebras e ossos imaculados flutuando em frascos de botica; travessas prateadas cheias de chaves antigas; uma planta carnívora em um terrário; asas de borboletas raras aninhadas em garrafas de vidro individuais;

uma viúva-negra emoldurada; e coisas ainda mais estranhas, que eu não conseguia identificar.

Urso latiu para um pintinho felpudo empalhado, com duas cabeças, que estava na prateleira de baixo. Ao lado, criaturas menos identificáveis boiavam em recipientes de formol, como aberrações de circo.

Passei pela estante, examinando as lombadas rachadas de livros mais antigos: *O livro dos segredos*, *Le Dragon Rouge*, *O grande grimório*, *Heptameron da escuridão* e *Os esboços de Leonardo da Vinci*. Tirei um dos livros menores da prateleira e folheei as páginas de desenhos arquitetônicos, que retratavam túneis e passagens com entradas escondidas e câmaras ocultas.

Será que Dimitri nos deixaria lê-los? Talvez um daqueles livros tivesse informações que pudessem ajudar Jared.

Urso passou correndo pelo projetor em forma de esfera e por uma arcada do outro lado da sala.

Que ótimo. Deve levar a outro calabouço.

Fiquei aliviada por encontrar uma escada em espiral que levava para cima, e não para baixo.

Urso olhou para mim do nível superior, onde o parapeito preto protegia um segundo andar da sala circular, que se mesclava perfeitamente às paredes escuras. Ao subir os degraus, via a sala inteira abaixo. Uma inscrição corria ao longo de sua circunferência, com algumas palavras em latim.

CONFUSA EST, INVENITUR ORDO.
NO CAOS SE ENCONTRA A ORDEM.

— A doutrina do caos — disse alguém atrás de mim.

Eu me sobressaltei, embora reconhecesse a voz de Dimitri.

— Não tive a intenção de assustá-la. — Ele se levantou de uma poltrona gasta enfiada em uma alcova.

— Não assustou. Está tudo bem. — Dei um passo para trás, tentando me distanciar um pouco, e meu ombro bateu em algo duro. Outra estante envidraçada repleta de cabeças de boneca cortadas.

Porcelana rachada e rostos de plástico brilhante observavam de trás do vidro.

— Não sei qual é a de vocês, mas isto aqui é ainda mais esquisito que os embriõezinhos de alien lá de baixo.

Dimitri apontou para a montanha de cabeças e acendeu um cigarro.

— Trabalho de caridade. Cada uma dessas bonecas era assombrada. Eu e Gabriel exorcizamos os espíritos.

— Então são souvenirs?

— Gabriel gosta de ficar de olho nelas. — Quanto mais eu descobria sobre Gabriel, mais estranho ele parecia.

— Isso não é nem um pouco assustador.

Dimitri observou as bonecas por um instante e sorriu.

— Entendo o que quer dizer.

— Vocês moram no esconderijo? — perguntei.

— Nosso trabalho nos leva para o mundo inteiro, então não temos residência permanente. Aqui é o mais próximo que chegamos de um lar.

Não conseguia me imaginar morando em um daqueles quartos impessoais que vira mais cedo. Ao menos as cabeças de boneca e uma múmia davam um pouco de personalidade àquele híbrido de museu e biblioteca.

— Então, o que é este lugar?

— Um ateneu — disse Dimitri. — Além de algumas das coleções de Gabriel, este cômodo abriga nossa biblioteca e registros Illuminati.

— Registros de quê, exatamente? — indaguei.

— Relatos, estudos de caso, observações...

— Seus diários de espiões?

Ele franziu a testa.

— Não somos da Ordem. Não empregamos espiões da forma que está sugerindo.

O que significa que os empregam de alguma outra forma.

— Os Illuminati observam e registram fenômenos paranormais e inexplicáveis há muito tempo. Ficaria chocada se soubesse quantos dos maiores pensadores do mundo foram membros dos Illuminati.

Apontei para a múmia enrolada em linho.

— Como ele?

Dimitri riu sem nem olhar. Obviamente conhecia cada centímetro daquele lugar de cor. Ele ergueu o rosto para as estrelas no teto.

— Que tal Galileu?

— E como sabe disso?

— Como disse, temos muitos registros. — Dimitri ligou um abajur de cristal de pé, iluminando a alcova. Isso me deu uma visão mais clara do homem mumificado, que eu esperava não ser um ex-membro Illuminati preservado. Havia um pedaço quebrado de afresco renascentista preso à parede atrás da múmia.

Dimitri apontou para o afresco.

— A parte que falta de *A disputa do sacramento*, de Rafael. Pintado dentro do Vaticano e encomendado pelo próprio papa. Claro, Rafael era apenas um dos muitos pintores renascentistas que faziam parte dos Illuminati.

Dimitri os fazia parecer uma organização comum sem nada de especial, como a Cruz Vermelha.

Virei-me e vi o relance de outra tela. Mas essa eu reconhecia.

— Não pode ser o que estou pensando...

Ele se aproximou da pintura surrealista de um enorme urso-polar, pendurado sobre a proa de um navio que atravessava um prédio.

— Claro. Esqueci que sua mãe era fã de Chris Berens.

— Para dizer o mínimo — falei, aproximando-me da tela. — Sei o nome de todas as obras dele.

Dimitri passou a mão pela moldura.

— Menos desta. Não tem título, mas é chamada de...

— *A pintura perdida*. Algumas pessoas nem julgam que existe. — Eu mal conseguia acreditar que estava diante dela.

— Bem, essas pessoas estão erradas. — Dimitri sorriu. — Sabe, ele a pintou para nós.

— Nós?

— Os Illuminati. Chris Berens comanda a Ordem do Urso Branco em Amsterdã. É um curador, responsável por esconder e proteger as insubstituíveis obras de arte Illuminati. — Dimitri apontou para o fragmento de *A disputa*. — E foi exatamente por isso que acabamos com parte do afresco de Rafael. Conforme aprender mais sobre os Illuminati, espero que veja que não somos o inimigo.

Eu assenti.

— Talvez.

Ele apontou para o diário folheado a prata sob meu braço.

— Estava procurando um lugar para ler?

Dei de ombros.

— Mais um lugar para ficar sozinha.

— Em geral, não deixamos ninguém entrar aqui, mas posso abrir uma exceção. — Ele afagou a cabeça de Urso. — Vou deixá-la em paz.

— Não tive a intenção de...

— Eu não me ofendi — disse ele. — Também venho aqui para ficar sozinho. — Dimitri olhou para o teto. — E olhar as estrelas.

Quando ele saiu, acomodei-me na poltrona mais distante da múmia, e Urso se enroscou a meus pés. Eu passara os olhos pelo diário de Faith naquela manhã, mas não tivera tempo de ler com atenção. Talvez tivesse deixado passar alguma coisa que pudesse ajudar Jared. Reli as primeiras páginas.

As palavras de Anarel ainda me causavam calafrios: *Em breve, os pecados dos homens vão se comparar aos dos demônios no inferno... Não existem inocentes entre vocês.*

Folheei páginas cheias de desenhos de círculos de convocação e selos de demônios, rituais e cifras de exorcismo, até chegar a um encantamento ao qual não tinha prestado muita atenção antes.

O sangue de um anjo.
O osso de um demônio.
Uma sombra fugidia.
Uma pedra de dragão.
Trevas e luz, céu e inferno.
Presos no Receptáculo, travando um combate eterno.

O Receptáculo. Faith tinha se referido assim ao Engenho.

Será que havíamos desistido de procurar cedo demais? E se a resposta estivesse bem diante de nós o tempo todo, mas a tivéssemos perdido porque estávamos ocupados demais procurando outra?

Uma prisão para conter um demônio.

O Engenho era a única coisa de que precisávamos para salvar Jared, e o tínhamos perdido.

◆ • ◆

Lukas destrancou a porta do quarto que dividia com Sacerdote, segurando uma fatia de pizza. Havia uma caixa aberta sobre a cama, ao lado de seu diário e do laptop.

— Oi. Estou lendo tudo o que consigo encontrar sobre possessão demoníaca e exorcismo. Posso acessar fontes de bibliotecas da Europa inteira.

— Achou alguma coisa?

Ele terminou a fatia e limpou as mãos na calça jeans.

— Ainda não.

— Tenho algo para mostrar. — Passei por baixo de seu braço, impaciente, e me sentei na ponta da cama, de frente para ele. Tinha ido correndo direto do ateneu até o quarto, torcendo para encontrar os dois. — Cadê Sacerdote?

— Acho que está na casa de máquinas. Aquele lugar é uma serralheria com anabolizantes. Se a situação não fosse tão ruim, estaria se divertindo como nunca. — Ele apontou para a pizza pela metade. — Quer uma fatia? Estava com tanta fome que não conseguia pensar direito. Convenci Gabriel a trazê-la quando saiu para comprar suprimentos. Ele quase teve um ataque cardíaco porque sugeri um delivery.

— Não, obrigada. — Entreguei o diário de minha tia a Lukas, então apontei para a página. — Lembra quando Faith mencionou o Receptáculo? Tem algo sobre ele aqui. — Continuei a tagarelar sem lhe dar tempo para ler. — Faith disse que o Receptáculo é a única prisão que pode conter Andras. É assim que vamos salvar Jared.

Lukas ergueu a mão.

— Calma aí. Acho que perdi alguma coisa.

— Podemos usar o Engenho para prender Andras. — Esperei enquanto ele lia a passagem.

— Para isso, precisaríamos saber onde está. Sem contar a parte sobre o sangue de um anjo, o osso de um demônio e uma pedra de dragão, seja lá o que isso for.

— Talvez o Engenho ainda esteja na penitenciária.

Ele balançou a cabeça, entregando-me o diário.

— Já revistamos o que sobrou daquele lugar.

— Como se a vida de seu irmão dependesse disso?

Lukas pegou um moletom com capuz e o vestiu sobre a camiseta.

— Vamos procurar Sacerdote e Alara.

Eu sabia que era um tiro no escuro. Mesmo que encontrássemos o Engenho, como o sangue do anjo, o osso do demônio e a pedra de dragão se encaixavam ali? Gabriel e Dimitri deviam saber, mas eu não confiava neles o bastante para colocar a vida de Jared em suas mãos.

Contudo, esses detalhes só importavam se encontrássemos o Engenho.

Mesmo assim, pela primeira vez, sentia existir uma chance real de salvar Jared; uma que não envolvia tentar persuadir um demônio a deixar seu corpo e ocupar outra pessoa. E essa possibilidade mudava tudo. Ela atiçou algo lá no fundo de mim... um sentimento que eu praticamente esquecera.

Esperança.

27. MESTRE DOS OSSOS

O dia seguinte era véspera de ano-novo, um assunto que meus amigos evitaram ao máximo. Ficamos entocados no quarto de Lukas e Sacerdote, tentando pensar em um plano. De vez em quando, alguém cometia o erro de mencionar o feriado, então o quarto caía em um silêncio constrangedor.

Depois da terceira vez, não aguentei mais.

— Sei que é véspera de ano-novo. Não precisam ficar pisando em ovos.

Sacerdote e Lukas trocaram olhares preocupados.

— Na minha opinião, é um feriado superestimado — disse Elle, jogando o cabelo sobre o ombro.

Nós duas sabíamos que ela estava mentindo. Uma noite dedicada a se arrumar, flertar sem pudor e beijar algum cara deprimido no final da festa era o que Elle definiria como uma data festiva perfeita. E eu só a amava mais por fingir que não era.

Lukas me lançou um de seus meios sorrisos.

— Ninguém está no clima de comemorar mesmo.

Alara deu a Urso um dos biscoitos de aveia que guardara para ele.

— E eu sou completamente contra comemorações de todo e qualquer tipo.

— Agora só temos tempo para achar um jeito de voltar à prisão e encontrar o Engenho — afirmou Sacerdote, aumentando o volume do Linkin Park ao fundo. Sua música era nossa apólice de seguro, a única razão para Dimitri e Gabriel se recusarem a pisar ali.

Alara suspirou.

— Vai ser impossível sairmos deste lugar sem Dimitri e Gabriel fazerem um milhão de perguntas. Tipo para onde estamos indo.

— E não quero que eles procurem o Engenho sozinhos — comentou Lukas.

Ninguém discutiu. Precisávamos chegar à penitenciária estatal de West Virginia sem Dimitri e Gabriel, e rápido.

— Vamos ter de sair de fininho durante o dia — disse Sacerdote. — Gabriel passa a noite inteira acordado, como um vampiro.

— Se desaparecermos, irão nos procurar — argumentou Lukas.

Urso dormia perto da porta, mas eu sabia que suas orelhas se ergueriam se ouvisse alguém no corredor.

— Não vou deixar Jared sozinho com Gabriel e Dimitri. — Mesmo se eu confiasse neles, e não sabia se confiava, Gabriel não conseguia ver além do demônio ao olhar para Jared, e, quando Andras manifestara minha mãe, isso só tinha piorado.

Sacerdote aumentou "Castle of Glass".

— Dois de nós vão, e todos os outros ficam para garantir que Dimitri e Gabriel não façam nenhuma loucura.

— Mesmo assim, ainda há um problema — disse Lukas. — Deixamos o jipe estacionado na rua em Boston. A roda já deve estar com uma braçadeira, e duvido que Dimitri e Gabriel nos deem uma carona se não contarmos o que estamos procurando.

Um sorriso malicioso repuxou o canto da boca de Elle, que estava esticada na cama de Lukas, apoiada sobre o cotovelo.

— Talvez não nos deem uma carona até a prisão, mas posso fazer com que nos levem à cidade.

— E depois? Moundsville fica a dez horas daqui — respondeu Lukas.

Sacerdote se animou.

— Posso roubar um carro.

— Ninguém vai roubar nada — falei.

— Posso arranjar um carro. — Alara estava trocando os cadarços pretos das botas de combate por outros brancos, cobertos de corações sangrentos de ex-votos.

— Como? — Sacerdote ainda não tinha entendido onde conseguira o jipe, um detalhe que ela se recusava a revelar.

— Continue criando armas para salvar nossa pele e evitar que sejamos possuídos. — Alara sorriu. — Deixe coisas sérias como roubar carros e salvar o mundo para as meninas.

Mesmo depois de explicarmos o plano de Elle duas vezes, Sacerdote ainda estava com dificuldade de entender sua genialidade.

— Nunca vai dar certo. Gabriel e Dimitri não vão se incomodar de comprar esse tipo de coisa.

Lukas rolava a moeda, parecendo tão pouco interessado em discutir os detalhes quanto esperávamos que Dimitri e Gabriel ficassem.

Alara verificou os suprimentos no cinto de ferramentas: garrafa plástica de refrigerante cheia de água benta, arma de paintball, munição, bolsinhas de ervas e sal grosso, um medidor de campo eletromagnético, um canivete suíço.

— Obviamente, você não tem nenhuma irmã.

— O que isso tem a ver? — perguntou Sacerdote.

Alara piscou para ele.

— Olhe e aprenda.

⁂

Encontramos Gabriel na sala com quadros brancos de vidro. Azazel estava esticado sobre a mesa negra diante dele.

— Posso ajudar com alguma coisa? — Ele não desviou o rosto das vértebras farpadas de demônio que polia.

Eu e Alara mudamos de posição, fingindo constrangimento.

— Preciso ir à loja — falei.

— Tenho certeza de que temos o que quer aqui. — Ele passou a uma garra curva.

Alara pigarreou.

— Hmm... nem tudo.

Gabriel esfregou a escura barba malfeita do queixo.

— Duvido. Mas me diga do que precisa. Se não tivermos, saio e compro para você.

Lancei um olhar inseguro a Alara.

Ela deu de ombros.

— Tudo bem. É coisa de garota. Fica em um corredor especial. Tem um monte de tipos diferentes.

As bochechas de Gabriel ficaram vermelhas.

— Tenho uma foto no telefone. — Alara apertou alguns botões, fingindo procurar alguma coisa.

Ele ergueu a mão.

— Eu levo você. Mas não podemos demorar muito.

Sacerdote, Lukas e Elle esperavam no corredor, ouvindo. Imaginei a expressão de Sacerdote e sorri.

Gabriel enrolou o chicote no braço, então o prendeu atrás de si.

— As duas precisam ir?

Alara o olhou com inocência.

— Bem, nós duas...

Ele a interrompeu.

— Vamos. — Estava claro que não queria detalhes, e era exatamente com isso que contávamos.

⋯ • ⋯

Quando paramos diante da farmácia, Alara saltou primeiro.

— Tem certeza de que não quer entrar?

Gabriel a olhou de um jeito atravessado e abriu uma edição gasta da revista *Soldier of Fortune*.

— Vou esperar aqui.

Alara passou pelas portas automáticas com sua calça cargo, como se fosse dona do lugar, e também do mundo.

Eu a segui pelos corredores em direção aos fundos da loja.

— Vai mesmo fazer isso?

Ela parou na seção de maquiagem e se olhou no espelho, borrando um pouco o delineador preto.

— Só me dê uma vantagem. Fique aqui por 15 minutos antes de voltar para o carro.

Essa era a parte que eu temia, mas valeria a pena se ela encontrasse o Engenho.

Alara abriu as portas vaivém rotuladas APENAS FUNCIONÁRIOS que ficavam no final do corredor de frios.

— Sempre existe uma saída nos fundos dessas lojas. — Ela parou e respirou fundo. — Como estou?

Era a última coisa que eu esperava que perguntasse.

— Está falando sério?

Alara fechou o zíper da jaqueta de couro, depois apertou o cinto de ferramentas.

— Claro que sim. Estou parecendo o tipo de garota com quem um cara mexeria no metrô?

Por um instante, achei que era brincadeira, mas ela ficou esperando uma resposta.

— Não.

— Perfeito. — Alara saiu pela porta dos fundos e foi direto para o Dodge Challenger preto estacionado no beco.

Um cara de ombros largos, cabelo preto e pele bronzeada apoiava-se ao carro de braços cruzados. Tudo nele era bruto, mas ele era deslumbrante.

No momento em que viu Alara, o comportamento de bad boy desapareceu e ele abriu um sorriso largo. Não a esperou chegar até o carro. Em vez disso, foi encontrá-la no meio do caminho e passou o braço em torno de seu pescoço, puxando-a para um abraço.

— Sabia que ia sentir saudade de mim.

Ela o empurrou de brincadeira, mas isso só o fez apertá-la com mais força.

— E se eu dissesse que só precisava de uma carona?

O cara sorriu.

— Eu perguntaria o que fez com a última carona que dei. Depois diria que está mentindo. — Ele estendeu a mão. — Você é a Kennedy, não é? Alara sempre fala de você. Meu nome é Anthony D'Amore.

Eu não conseguia decidir o que me surpreendia mais: apertar a mão do menino misterioso de Alara ou saber que ela falara de mim para ele.

— É um prazer conhecer você. Alara contou...

— Nada sobre mim, não é? — Ele pegou a mão dela, entrelaçando os dedos. — Essa é minha garota.

A garota dele?

Sacerdote e Lukas matariam para ver isso.

— Como vocês dois se conheceram? — Precisei perguntar.

— Em uma dessas festas do fim do ensino fundamental. Alara frequentava nossa escola irmã.

Uma festa? Para mim já era bem difícil imaginar Alara em uma boate, que dirá em um baile de escola.

— Eu me metia em muitas confusões, e Alara sempre me livrava delas.

— Agora é sua vez de retribuir o favor — disse ela, cutucando-o de brincadeira.

— Sorte sua que estou de folga, ou estaria treinando. Tenho uma competição importante em breve.

— Você é boxeador? — perguntei.

Anthony riu.

— Não, Alara é a lutadora. Eu crio robôs de batalha para a equipe do MIT.

Ele era um nerd. O lindo namorado secreto e com cara de mau de Alara era um geek do MIT que gostava de batalhas de robôs. Era como se o Clark Kent tivesse acabado de me contar que era o Super-Homem.

— É melhor nós irmos — disse Alara.

Dei um rápido abraço nela.

— Você acabou de se tornar exponencialmente mais incrível para mim.

— Só não conte para Sacerdote e Lukas. — O sorriso dela desapareceu. — Se o Engenho estiver lá, vou encontrá-lo.

— Eu sei.

Quando me voltei para a loja, Anthony abriu a porta para ela.

— Então, para onde estamos indo, afinal?

— O que acha de prisões assombradas?

⋇ • ⋇

Eu subestimei quão zangado Gabriel ficaria quando eu aparecesse no carro sem Alara. Furioso era mais exato. A única coisa que o exasperou mais foi o fato de eu não contar para onde ela havia ido.

A volta de carro até o esconderijo foi horrível, um ataque estilo Jekyll-e-Hyde da parte de Gabriel. Contudo, sua reação não foi nada comparada à de Dimitri.

Depois de obrigar Gabriel a descrever cada segundo do percurso, foi minha vez.

— Onde ela está, Kennedy? — Dimitri parecia calmo demais, o que só provava o contrário.

Ele escolheu o ateneu para nossa conversinha, também conhecida como interrogatório. Dimitri se inclinou para a frente na cadeira diante da minha, que ficava ao lado da múmia.

— Não estou zangado...

— Está, sim.

Ele respirou fundo e vasculhou os bolsos até encontrar um cigarro.

— Tudo bem. Estou zangado. Mas só porque Alara está por aí sozinha, e não quero que nada aconteça com ela.

Conte e acabe com isso.

— Ela não está exatamente sozinha.

Ao lado do parapeito, Gabriel ergueu o rosto.

— Quem está com ela?

— Um amigo.

Dimitri esfregou o rosto com a mão.

— Isto não é um jogo. Já são 17 garotas mortas, e não temos ideia do que Andras é capaz, mesmo aqui de dentro.

Garotas mortas.

Eu jamais tinha ouvido ninguém as chamar assim. Em geral, eram as gar*otas desaparecidas*, as *garotas sequestradas* ou, mais recentemente, *os corpos*. Ouvir Dimitri se referir a elas desse jeito tornou a possibilidade de Alara se ferir mais real.

E se ele estivesse certo, e houvesse mesmo espíritos vingativos nos caçando? Ou possuindo pessoas que estavam sob o controle de Andras, como os vizinhos de olhos negros de minha tia?

Será que o demônio podia controlar pessoas e espíritos dali de dentro?

— Continuo sem entender por que ela fugiu. — Gabriel balançou a cabeça. — Vocês não são prisioneiros. Achei que quisessem ficar aqui para ajudar seu amigo.

— Ela está tentando ajudar.

Gabriel se deixou cair na cadeira ao lado da de Dimitri e fechou os olhos.

— Mas quem vai ajudar Alara?

Talvez tivesse razão. Ela *estava* em uma prisão assombrada com um engenheiro mecânico que construía robôs de batalha em seu tempo livre. Que utilidade teria se encontrassem espíritos vingativos, como os que tinham tentado nos matar em nossa última visita?

— Ela voltou a Moundsville.

Dimitri se contraiu.

— A prisão? Por quê?

Eu não podia contar, e Alara não ia querer que eu o fizesse. Ela e Sacerdote não confiavam em Dimitri e Gabriel, e Lukas e eu ainda estávamos indecisos. Não sabíamos o suficiente sobre eles nem quanto do que tinham nos contado era verdade.

Gabriel saltou da cadeira.

— Vou encontrá-la.

— Não pode ficar fora por tanto tempo. — Dimitri pegou seu casaco com a expressão sombria. — Andras está ficando mais forte a cada dia. A esta altura, se perdermos o controle, Azazel é nossa arma mais poderosa.

O chicote se enrolou mais, como se o dispositivo demoníaco reconhecesse o próprio nome.

— Você é o único que pode comandá-lo. — Dimitri passou por ele às pressas e desceu a escada. — Eu vou atrás dela.

Gabriel ficou no parapeito até a ponta do casaco preto de Dimitri desaparecer pela porta.

— Posso fazer uma pergunta? — Era algo que eu queria saber desde a última vez em que tínhamos ficado sozinhos, mas tivera medo de ouvir a resposta. — Parece que a Ordem era cheia de monstros. Minha mãe prejudicava as pessoas?

— A Ordem trabalhou infiltrada contra os Illuminati por muito tempo. Eles acreditavam que o melhor jeito de proteger o mundo dos demônios era aprender a controlá-los. — Ele respirou fundo. — Faziam experiências, convocando demônios mais fracos e tentando treiná-los como animais de estimação. Mas, na realidade, o que estavam fazendo era permitir a entrada de demônios em nosso mundo, dando a eles a chance de aprender sobre nós.

— Não perceberam o que podia acontecer? — questionei. Quando Dimitri e Gabriel nos contaram sobre a Ordem, imaginei um grupo de extremistas Illuminati, não um bando de cientistas equivocados treinando demônios em segredo.

— Acho que é como inventar a bomba atômica. Você pensa que sua criação pode ajudar as pessoas de várias maneiras. Mas nas mãos erradas, a mesma invenção pode destruir o mundo. — Gabriel se debruçou sobre o parapeito, olhando as próprias mãos. — Levei muito tempo para descobrir a verdade sobre a *pesquisa* deles.

— O que os delatou? — perguntei.

— Comecei a frequentar os laboratórios. Achei que estávamos usando os demônios para criar armas. — Gabriel desprendeu o chicote, deixando-o rolar pelo chão, e os ossos cor de marfim se desarticularam um a um. Ele olhou para mim com os olhos cheios de tristeza e vergonha. — Como acha que criei Azazel?

28. PESADELOS E CINZAS

Depois que Gabriel e Dimitri terminaram de me passar o sermão, contei os detalhes a Lukas, Sacerdote e Elle. Todos concordaram com a decisão de dizer a eles que Alara tinha voltado à prisão. Ela ainda tinha algumas horas de vantagem sobre Dimitri. Talvez encontrasse o Engenho antes que ele a alcançasse.

A possibilidade de achar o Engenho me fez descer até a área de confinamento. Eu precisava ver Jared. Caminhar pelo túnel sozinha, imaginando se encontraria Jared ou Andras do outro lado das barras, era a pior parte.

Até descobrir, eu sempre prendia a respiração, como estava fazendo naquele momento.

Jared estava sentado no colchão, contorcendo as mãos diante de si. Os nomes das garotas mortas continuavam na parede. No entanto, agora havia algo novo: círculos e estranhos símbolos que pareciam pertencer a um velho livro de alquimia, alguns repetidos várias vezes em sequências maníacas.

Dimitri deixara pedaços de giz e carvão na cela para ver se Andras escrevia mais coisas. Talvez ele soubesse o que os símbolos significavam, mas eu não queria saber. Ver qualquer coisa escrita pela mão do demônio me deixava enjoada.

Jared ergueu o rosto ao ouvir meus passos, os olhos claros tristes e pesados.

É ele.

O alívio me invadiu. Por um bom tempo, nenhum de nós dois falou. Havia muito a dizer, e nenhuma forma de fazê-lo.

Segurei as barras, desejando me aproximar.

— Você está bem?

O demônio está machucando você?

Jared ajeitou a camisa térmica rasgada para cobrir a pior parte das queimaduras do pescoço.

— Estou. E você?

— Eu? Eu... — Minha voz falhou, e pressionei os dedos contra os olhos.

Não chore. Não pode fazer isso com ele.

Quando afastei as mãos, Jared estava parado diante de mim, a poucos metros da porta da cela. A expressão carregada de preocupação, por mim e não por si mesmo.

— Estou bem. Só estou preocupada com você. — Mantive a voz calma, para a mentira parecer verdade.

Sinto sua falta, preciso de você e quero que volte.

— O que é isso em seu rosto? — Ele apontou para as marcas pretas nas bochechas.

— Sigilos. Gabriel me ensinou a pintá-los.

Os olhos dele cintilaram de dor.

— Para que servem?

— Não faça isso — sussurrei.

— Para que servem? — repetiu ele.

— Para me proteger. — Eu não conseguia encará-lo.

— De mim. — Quando Andras estava no controle, os olhos de Jared nunca expressavam emoção alguma. Contudo, naquele momento, revelavam tudo o que estava sentindo.

— Quero ouvir você dizer, Kennedy.

— Por quê?

Ele ergueu as mãos, deixando pender as correntes entre os pulsos.

— Existe um motivo para me acorrentarem assim. Sou um monstro, e você não pode me salvar.

Meu coração estava disparado no peito.

— Andras é o monstro.

— Não entende? — Jared agitou os pulsos presos diante de mim. — Ele está *dentro* de mim.

— Vamos encontrar um jeito...

Ele não esperou que eu terminasse.

— Não quero mais que você venha aqui. Sinto que ele está se fortalecendo. Às vezes até o escuto pensar, como se fôssemos a mesma pessoa. Os pensamentos dele, as coisas que quer fazer com você... — Jared virou as costas, escondendo o rosto. — Você não pode mais vir aqui. Prometa.

Eu não podia ficar afastada. Saber que estava sofrendo e não poder abraçá-lo e reconfortá-lo já era ruim o bastante.

— Não posso fazer essa promessa.

Jared bateu com as palmas das mãos contra a parede, depois se afastou e andou até as barras.

— Não vou sair disso com vida. Se o desgaste da possessão não me matar, Andras vai fazê-lo quando não precisar mais de meu corpo. Esse é o plano. A essa altura, estará mais forte e será impossível detê-lo.

— Você ouviu alguma coisa nos pensamentos dele? — Aquilo podia ser a oportunidade de que precisávamos.

Jared balançou a cabeça.

— Só existe um jeito. Ambos sabemos disso. Se você não me matar, então preciso que me ajude a fazer isso sozinho.

Por um segundo, fiquei sem palavras.

— Não. Tem de haver outro...

— Não existe outro jeito. — Ele ergueu os braços acima da cabeça até os grilhões se apoiarem atrás do pescoço. — Tenho de morrer e quero levá-lo comigo.

Minha garganta queimava, e lágrimas rolavam por meu rosto.

— Temos uma ideia. Só nos dê um pouco mais de tempo. — Eu não podia arriscar contar os detalhes a ele com Andras lendo seus pensamentos.

O olhar de Jared deslocou-se devagar das paredes molhadas da cela para as queimaduras que cobriam seu peito e para o Olho da Eternidade no teto. Finalmente, voltou os olhos para mim, o rosto marcado por uma dor que eu via com tanta facilidade quanto as cicatrizes.

— Não sei quanto tempo me resta.

Eu o encarei, tentando entender as palavras. Meu estômago se contraiu, e todo o corpo ficou entorpecido.

Ele se aproximou, e eu recuei rápido demais.

— Desculpe — falei, percebendo o que fizera.

Ele foi até as barras com movimentos hesitantes.

— Eu só queria... — Os olhos azuis estavam cheios de dor e confusão.

É o Jared. Não vai me machucar.

Se eu estivesse errada, ele podia me matar.

Desde que eu não precise matá-lo.

Avancei um passo, depois outro, até ficarmos a apenas 30 centímetros de distância.

— Eu só queria me despedir. — Jared enfiou as mãos através das barras, e eu não me movi. — Queria dizer muita coisa para você. O que sinto por você...

Meu coração batia com força.

— Diga agora.

Jared enxugou uma lágrima do canto de meu olho com o polegar. Fechei os olhos. Queria que ele soubesse que eu confiava nele, mesmo que fosse idiota ou irresponsável.

Os dedos se fecharam e tocaram meu maxilar, percorrendo o caminho das lágrimas com o polegar.

Meus olhos se abriram, e segurei seu pulso, afastando-o de meu rosto.

— Não faça isso. Os sigilos vão queimar você.

Sua pulsação latejava contra minha pele.

— Já me queimei antes.

— Não assim — falei.

— Não me importo.

— Mas eu me importo — sussurrei.

Jared desceu o dedo por minha bochecha até chegar nos lábios. Mantive os olhos fixos nos dele enquanto as cinzas o queimavam, mas ele não se retraiu. Depois recolheu os dedos para dentro das barras e ergueu a palma da mão.

Levantei a minha até nossas mãos quase se tocarem, como um reflexo no espelho quebrado que nossa vida se tornara.

Nossas palmas se encontraram contra o ferro, e ele fechou a mão sobre a minha.

— Todos têm algo que os define. Uma verdade em que acreditam acima de tudo. Você é minha verdade.

⇥ • ⇤

Quando abri a porta do quarto, Elle estava sentada na cama com um livro. Ela se sobressaltou e o enfiou embaixo do cobertor.

— O que está lendo?

Ela não respondeu de imediato, fazendo uma cara estranha, depois tirou o exemplar de baixo do cobertor e o mostrou.

— *Círculos de convocação em demonologia: entradas para a escuridão?* Onde arranjou isso? — perguntei.

Elle deu de ombros.

— Dimitri me emprestou. Eu queria aprender mais sobre entidades paranormais.

Entidades paranormais?

— Quando começou a usar terminologia de caça-fantasmas? — Poucos dias antes, ela achava que o *medidor de campo eletromagnético* se chamava *caçador de fantasmas eletromagnificado*.

Elle se enrijeceu, o que não era de seu feitio, pois nunca ficava desconfortável; sua especialidade era deixar os outros assim.

— Isso tem alguma coisa a ver com Lukas?

Seus ombros relaxaram um pouco.

— Talvez.

— Talvez? Isso é tudo o que ganho? — Em geral, Elle desembuchava todos os detalhes sobre os caras de quem gostava, e muito sobre os de que não gostava.

— Já li o bastante por hoje. — Ela largou o livro no chão. — Se importa se eu apagar a luz?

— Se estiver cansada, não. — Mal tive tempo de me deitar na cama antes que ela apertasse o interruptor. Uma parte de mim esperava que Elle o religasse e me contasse tudo, mas isso não aconteceu.

Então repassei minha visita a Jared, concentrando-me nos bons momentos.

Sua voz.

O toque de sua pele.

Você é minha verdade.

As imagens embalaram meu sono e encheram meus sonhos.

⋇ • ⋇

As correntes se foram.

Jared está diante de mim, sem camisa, de calça jeans desbotada, encharcado e descalço. O cabelo cor de café também está molhado, todo bagunçado e encaracolando no pescoço.

Meus olhos percorrem as cicatrizes em seu peito, subindo até o rosto.

Ele sorri para mim, e os olhos azul-claros se iluminam sob os longos cílios pretos.

Jared continua na cela, mas a porta está aberta, e eu também estou ali dentro.

Juntos.

— Venha cá — *diz ele.*

Ando até lá, incapaz de falar.

Finalmente o pesadelo acabou.

Sinto isso em meus ossos, no coração. É o jeito como olha para mim e o fato de que não está mais acorrentado.

Quando me aproximo o bastante, Jared coloca um dos dedos pelo passador de minha calça jeans, puxando-me mais para perto.

Estamos a 30 centímetros de distância, e ele me segura ali.

— Quero olhar para você. — *Ele põe meu cabelo para trás da orelha, e, no momento em que os dedos tocam minha pele, estremeço.* — Nunca achei que poderia tocar em você outra vez.

Não tento controlar as lágrimas. Estou feliz de um jeito que jamais tinha ficado.

— Eu também.

Jared passa a mão atrás de meu pescoço e se aproxima. Nossos lábios se tocam, mas ele ainda não me beijou.

— Eu sonhava com isto — sussurra ele. — Em todas as noites que passei trancado nesta cela, era nisso que pensava.

Fico na ponta dos pés porque ele é muito mais alto que eu, segurando seus ombros para me equilibrar. Eu o beijo, e ele se encosta em mim, relaxando.

Agora tudo vai ficar bem.

Jared se afasta e me olha, segurando meu rosto.

— Nas piores noites, quando dormia no chão porque doía me mover depois que o chicote de Gabriel tinha rasgado minha pele e a água benta tinha queimado cada centímetro de meu corpo, eu pensava neste momento.

As mãos descem por meu pescoço e apertam com mais força.

— E em como seria estar dentro de sua pele.

Os olhos azuis se perdem em sombra, e o nanquim os preenche até que todos os traços do garoto por quem estou apaixonada desapareçam.

⚜ • ⚜

O pesadelo me acordou de repente, e levei um momento para perceber que era um sonho. Vi Urso enroscado na cama vazia de Alara, e liguei o celular.

Uma nova mensagem de texto.

Eu a abri e minha última mensagem para Alara apareceu: "vc achou???".

Uma palavra seguia minha pergunta: "não."

Em um único instante, o último fio de esperança ao qual me agarrava se rompeu.

29. LIBERTADO

Esperei até a manhã seguinte para visitar Jared outra vez. Era dia de ano-novo, e a ideia de vê-lo acorrentado me torturava, mas também não podia deixá-lo lá embaixo sozinho o dia todo.

Mesmo que ele não saiba que hoje é um dia diferente de ontem.

Sem ter como acompanhar a passagem do tempo, como saberia?

Também estava na hora de lhe contar a verdade sobre o Engenho: que era a chave para salvá-lo, mas que não fazíamos ideia de onde estava.

Se Andras soubesse o que tinha acontecido ao dispositivo, talvez Jared também soubesse. A última coisa que eu queria ver eram mais evidências da horrenda fusão mental dos dois. No entanto, o tempo dele estava acabando.

Uma das lâmpadas queimara no final do túnel, sombreando partes da cela, assim como Jared. Mesmo na escuridão, ele parecia destruído, e me senti partindo também.

Ele não merece isso.

Barras de ferro eram a única coisa que nos separava.

Ele não ergueu o rosto, mantendo-se apoiado à parede da cela, apenas de calça jeans. Olhei a corrente que prendia seus pulsos. De cabeça baixa, parecia exatamente o mesmo.

Mas não era.

Fechei os dedos ao redor das barras de metal molhadas e lutei contra a necessidade de destrancar a porta para deixá-lo sair.

— Eu disse para você não vir mais aqui embaixo. — Ele **não** tinha se movido, mas eu sabia que não precisava me ver para sentir minha presença. — Ninguém mais vem.

Estava falando de Lukas, Sacerdote e Alara.

— Todo mundo está tentando resolver isto. Não sabem o que fazer quanto a... — As palavras ficaram presas na garganta.

— Quanto a mim. — Ele se levantou do chão e andou em minha direção, e na das barras que nos separavam.

Conforme se aproximava, contei os elos da corrente que pendia entre seus pulsos. Tudo para evitar fitá-lo nos olhos. Mas, em vez de me afastar, segurei as barras com mais força.

Ele estendeu as mãos e segurou o metal acima das minhas. Perto, mas sem tocá-las.

— Não!

Vapor se ergueu das barras de ferro frio quando a água benta chamuscou sua pele machucada. Ele segurou por tempo demais, queimando as palmas de propósito.

— Você não deveria estar aqui — sussurrou ele. — Não é seguro.

Lágrimas quentes desciam por minhas bochechas. Todas as decisões que tínhamos tomado até aquele momento pareciam erradas: as correntes prendendo seus pulsos, a cela encharcada de água benta, as barras que o mantinham enjaulado como um animal.

— Sei que nunca me machucaria — murmurei.

Mal as palavras tinham deixado meus lábios, Jared avançou contra as barras. Ele tentou agarrar minha garganta, e eu pulei para trás. Os dedos frios roçaram minha pele conforme saí do alcance.

— Está enganada, pombinha. — A voz soava diferente, cruel e desalmada.

Risadas reverberaram pelas paredes, e calafrios me percorreram. Percebi o que os outros sabiam desde sempre.

O garoto que eu conhecia não existia mais.

O que estava enjaulado diante de mim era um monstro.

E era eu quem tinha de matá-lo.

A não ser que encontrasse um jeito de salvá-lo.

30. MARCADA

Alara e Dimitri voltaram no dia seguinte, frustrados, exaustos e quase mudos. Dimitri lançara uma quantidade excessiva de olhares decepcionados antes de se enfiar no quarto com um maço novo de cigarros. Depois de um sermão de Gabriel, Alara descreveu o que pareceu ser uma busca meticulosa pelo Engenho. Contudo, eu já sabia como a história terminava, e ouvi-la de novo fazia a situação de Jared parecer ainda mais desesperadora.

Eu me recolhi ao ateneu com o diário de Faith, tentando não pensar na sensação da mão de Jared envolvendo meu pescoço. Sabia que não fora ele que tentara me estrangular, mas era sua voz que não parava de se repetir em minha mente.

Perdi-me no diário, folheando as entradas mais antigas e danificadas até chegar ao que devia ser a caligrafia de Faith. A palavra *pesadelos* chamou minha atenção.

> *Os pesadelos estão piorando. Às vezes, passo dias sem dormir na esperança de escapar. No entanto, quando finalmente fecho os olhos, eles estão me esperando. Comecei a pintá-los. Ao terminar uma pintura, o pesadelo para. Mas um novo sempre começa. Fico*

*imaginando que um dia vou pintar algo e tudo vai
acabar. Vou dormir naquela noite sem sequer sonhar.*

Passei algumas páginas até chegar a outra entrada.

*Hoje meu pai me contou a verdade sobre minha
especialidade. Ele viu uma das pinturas: um garotinho
de bermuda cáqui e blazer vermelho morto na rua.
Na testa do menino, havia um símbolo gravado, e
uma figura sombria pairava sobre ele. No sonho, eu
sabia que era um demônio. Sabia até seu nome.
Azazel.*

Minha mão tremeu quando vi o nome do demônio.
Azazel.
O nome do chicote de Gabriel.

*A princípio, meu pai ficou chocado com a pintura.
Mas pareceu orgulhoso, como se eu tivesse pintado
a Mona Lisa, e não um menino morto. Então me
mostrou a foto no jornal. Era minha pintura,
em cada detalhe, menos a figura sombria.*

*Ao que parece, minha especialidade
é invocação e premonição.*

*Meu pai diz que invocação é algo que ele pode me
ensinar, não que eu queira aprender a convocar e
comandar demônios ou anjos. Para mim, são igualmente
estranhos, e não quero enfrentar nem um nem outro.
Mas a premonição é mais assustadora ainda. É um
dom, diz ele. O que significa que não pode ser ensinado.*

Quando se é um dos "sortudos", como ele os chama, imagens chegam a você. Imagens do futuro. Se meu pai pudesse vê-las, saberia que não há nenhuma sorte nisso.

Tentei imaginar como seria ver a morte de uma criança antes de acontecer, encontrar a foto da cena de uma de minhas pinturas. Era um milagre Faith não ter perdido a cabeça e enlouquecido completamente por carregar um fardo como aquele. Eu me lembrava de quando Lukas, Jared, Sacerdote e Alara tinham me contado que invocação era minha especialidade.

Quando achavam que eu era um deles.

Faith e eu tivéramos reações muito parecidas. A habilidade de convocar, e supostamente comandar, anjos e demônios também não me parecia "especial".

Não importa. Você não tem uma especialidade.

Voltei-me para o diário, afastando o pensamento.

O sonho de ontem à noite foi estranho.
Primeiro vieram as palavras, o que nunca
tinha acontecido. E vi até uma data.

Sob as asas de um falcão, uma pomba
vai nascer.
Não uma pomba negra limitada pelas amarras
dos séculos passados.
Mas uma pomba branca, nascida neste século,
para romper as amarras que nos prendem.
E nos libertar.
30 de julho

Reconheci a data.

Devo ter lido errado.
Trinta de julho. Meu aniversário.

As imagens vieram depois. Alex segurando um bebê com um pequeno bracelete de hospital no pulso. Estão em um berçário, e sei que o bebê é dele porque vejo o cartão colado na incubadora. Kennedy Rose Waters, 30 de julho.

Abaixo da entrada, Faith havia desenhado uma garota com as asas branco-neve de uma pomba, parada à margem de um penhasco. Aquilo me fez lembrar da pintura em que eu trabalhava quando minha mãe morreu. Uma menina em um telhado, com asas de andorinha crescendo nas costas, assustada demais para voar.

Contudo, em vez de asas dolorosas e indesejadas, as asas do desenho de Faith eram lindas e cheias, o tipo de asa que poderia carregá-la.

Não sei quantas vezes reli a página ou o que me chocou mais: saber que Faith previra meu nascimento com a exatidão do nome e do dia, ou a ideia de que eu era a pomba branca.

A entrada de minha tia fazia aquilo parecer importante, como se eu tivesse um destino especial. Talvez ainda houvesse espaço para mim na história de meus amigos.

⇥ • ⇤

Ainda naquela noite, visitei Jared. Mas dessa vez não fui sozinha. Elle apertava sua parca sobre o corpo magro.

— Está um gelo aqui embaixo.

Lukas a puxou contra o ombro e esfregou a mão em seu braço.

— Quanto mais poderoso o demônio, mais frio fica o ambiente.

Nem temperaturas abaixo de zero teriam me preparado para o que esperava no fim do túnel.

O demônio estava no centro da Armadilha do Diabo, os braços estendidos como se estivesse pegando sol. Novas cicatrizes se misturavam às antigas, criando um mapa de dor que ele não parecia sentir. Atrás, cada centímetro da cela fora coberto por uma escrita frenética: letras, caracteres, palavras e símbolos se sobrepondo ou formando espirais.

Sacerdote apontou para algo escrito sobre o colchão.

— Aquilo com certeza é assírio.

Gabriel ficou diante das barras, sem fala.

— Sumério. Amonita. Minoico. Aramaico. Precisamos saber o que diz.

Desenhos distorcidos de entes monstruosos marcavam o chão: lobos com cabeças de falcão e com membros humanos, corpos equestres transformando-se em criaturas mascaradas, segurando espadas e machados de batalha com as garras.

— Havia algo assim no livro que você estava lendo? — perguntei a Elle.

Ela me olhou como se eu estivesse louca.

— Que livro?

— O que Dimitri emprestou para você — falei.

Ela franziu a testa.

— Não sei do que está falando. Você está bem?

Olhei para Lukas. Talvez ela não quisesse que ele soubesse.

Alara ofegou, apontando para o que parecia ser um código Morse demoníaco.

— Enoquiano, a linguagem da luz e das trevas — constatou Alara. — De anjos e demônios.

Andras virou a cabeça lentamente para Alara.

— Só uma bruxa usaria essas palavras para descrever a língua do Labirinto.

Ela ergueu os ombros e se aproximou das barras.

— Não sou uma bruxa.

O demônio riu.

— Você lida com feitiços e talismãs, elementos e terra. Sua laia encontrou o fim nas chamas em ambos os nossos mundos. Mas no Labirinto não queimamos as bruxas na fogueira. Vocês ateiam fogo umas às outras, e, quando as almas viram cinza, o Príncipe das Trevas as ressuscita para que possam ser queimadas outra vez. — Andras sorriu para Alara. — Sua avó deve estar lá, queimando neste exato momento. Praticamente sinto o fedor de sua alma.

— Minha avó não está no inferno — disparou ela.

O demônio inclinou a cabeça.

— Tem certeza?

Alara tirou a arma de paintball do cinto, contraindo de raiva os delicados traços.

Sacerdote segurou seu braço, guiando-o outra vez para a lateral do corpo.

— Ele só está tentando irritar você.

Ela apontou um dedo trêmulo para Andras.

— Fique sabendo que sou eu que vou matar você, seu infeliz, ouviu bem?

— Você está falando de Jared — lembrei suavemente. Um fato ao qual parecia totalmente alheia.

Alara virou as costas, posicionando o rosto a apenas centímetros do meu, e apontou para as barras.

— Aquela *coisa* não é Jared.

— Vamos nos acalmar. — Gabriel perscrutou o túnel à procura de Dimitri. — Andras é o Semeador da Discórdia. Ele incita raiva e desavenças. Estamos dando o que ele quer.

— Cale a boca, Gabriel — retrucou Alara.

O demônio andou até a escrita na parede. Quando se virou, as costas de Jared ficaram visíveis. Cada centímetro da pele estava coberto com os mesmos símbolos indecifráveis. Os desenhos em si não eram tão perturbadores quanto o posicionamento: na lombar e entre as omoplatas, pontos que Jared não conseguiria alcançar com os pulsos acorrentados à frente.

Uma das telas apocalípticas de Faith me veio à mente: a pintura de um homem na cela com símbolos nas costas. Olhar para Jared naquele momento era como vê-la ganhar vida.

Elle se aproximou um pouco de Lukas.

— Entramos oficialmente no território de *O exorcista*.

Passos ecoaram atrás de nós, então Dimitri apareceu na entrada do túnel.

— Por que demorou tanto? — pressionou Gabriel.

— Precisei acrescentar sal grosso ao tanque. A concentração já não é mais forte o bastante. — Ele abriu o zíper de uma sacola de couro gretado, jogando uma pilha de diários e livros com lombadas rachadas no chão.

— Trouxe os sinos?

Dimitri desenterrou uma dúzia de sinos lascados e de boca larga, presos a grossos laços de corda.

— Sinos? — Sacerdote o encarava. — É esse seu plano?

Dimitri colocou um nas mãos dele.

— São sinos de altar, usados em algumas das igrejas mais famosas da história, incluindo o Vaticano. Andras está se fortalecendo, e precisamos contra-atacar. O som vai enfraquecê-lo.

O sino foi arrancado das mãos de Sacerdote e bateu no chão do túnel. Os restantes voaram da sacola, como se estivessem sendo puxados por um ímã. Eles rolaram pela pedra e se empilharam, subindo uns sobre os outros como ratos escalando uma parede.

Quando chegaram ao teto, dividiram-se e espalharam-se pelo túnel por cima de nossas cabeças.

— Ah, meu Deus. — Elle recuou.

O som ensurdecedor de metal retinindo estourou no espaço restrito, fazendo-nos cobrir os ouvidos.

Menos Andras.

Ele tinha voltado ao centro da Armadilha do Diabo, agitando os braços acorrentados em sincronia, como um maestro regendo uma orquestra demoníaca. De olhos fechados, deleitava-se com o som que deveria deixá-lo de joelhos.

Os borrifadores se ligaram, e mais sal choveu sobre o corpo do demônio. Colunas de fumaça ergueram-se de sua pele, então, sem aviso, os sinos pararam de tocar.

— Cubram a cabeça — gritou Dimitri.

Os sinos penderam no ar por um instante, depois caíram. Um deles bateu em meu ombro, enquanto outros caíram no chão ao redor.

Gabriel se levantou com dificuldade, soltando Azazel. Os ossos guincharam e se contorceram quando ele estalou o chicote contra as barras.

Andras estreitou os olhos.

— Não pode me controlar com seu brinquedo, Gabriel.

O demônio colocou as mãos algemadas em concha, deixando-as se encher de água benta. Vapor subiu das palmas conforme as levou aos lábios para beber.

Alara ofegou, enquanto Dimitri e Gabriel pareciam atordoados.

Ao terminar, os olhos de Andras se tornaram pretos.

— Quem é seu campeão agora, Gabriel? — O demônio estendeu os punhos presos. — A alma deste garoto me alimenta, como as almas das garotas que matei antes de nosso encontro, Kennedy. — Ele apontou para mim e sorriu. — A garota que nós dois queremos possuir.

Um calafrio me percorreu.

Encharcado de água benta, Andras se aproximou das barras.

— Quem você acha que vai ganhar sua alma? — Os olhos do demônio voltaram ao tom azul-claro dos de Jared. O corpo se sacudiu, parecendo desorientado por um instante.

— Fuja — sussurrou Jared.

Fiquei completamente imóvel, morrendo de medo que o mínimo movimento rompesse a conexão entre nós.

Jared balançou a cabeça em rápidos espasmos, e o nanquim se infiltrou outra vez nos olhos.

Sacerdote recuou pelo túnel enquanto Elle cambaleava atrás.

— É melhor sairmos daqui. Aquele monstro não é Jared.

Andras se virou.

— Concordo, Owen. Eu *não* sou Jared. Ele é um tipo completamente diferente de monstro. — O demônio encarou Lukas com um olhar maligno. — Não é mesmo, Lukas? Por que não conta a Owen quem foi o verdadeiro responsável pela morte do avô dele?

O rosto de Lukas ficou pálido.

Gabriel o analisava, observando sua reação.

— Cale a boca — disse Alara. — Ninguém acredita em suas mentiras.

Os olhos de Lukas dispararam do demônio que se escondia por trás do rosto de seu irmão para Alara. Ele rolou a moeda prateada entre os dedos.

Andras puxou a corrente presa a seu tornozelo, aproximando-se das barras.

— Estou mentindo, Lukas? Conte a verdade a sua bruxa.

A moeda escorregou dos dedos dele e caiu no chão. Alara a observou repicar até parar entre suas botas.

— Lukas? — Havia um toque de medo no tom dela.

Ele franziu a testa, e uma ruga profunda apareceu entre as sobrancelhas. Lukas não tirava os olhos da moeda, como se a estivesse deixando decidir seu destino. Cara ou coroa. Verdade ou mentira. Mas os dois lados da moeda eram iguais.

— Vamos conversar sobre isso lá em cima — sugeriu Dimitri.

— Não — disparou Alara. — Não vou a lugar algum até ter uma resposta.

— Foi um acidente — respondeu Lukas, enfim.

Sacerdote balançou a cabeça, confuso.

— Espere, do que está falando?

— Ele não teve a intenção — murmurou Lukas.

Sacerdote se contraiu.

— Não teve a intenção de *quê?* Não está falando coisa com coisa.

O demônio jogou a cabeça para trás e riu.

— No Labirinto, mentimos para nossos inimigos. Só humanos mentem para os amigos.

Lukas se lançou contra as barras.

— Cale a boca. Ou, juro por Deus, eu mesmo mato você!

Andras sorriu.

— Desculpe. Deus está ocupado fazendo milagres no momento.

Alara segurou o braço de Lukas, virando-o.

— Do que ele está falando?

— Nosso tio queria encontrar o membro perdido da Legião. Como contei a Faith, ele achava que a Legião ficaria mais forte com os cinco integrantes unidos. — As palavras jorravam, como tinha acontecido quando Jared me contou a história pela primeira vez dentro da parede do Corações Misericordiosos. — Jared descobriu os nomes de todos os membros, então fez uma lista...

— Uma lista? — Os olhos castanhos de Alara cintilaram de raiva.

Gabriel fixou os olhos no chão, como se soubesse que rumo a história tomaria.

— Jared estava tentando ajudar. Para podermos *destruí-lo*. — Lukas apontou para a cela e para o demônio que era exatamente igual ao irmão.

Alara se apoiou à parede.

— Foi assim que Andras os encontrou.

— Foi um acidente — falei.

— Quebrar alguma coisa é um acidente. — A voz de Sacerdote ficava mais alta a cada palavra. — Matar cinco pessoas é algo diferente.

— Owen tem razão. — O demônio sorriu.

Eu o ignorei e fui em frente.

— Jared não sabia que Andras os encontraria.

— Ele conhecia as regras. — Sacerdote apontou para mim, furioso. — E você diria qualquer coisa para protegê-lo.

Eu nunca vira Sacerdote tão zangado e não achava que tinha qualquer coisa a ver com a proximidade do demônio.

— Não é verdade. Minha mãe também morreu naquela noite.

— Sua mãe era uma espiã.

Eu o encarei, sem palavras.

— Chega. — Gabriel se colocou entre nós.

Encostada à parede, Alara ergueu o rosto. Estava estranhamente quieta.

— Espere. Como sabe que foi um acidente? — Alara fixou os olhos em mim, como se eu fosse a única pessoa ali. — Você sabia disso o tempo todo?

Engoli em seco.

— Jared queria contar por conta própria.

— Isso é mentira — declarou Andras em um tom casual ao se aproximar das barras. — Eu bem sei. Passo o dia inteiro dentro da cabeça dele.

— Não — Lukas recuou.

Sacerdote lançou um último olhar ao demônio, depois virou as costas e saiu a passos largos pelo túnel.

— Vou pegar minhas coisas e dar o fora daqui.

— Para onde? — perguntou Elle, correndo atrás dele. — Você não pode ir embora.

Dimitri hesitou por um segundo, então jogou o cigarro contra a parede e os seguiu.

Gabriel olhou para nós.

— Sacerdote não está falando sério, está?

— Nunca o vi tão nervoso — disse Alara com suavidade.

— Se está dizendo que vai embora, é sério.

— Não precisamos disso agora. — Gabriel saiu às pressas pelo túnel.

Alara não disse nada até ele sair, mas, quando finalmente me encarou, lágrimas brilhavam em seus olhos.

— Deveria ter me contado, Kennedy.

— Desculpe. — Minha voz falhou.

— É tarde demais para desculpas — retrucou ela, virando as costas para Luke e eu.

— Alara! — Ele a chamou.

Ela se virou e apontou para Lukas, as bochechas riscadas de lágrimas.

— Não diga nada.

Os passos ecoaram pela passagem conforme Alara se afastou, mas não havia nada que eu pudesse dizer. Se alguém entendia a sensação de ser enganada por uma pessoa de confiança, era eu.

— Jared nunca teria contado a eles — disse Lukas finalmente. — Sentia vergonha demais.

— Ele está certo — afirmou Andras. — E não precisei ler os pensamentos de seu namorado para saber. A alma de Jared tinha a marca da culpa na primeira vez que o vi, na casa de sua tia.

Na primeira vez que ele o viu.

Lembranças se encaixaram em lampejos embaçados, como borrões pretos turvando minha visão.

Jared parado diante da janela quebrada na casa de Faith.

Os olhos negros sem pupilas da criança o encarando.

A voz de Gabriel se repetia em minha mente: *Se um demônio marcar sua alma, sempre será capaz de encontrar você.*

O pensamento se cristalizou em minha mente com uma clareza aterradora.

— Foi assim que nos encontrou. Quando Jared olhou pela janela... você o marcou.

Nunca tivemos a menor chance.

Andras deu um passo à frente, mas não me movi. Havia algo estranho no jeito como me fitava.

— Não precisei de Jared para encontrar você. Não foi a alma dele que marquei naquele dia na casa de Faith. — Um fio de água benta queimava a bochecha do demônio ao descer. — Foi a sua.

Lukas me arrastou pelo túnel escuro.

— Não pode deixá-lo mexer com sua cabeça. É apenas outra mentira.

E se não fosse? E se fosse a minha alma aquela marcada por um demônio? Eu também tinha olhado a menina pela janela.

Ele sempre será capaz de encontrar você...

Eu tinha montado o Engenho que libertara Andras, e agora ele deixara sua impressão demoníaca em minha alma? Talvez fosse meu castigo. Prisão domiciliar nas mãos de um dos soldados do inferno. Um soldado que estava matando aos poucos o garoto que eu...

Amo.

Sentia isso toda vez que olhava para Jared, toda vez que ele me tocava.

Estou apaixonada por ele.

No topo da escada, a luz fluorescente contra as paredes de aço me deixou tonta. Tentei me apoiar na parede mais próxima, mas estava longe demais. Ou eu estava.

Lukas me segurou quando meus joelhos cederam, envolvendo-me com os braços.

— Vai ficar tudo bem.

— Você está errado. Sou a culpada por Andras ter nos achado em Boston. E também por Jared estar possuído. — Eu mal conseguia falar. — Eu que fui marcada.

Quantas vezes tinha rezado para ser marcada como integrante da Legião?

— Queria que fosse eu. Jared não merece isso — falei.

Lukas deu um suspiro trêmulo.

— Nenhum de nós merece.

Enxuguei o rosto, e Lukas afrouxou o abraço.

— Preciso contar uma coisa a você — confidenciou ele.

— Ei, estava procurando você... — disse Elle atrás de mim.

Lukas afastou os braços e deu um passo constrangido para longe de mim.

— Estávamos falando do Jared — expliquei, limpando o nariz na manga.

— Não importa — disparou ela. Reconheci a raiva na voz, mas não estava preparada para sua expressão. Parecia que minha melhor amiga queria me matar. — Não tive a intenção de interromper.

— Não é nada disso. — Lukas me contornou como se eu tivesse a peste negra.

Elle saiu pelo corredor em um flash de cabelo ruivo e couro preto.

Eu me apoiei ao metal frio atrás de mim e escorreguei para o chão. Queria gritar, socar as paredes e chorar, tudo a fim de evitar como me sentia naquele momento.

Derrotada, devastada e destruída.

Aquela era uma guerra que não podíamos vencer. Ou que já tínhamos perdido.

31. TEMA A MIM

Horas depois, eu estava do lado de fora da casa de máquinas, criando coragem para enfrentar Sacerdote. Dimitri e Alara o tinham persuadido a ficar por enquanto, mas eu não o via desde que ele ameaçara partir.

Sacerdote não me ouviu entrar. Estava de fones, balançando a cabeça no ritmo da música, a atenção voltada para um longo cano prateado à frente. Em qualquer outro dia, ficar atrás de uma mesa de laboratório cercado de pedaços de metal e ferramentas elétricas o teria animado. Contudo, mesmo procurando martelos, chaves de fenda e furadeiras na parede atrás de si, continuava com a cara fechada.

Observei Sacerdote prender um tanque de propano a uma das extremidades do cano e fazer uma fileira de buracos na parte de cima. Normalmente, o capuz gigante e a longa franja loura me faziam lembrar dos skatistas de minha antiga escola de ensino médio em Georgetown, o bando desajustado de calouros e veteranos que andavam juntos, com seus skates saindo pela parte de cima da mochila. O jeito de menino que sempre o fizera parecer um deles tinha sumido.

Eu reconhecia sua expressão; pertencia a alguém que sabia como era ser traído, e me odiava por ser parte da razão.

— Há quanto tempo você sabe? — perguntou Sacerdote sem olhar para mim. Ele prendeu os óculos de segurança na testa e usou um rolo de Silver Tape para acoplar um alto-falante na extremidade oposta do cano.

Baixei os olhos, deixando o cabelo criar uma cortina entre nós.

— Jared me contou quando estávamos presos dentro da parede do Corações Misericordiosos.

— E não achou que eu e Alara tínhamos o direito de saber?

— Achei que o próprio Jared devia contar a vocês, e ele queria — falei.

— Só que não contou, não é? — Sacerdote ligou o alto-falante, e chamas saíram dos buracos no cano, subindo e descendo com a intensidade da música.

— Isso é incrível.

Ele não olhou para mim.

— É um tubo de Rubens. Física básica. Qualquer idiota consegue fazer.

Menos uma idiota como eu, que mentiria para um amigo, essa era a mensagem.

— Sinto muito mesmo.

Sacerdote bateu o punho contra a mesa.

— Isso não vai trazer meu avô de volta. Não sou como eles. Jared e Lukas têm um ao outro, e Alara ainda tem família, mesmo que não queira morar com eles. Meu avô era tudo o que eu tinha. Achei que você entenderia isso melhor que ninguém.

— Eu entendo.

Ele balançou a cabeça.

— Não, não entende. Você frequentou uma escola normal. Tem uma melhor amiga que simplesmente viajou com um monte de desconhecidos porque queria encontrar você. Eu morei a vida inteira na mesma casa velha com meu avô. Estudei em casa. Isso significa que não tive professores, amigos nem inimigos. Ninguém além de nós dois. Ele era meu melhor amigo. — A voz de Sacerdote falhou. — Meu único amigo.

Tentei imaginar uma vida sem a escola e Elle. Uma vida que só existia dentro das paredes de minha casa.

— Você está certo. Eu deveria ter contado.

Sacerdote tirou os fones de ouvido do pescoço e os arremessou do outro lado da sala. O plástico se despedaçou contra uma das paredes prateadas brilhantes.

— Jared deveria ter me contado! — gritou ele. — Era para ele ser meu amigo. Eu o seguia para lá e para cá como um cachorrinho. E o tempo todo Jared sabia que meu avô estava morto por causa dele.

Mordi o interior da bochecha para não chorar.

— Ele é seu amigo.

Sacerdote virou as costas para mim e atravessou o corredor a passos largos.

— Temos definições diferentes de amizade.

⚔ • ⚔

Depois daquela conversa, queria encontrar um quarto vazio e me esconder, mas isso só adiaria o inevitável. Enfrentar Alara.

Respirei fundo, então abri a porta de nosso quarto. O único sinal dela era uma caixa de cartuchos de espingarda e um frasco de sal grosso.

— Ela não está aqui — disse Elle.

Eu me sentei no pé da cama, como fizera um milhão de vezes no quarto da casa dela.

— O que está acontecendo com você? Está agindo de um jeito estranho.

Os olhos dela se estreitaram.

— Por quê? Porque não quero ver você dando em cima de Lukas?

Por um segundo, achei que estava brincando. Elle nunca tivera ciúmes de outra garota na vida, pelo menos não por causa de um menino. Invejara um cabelo maravilhoso ou um par lindo de sapatos vintage, talvez. Então, a ideia de que tinha ciúmes de mim era simplesmente ridícula.

— Lukas e eu somos apenas amigos. Qualquer um que passe mais de cinco minutos com vocês dois percebe o que ele sente por você. Pode acreditar em mim, não tem nada com que se preocupar. — Um soluço ficou preso em minha garganta, fazendo a voz falhar. — O único cara que já gostou de mim está compartilhando o corpo com um demônio.

— Desculpe — disse Elle, mas o tom não era convincente. — Estou agindo como uma idiota.

Qual é o problema dela?

Talvez eu não tivesse percebido que estava com dificuldades de lidar com esse mundo para o qual fora arrastada.

— Tudo bem.

— Não se preocupe. — Elle passou o braço por cima de meus ombros. — Vamos encontrar aquela coisa para salvar Jared.

— O Engenho.

Não tive energia para procurar Alara. Em vez disso, dormi pensando em outra pessoa que não podia salvar.

⁃⋈ • ⋈⁃

Um grito trespassou a escuridão, e meus olhos se abriram de repente.

Elle.

Saí da cama às pressas, tentando encontrá-la.

— Não toque em mim! — gritou ela.

Urso latia no escuro.

A porta se escancarou, em seguida alguém acendeu a luz. Lukas e Sacerdote apareceram no vão com as armas em punho. Alara devia ter chegado depois de cairmos no sono, e pulou da cama.

— O que aconteceu?

— Não sei. — Perscrutei o quarto, mas não havia mais ninguém ali.

Elle agarrava os próprios braços, histérica e aos soluços. Lukas correu para a cama, colocando a garota no colo. Ela estava coberta de contusões escuras, como se alguém a tivesse espancado.

Passos ecoaram pelo corredor, então Gabriel e Dimitri apareceram na porta, sem fôlego. Gabriel notou as contusões de Elle.

— Quem fez isso?

As luzes piscaram, e Sacerdote fechou nossa porta semiaberta.

— Quem, não... o quê.

Na parte de trás da porta, uma mensagem fora arranhada várias vezes no metal:

QUANDO OS PESADELOS COMEÇAREM, TEMA A MIM

Lukas abraçou Elle com mais força.

— Ele está se fortalecendo.

Não esperei para ouvir o resto.

Peguei o estojo de lentes de contato ao lado da cama e saí. Meus pés descalços batiam contra o chão frio de concreto enquanto corria para a porta da área de confinamento. Sacerdote vinha atrás, gritando meu nome, perguntando se eu me lembrara de alguma coisa ou se tinha uma teoria. Não tinha nenhum dos dois, só uma sensação de que algo estava muito errado.

Quando cheguei ao pé da escada, coloquei as lentes. Vozes flutuavam pelo túnel: a do demônio e a de uma garota.

A porta da cela continuava fechada, mas Andras não estava sozinho.

Havia uma garota diante dele tentando abrir suas algemas com um arame. Mesmo de costas, eu a reconheci de imediato.

— Estou tendo outra alucinação? — perguntou Sacerdote.

Ela se voltou devagar; os longos cachos castanhos roçaram seu pescoço.

Meu pescoço.

A menina na cela era idêntica a mim.

— Meu Deus — sussurrei.

Ao nos ver, tentou agir mais rápido, mas os grilhões não cederam. Os olhos procuraram os de Andras em busca de orientação. Ele respondeu em uma língua estranha, e ela desistiu com relutância.

Ela levou um dedo aos lábios e me soprou um beijo, do mesmo jeito que Andras fizera na rua em Boston.

Gabriel nos alcançou.

— Mas o que...

Ele se apressou em destrancar a cela, mas a garota já estava se transformando. Seu corpo, que parecia *meu* corpo, virou uma tira de partículas que cintilaram no ar, como poeira ao sol.

O arame escorregou de sua mão e caiu no chão.

Gabriel estalou Azazel, e o chicote atingiu a forma porosa. Ela gritou de dor, confirmando o que eu já sabia: a menina não era uma das ilusões de Andras, porque aquela cena *não era* um de meus medos.

A garota-que-não-era-eu era real, fosse quem fosse.

Gabriel puxou o chicote de volta, como se tentasse arrastá-la em direção às barras. Contudo, as farpas de Azazel não se fixaram, e a tira de partículas se retorceu através das barras, disparando pelo túnel.

Gabriel bateu com as mãos contra a parede.

— Nós a perdemos.

— Que droga era *aquela*? — perguntou Sacerdote.

Eu já estava tentando descobrir por conta própria.

Meus olhos voaram para a parede atrás de Andras. Cada centímetro continuava coberto de escrita e símbolos; alguns novos se sobrepunham a símbolos de proteção e amarração que já estavam na cela quando o demônio fora preso ali.

Dimitri vinha rastreando a escrita dele. Parecera aleatória, como os rabiscos de um louco.

No entanto, conforme analisei a parede com mais cuidado, algo pareceu diferente naquela noite. Atrás do símbolo e do sádico padrão de Scrabble que Andras criara com o nome das garotas mortas, outra imagem me chamou atenção, clara como se eu mesma tivesse desenhado.

Um círculo de convocação da *Goetia*, um grimório do século XVII, que fornecia instruções para convocar e comandar demônios.

Andras usara a circunferência de um símbolo existente para escondê-lo, aninhando sua caligrafia incompreensível às linhas negras do desenho.

As letras, que antes significavam tão pouco, criavam uma mensagem oculta. Um nome fora escrito várias vezes dentro dele.

Bastiel.

Como fez isso sem percebermos?

Pressionei o botão de rebobinar, então minha mente buscou fotos mentais da parede, separando as camadas de imagens gravadas.

Camada um: o dia em que Alara partira para procurar o Engenho...

Estranhos símbolos alquímicos desenhados em sequências repetidas sobre os nomes das garotas mortas...

Camada dois: a noite anterior, quando Andras revelara o segredo de Jared para todos e Elle havia ficado com ciúmes ao ver Lukas me abraçando...

Os círculos internos e o nome *Bastiel* escrito sete vezes, com as letras escondidas entre outras palavras...

Camada três: hoje...

O círculo externo e os caracteres recurvados de uma língua esquecida...

— Sei o que ele fez — falei. — Ele desenhou um círculo de convocação usando os símbolos que já existiam na cela. Está escondido sob um monte de caracteres sem significado que não reconheço. Andras convocou outro demônio: Bastiel.

Ele urrou como um animal, contraindo os músculos dos braços.

— Ela será minha vingança e fará chover destruição sobre todos vocês. — O demônio fechou os punhos, forçando a corrente presa aos grilhões.

O ferro estalou, e os elos caíram no chão.

Gabriel me empurrou para trás de si, embora Andras ainda estivesse trancado na cela.

— Não sei como descobriu isso, mas bom trabalho. — Gabriel segurava Azazel, sussurrando:

— Dos ossos de meus inimigos e do sangue de meus aliados,
Das barganhas com diabos e tréguas com anjos,
Com a promessa de minha alma,
Eu os conclamo a se unir.

O chicote empinou e se lançou no ar, ondulando e retorcendo. Azazel estalou contra as costas do demônio. Andras gritou, mas já estava mais forte e se recuperou com rapidez.
Ele olhou para Gabriel.
— Faz promessas que não pode cumprir, Gabriel. E, por isso, não vou colher sua alma. Vou torná-lo meu escravo.
Dimitri correu pelo túnel com os braços carregados de livros, seguido por Lukas, Alara e Elle. Ele deslizou um livro pesado pelo chão para Sacerdote.
— O *Rituale Romanum*. Rápido.
O Exorcismo.
— As páginas estão marcadas — gritou ele. — Leia.
Sacerdote abriu o livro em segundos, então ele e Alara começaram a ler. Dimitri e eu fomos os únicos mais rápidos, já tendo decorado o exorcismo.

— Eu o expulso, espírito imundo,
Assim como todo o poder satânico do inimigo,
Todo espectro do inferno, e todos seus
companheiros decaídos.
Em nome de nosso Senhor.

Lukas e Elle se juntaram a nós. A voz de Elle tremia tanto que eu mal conseguia entendê-la.

— Vá embora. E fique longe desta criatura de Deus.
Pois é Ele quem o comanda,
Ele quem o jogou de cabeça das alturas do céu para as profundezas do inferno.

"Ele quem o comanda,
Ele quem já imobilizou o mar, o vento e a tempestade.
Portanto, escute com atenção, e trema de medo."

Gabriel estalou o chicote outra vez, e Azazel serpenteou através das barras, perfurando a pele de Andras. O demônio gritou, mas não caiu. Em vez disso, fixou o olhar em mim, e senti uma onda de energia me atingir. Uma sensação pesada se espalhou por meus membros, paralisando-me.

— Kennedy? — Dimitri me chamou, mas não consegui responder. Meus músculos tinham parado de funcionar, o peso dos braços e das pernas fora substituído pelas agulhadas da dormência.

Meu corpo se ergueu do chão. O silêncio me cercou, isolando-me dentro dele. Mãos tentaram me alcançar. Os outros chamavam, sem som. Fiquei com os braços esticados nas laterais do corpo e o teto dilapidado acima de mim.

As farpas de Azazel estalavam no ar, mas eu não conseguia ouvir os minúsculos ossos de demônio uivando. O chicote pegou Andras, batendo-o contra as barras.

Continuei a subir.

A porta de metal se abriu no final do túnel, e alguém apareceu sob a luz fraca.

Um homem carregava um livro aberto, maior que qualquer dos volumes com os quais Dimitri descera. Seus lábios se moviam enquanto os olhos corriam de Andras para o livro, depois finalmente para mim.

Aqueles olhos.

O chicote estalou outra vez, projetando as vértebras e garras no ar ao redor. Desta vez, ouvi os ossos guincharem.

Andras gritou. Eu não sabia se era por causa do ataque de Azazel, do exorcismo do *Rituale Romanum,* que meus amigos ainda entoavam, ou das palavras que o desconhecido lia.

Eu estava caindo...

Ar e luz. Sons e gritos.

Meu corpo caiu nos braços de alguém, e Sacerdote olhou para mim.

Gabriel colocara Andras contra a parede, acorrentando suas mãos enquanto o demônio se debatia. Azazel estava enrolado nele, pulsando como um coração a cada vez que ele lutava contra as farpas.

Alara entrou na cela, jogando punhados de cinza sobre o corpo molhado de Andras. Dimitri ficou no meio do túnel de costas para mim, olhando para o sujeito que se aproximava de nós.

Barbeado, usando jeans e uma jaqueta rústica de lona, ele podia ser qualquer pessoa. Contudo, no momento em que os olhos verdes encontraram os meus, eu soube exatamente quem era.

Meu pai.

32. DIARIO DI DEMONI

— Fiquem longe dele — gritei. — Bastiel pode ter se metamorfoseado de novo.

Eu me lembrei dos ciúmes de Elle ao me ver conversando com Lukas e da noite em que a encontrei lendo o livro sobre convocação de demônios. Quando mencionei o tomo no dia seguinte, ela agiu como se não soubesse do que eu estava falando.

Porque não sabia.

Os olhos de Dimitri se estreitaram.

— Não é Bastiel. Um demônio não pode tocar o *Diario di Demoni*.

O desgastado livro de capa de couro que meu pai segurava era o diário dos exorcistas do Vaticano, a única coisa que os membros originais da Legião haviam levado na noite da fuga. Ele o segurou diante de si e recitou as palavras. Estava diferente do que eu me lembrava, esgotado de um jeito que não tinha nada a ver com a idade.

— Eu exorcizo vocês, espíritos ímpios,
servos das trevas,
legiões infernais do Labirinto.

"Guerreiros celestiais, protetores da luz,
libertem-nos desta sombra;
destruam esta ilusão profana.

"Eu conclamo Gabriel, Rafael, Miguel,
e seus soldados celestiais.
As trevas tremem diante de vocês."

Andras se retorceu e sacudiu, como se as palavras fossem mais dolorosas que as farpas de Azazel. Seu corpo oscilou para o lado, caindo no chão.

Dimitri correu para prender os grilhões nos pulsos dele, que ainda estava com o chicote enrolado no pescoço. Mas o demônio não se moveu. O peito subia e descia, a única indicação de que ainda estava vivo.

Meu pai fechou o livro sem dizer uma palavra.

Quando Dimitri soltou a corrente no chão da cela, ambos nos sobressaltamos.

— Alex. Você é a última pessoa que eu esperava ver aqui.

Meu pai se virou para ele.

— E você é a penúltima pessoa que queria ver. — Os olhos dele recaíram sobre Gabriel. — Mas a julgar pelo que acabei de testemunhar, vocês dois não são capazes de consertar a bagunça que fizeram, pelo menos não sem ajuda.

Dimitri tirou um Dunhill do bolso.

— O demônio é problema da Legião, não nosso.

— Eu sou a culpada — falei, com o coração disparado. — É por minha causa que Andras está livre.

Uma ruga de preocupação se formou entre os olhos profundos de meu pai.

— Você não deveria estar envolvida em nada disso, Kennedy.

Um calafrio percorreu minha espinha quando ele disse meu nome.

Meu pai virou as costas, então se juntou a Gabriel e Dimitri dentro da cela, contornando-os como se estivessem infectados por um vírus letal.

— Presumo que esse seja Andras, o demônio responsável por matar minha irmã. — Ele apoiou a bota contra a lateral do tronco de Jared e virou seu corpo. — Não sabia que os Illuminati mantinham demônios como animais de estimação hoje em dia. É a única razão para explicar por que ele ainda está vivo.

— Estávamos tentando salvar meu irmão — disse Lukas, do lado de fora da cela. — E eles estão nos ajudando.

Quando meu pai viu Lukas, uma expressão perturbada cruzou seu rosto.

— É uma situação delicada. — Dimitri jogou o cigarro contra a parede, aproximando-se. — Que ficou ainda mais complicada antes de você aparecer.

— Há um segundo demônio — explicou Gabriel.

Meu pai se virou ao ouvir a voz dele.

— Gabriel Archer. Achei que tinha voltado para sua toca depois da última vez que o vi.

Gabriel se enrijeceu e baixou os olhos.

— Se eu descobrir que teve algo a ver com a morte de Faith depois do que fez com ela, juro que mato você com essa sua aberração.

Gabriel Archer.

— Foi você que espionou minha tia? Que a usou e partiu seu coração? — Esperei Gabriel negar.

— Sua mãe e eu nos misturamos às pessoas erradas, Kennedy. — Ele ergueu os olhos para encontrar os meus. — Achamos que estávamos fazendo a coisa certa.

— Cale a boca. — Meu pai apontou para ele. — Não fale com ela. Quando isto terminar, vou enterrar você.

— Como nos encontrou? — perguntou Sacerdote.

— Urso. — Meu pai disse o nome do dobermann, que trotou até ele e se sentou a seus pés. — Ele tem um chip. Fui ver como Faith estava, e encontrei o túmulo. — Ele engoliu em seco. — Ao me dar conta de que ela havia morrido e ver aquela gosma pelas paredes do quarto, rastreei Urso até aqui.

— Qual é o raio do GPS? — indagou Sacerdote. — Em quilômetros quadrados.

Alara lhe deu uma cotovelada.

— Ai. — Ele esfregou o braço. — Foi uma pergunta científica.

Meu pai o ignorou e encarou Dimitri.

— Está falando sério? Há outro demônio? Quer explicar como os super-heróis deixaram isso acontecer?

Apontei para o círculo de convocação escondido dentro da escrita e dos símbolos na parede.

— Andras a convocou, escondendo o círculo nos desenhos.

— O que significa que o portão está ao menos parcialmente aberto — disse Dimitri.

— Bom trabalho. — A voz de meu pai estava carregada de desprezo. — Onde está o outro demônio agora?

— Ela se transformou em pó, ou em algum tipo de partícula, e foi embora — falou Sacerdote, passando os olhos por cada um de nós. — Quero dizer, parece que fez isso. Mas é um metamorfo, então pode ser qualquer um de nós.

Meu pai tirou uma cruz de madeira entalhada da jaqueta e a jogou para Sacerdote.

— Diga um pai-nosso... ou, bem, qualquer oração.

Sacerdote pareceu confuso.

— Pai nosso que estás no céu...

— Chega. — Meu pai apontou para Elle. — Passe a cruz para sua amiga.

Ela é minha *amiga. Algo que você saberia se não tivesse ido embora.*

Passamos a cruz de um para o outro até provar que não havia um demônio metamorfo ali, disfarçado como um de nós.

— O portão está parcialmente aberto, então qual é seu plano? — perguntou meu pai.

— Depois que descobrirmos como controlar Andras, vamos atrás do outro demônio. Mas não podemos sair enquanto ele estiver forte desse jeito. — Dimitri avaliou meu pai. — Isso significa que está dentro?

Gabriel o observava com os olhos baixos.

— Tenho escolha? — respondeu ele.

⁃ • ⁃

— Kennedy, tem um minuto? — Meu pai me alcançou quando eu estava subindo a escada da área de confinamento.

Teria tido milhares de minutos se tivesse ficado.

Parei no estéril corredor de aço. Tinha imaginado aquele momento, quando ele finalmente voltaria e me diria quanto se arrependia de ter partido e prometeria passar o resto da vida se desculpando comigo. Essas eram as fantasias que eu tinha aos 8 e aos 12 anos.

Aos 14, comecei a pensar no que diria a ele. Que jeito encontraria de destruí-lo emocionalmente, como ele havia me destruído.

Apenas quando o vira parado do outro lado do túnel que outra coisa me ocorreu, algo que podia me causar mais dor ainda.

E se eu jogasse sobre ele todos os pensamentos odiosos que havia guardado e meu pai não ligasse?

— Não sei o que sua mãe contou... — começou ele.

— Não me contou nada. Decorei o bilhete que você deixou, embora ainda não soubesse ler. — Todo o sofrimento que eu tinha guardado dentro de mim por tanto tempo se despejou. — Minha mãe não quis me contar o que estrava escrito. Depois que você foi embora, ela passou anos chorando antes de dormir.

— Não foi culpa sua. — Os olhos esmeralda eram ainda mais verdes do que eu me lembrava.

— Não foi o que pensei quando tive idade para entender o que estava escrito. — Visualizei a folha de papel pautado, rasgada no canto.

Elizabeth,

Você foi a primeira mulher que amei, e sei que será a última. Mas não posso ficar. Tudo o que sempre quis para nós — e para Kennedy — foi uma vida normal. Acho que ambos sabemos que isso é impossível.

Alex

— "Tudo o que sempre quis para nós, e para Kennedy, foi uma vida normal. Acho que ambos sabemos que isso é impossível." Qual parte não parece ser sobre mim? — perguntei.

Meu pai passou uma das mãos pelo cabelo grisalho.

— Quando descobri sobre sua mãe, precisei ir embora. Faith não sabia como se proteger. Não sei quanto ela contou para você, mas os Illuminati a perseguiram durante anos.

— Dimitri e Gabriel? — Eu precisava saber.

— Não. Mas Gabriel já a tinha arruinado. Faith nunca confiou em ninguém além de mim depois do que aconteceu. Ela era minha irmã mais nova, e nossos pais estavam mortos. Era minha responsabilidade protegê-la.

— E quanto à responsabilidade com sua filha? — pressionei.

Ele se apoiou à parede, curvando os ombros.

— Eu não podia tirá-la de sua mãe. Você teria me odiado, e ela a amava. Nunca teria feito nada para magoar você.

Meu pai enfiou a mão no bolso e estendeu uma pilha de fotos.

— Mas me certifiquei de que você estava bem.

Ele abriu as fotos em leque, e minha infância se revelou como um baralho: sentada no escorregador de maria-chiquinha e jardineira OshKosh; usando a fantasia de Halloween de Chapeuzinho Vermelho do segundo ano, com o lobo de pelúcia que minha mãe costurara sobre o ombro; com Elle comendo sorvete de casquinha em frente à Baskin-Robbins a um quarteirão de nossa escola; e no ano anterior, levando uma tela à feira de artes, vestindo um macacão largo, a bochecha suja de carvão.

Havia pelo menos mais uma dúzia.

— Você tirou todas elas? — Eu não conseguia desgrudar os olhos das fotos.

— Sempre fiquei de olho, Kennedy. Mas não queria colocar você ou Faith em perigo. A Ordem a sequestrou uma vez. Queriam informações sobre as pinturas dela. Faith tinha o que chamam de sonhos proféticos, e pintava suas visões do futuro.

Pensei na entrada do diário de Faith que previa meu nascimento e me chamava de pomba branca.

— Ela me contou sobre o sequestro.

Ele me lançou um olhar incrédulo.

— Agora você é o quinto membro da Legião? — Por mais que odiasse perguntar, eu precisava ter certeza.

Meu pai recolocou as fotos no bolso.

— Infelizmente, sim.

Fechei os olhos e assenti, tentando engolir o nó na garganta.

— Acho que nunca serei uma pomba negra, no fim das contas. Ainda bem que não corri para fazer a tatuagem.

— Faith dizia que as pombas negras lutam as batalhas que precisam ser lutadas, mas a pomba branca as finaliza e nos liberta. Se serve de consolo, ela sempre disse que você era nossa pomba branca.

Aquilo não valia nada vindo dele. Obviamente, meu pai não sabia que eu tinha lido a entrada do diário de Faith. Era nela que eu acreditava.

— Isso não o impediu de partir. — Meu tom foi cruel e frio, mas ele merecia cada palavra.

— Espero que consiga me perdoar um dia. Eu sempre a amei.

Isso é muito pouco e tarde demais.

— Talvez um dia eu perdoe, mas não vai ser hoje. — Passei por meu pai, deixando todos os aniversários e Natais, todas as noites em que tive medo e ele não estava lá reconstruírem os muros a meu redor, promessa quebrada por promessa quebrada.

E nunca vou esquecer.

33. SERPENTE DE OSSOS

— Posso tocar em um dos ossos? — perguntou Sacerdote.

Estávamos no ateneu, examinando Azazel.

Gabriel estalou o chicote contra o chão, e os ossos se desenrolaram, ondulando-se para a frente, como o rabo de um dragão.

— Cuidado. Ossos de demônio são quase tão imprevisíveis quanto os próprios demônios.

Urso corria de um lado para o outro diante do chicote, como se não soubesse o que pensar dele.

Sacerdote cutucou uma garra com o dedo, e o osso se retraiu, aproximando-se da garra curva atrás.

Depois de quatro horas de sono, para aqueles que conseguiram dormir, acordei todo mundo. Não tínhamos tempo para descansar até descobrirmos como salvar Jared.

— Acho que estamos lidando com isso da forma errada. — Sacerdote se levantou e começou a andar de um lado para o outro. — Andras está tão forte que praticamente toma banho de água benta. Seu chicote é uma das únicas coisas que o enfraquecem.

— Prossiga. — Gabriel se sentou na ponta da mesa, escutando.

Eu não conseguia suportar olhar para ele, sabendo que traíra Faith.

— E se existisse um jeito de expor Andras ao poder de Azazel constantemente? Será que isso o enfraqueceria o bastante para nos dar um pouco mais de tempo? — perguntou Sacerdote.

Gabriel enrolou os ossos em torno do braço.

— Em teoria. Mas um chicote demoníaco só pode ser comandado por seu criador.

— Alara, pode me emprestar o pilot preto um minuto? — pediu Sacerdote.

Pouco tempo antes, eu também andava com um, porém não precisava mais.

Ela o entregou e o observou fazer um desenho na parte de trás de um recibo antigo.

— Isso é um colar? — perguntei.

— Não. — Ele balançou a cabeça. — É uma coleira.

Todos se amontoaram em volta para ver melhor.

— Azazel precisa de um dono porque, por natureza, um chicote deve ser empunhado — explicou Sacerdote. — Com uma coleira, basta que alguém a use.

Lukas assentiu.

— Alguém que a coleira vai enfraquecer.

— Onde arranjamos um monte de ossos de demônio? — perguntou Elle.

Meus olhos correram para a serpente de ossos marfim enrolada no braço de Gabriel. Meu pai, que estava apoiado a uma das estantes envidraçadas, foi em sua direção. Ele era a única pessoa para quem eu odiava olhar mais que Gabriel.

— Toda esta conversa é insana, sem falar perigosa. — Ele se voltou para Gabriel. — Não sei nem como você criou essa monstruosidade, mas não vai envolver esses garotos em seu projeto Frankenstein.

— Ninguém pediu sua opinião — disparei.

Sacerdote cruzou os braços, enfrentando meu pai.

— Na verdade, o projeto é meu.

Ele o ignorou.

— Por mais que me doa dizer isso, concordo com Alex. — Dimitri se inclinou para a frente na poltrona, perto da múmia. — Presumindo que encontremos uma forma de desmontar Azazel e fazer uma coleira, como planejam colocá-la em Andras? Gabriel empunha o chicote a distância. Para fechar uma coleira no pescoço de um dos soldados de Lúcifer, alguém vai ter de se aproximar.

Alara brincava com seu anel de sobrancelha.

— Minha avó me contava histórias de sua infância no Haiti, onde os bokors de seu vilarejo usavam uma coisa chamada *coup de poudre* para transformar pessoas em zumbis.

— Zumbis? — Sacerdote ergueu uma das sobrancelhas.

— Ouçam — continuou ela. — Era feito de veneno de baiacu e causava uma paralisia temporária tão severa que diminuía os batimentos cardíacos da pessoa. E se o usássemos para neutralizar Andras por tempo suficiente para colocar a coleira?

— Por favor, diga que não fica andando por aí com veneno de peixe — disse Elle, examinando as cabeças cortadas de bonecas na estante.

— Posso comprar em uma loja de vodu. — Ela olhou para Gabriel e Dimitri. — Ou um de vocês pode subornar um restaurante japonês chique e comprar um pouco.

Eles se entreolharam.

— A preparação pode não paralisar Andras, mas deve sedá-lo se usarmos o bastante — comentou Dimitri.

— Parem. — Meu pai ergueu a mão. — Coleiras para demônios, zumbis? Isso parece racional para vocês?

Atirei uma bala de sal nas prateleiras, e ela explodiu, salpicando cristais brancos como neve pelo ar.

— Jared não tem tempo para racionalidade.

A expressão dele se amenizou.

— Sei que acha que está apaixonada por esse garoto, mas não vale a pena arriscar sua vida por ele.

Alara e Elle olharam para meu pai em choque. No pouco tempo em que Alara e eu nos conhecíamos, ela me entendia melhor que meu próprio pai. Até Gabriel mudou de posição, desconfortável, como se pressentisse o rompante de raiva que viria.

— Você não tem a *menor* ideia do que acho porque não sabe nada sobre mim.

— Kennedy... — começou ele.

— Sabe como conheci Jared e Lukas? Eles me salvaram de um espírito vingativo que tentou me sufocar. Onde você estava?

— É complicado.

— Deixe para lá. Não estou interessada. — Balancei a cabeça, enojada. — Mas não apareça aqui agora, tentando fazer o papel de pai preocupado. É tarde demais.

Ele desviou os olhos.

— Ainda temos o problema dos ossos. — Dimitri se levantou da cadeira. — Gabriel nunca desmontaria Azazel depois do que foi preciso para adquirir os ossos e criá-lo.

Os olhos de Gabriel dispararam do chicote em sua mão para Sacerdote.

— Acha mesmo que pode dar certo?

Dimitri parecia perplexo.

— Gabriel, é um erro que pode matar todos eles. Não deixe que usem sua arma para fazer isso.

— Não sei nem se *consigo* desmontar Azazel. — Ele olhou direto para mim. — Mas vou tentar.

⚜ • ⚜

Dimitri levou Alara até Boston para encontrar uma autêntica loja de vodu. Ele não confiava em mais ninguém para fazer isso, considerando que ela já fugira de Gabriel uma vez. Somando o sobrenome que compartilhava com a avó, uma das sacerdotisas mais respeitadas da Costa Leste, e seu crioulo haitiano impecável, Alara levou menos de três horas para encontrar o veneno de que precisávamos.

A função de Sacerdote e Gabriel se mostrou mais difícil. Azazel não queria ser desmontado. O próprio Gabriel precisou separar os ossos com instrumentos cirúrgicos enquanto os ouvíamos guinchar.

Ao terminar, a coleira marfim parecia algo que um guerreiro tribal usaria em batalha. Vértebras, dentes e garras alinhavam-se em um padrão irregular, e Gabriel fundira dois ossos interligados da espinha para formar um fecho.

Após retornar com Dimitri, Alara ficou horas preparando o soro. Depois passamos mais uma eternidade revendo o plano várias vezes. Quando descemos a escada para a área de confinamento, estava na hora do jantar.

Pássaros batiam contra o telhado, e o som dos corpos se chocando contra o prédio me causava arrepios.

Os refletores portáteis de construção tinham entrado em curto, e uma fina camada de gelo cobria as paredes. As pontas de meus dedos arderam conforme as arrastei pela pedra gelada para me guiar.

A voz de Jared flutuava em nossa direção, preenchendo o túnel com "Cry Little Sister", em uma canção de ninar sinistra. Quando chegamos à porta da cela, ele parou de cantar.

— É você, Gabriel? Sinto o cheiro das cinzas em seu corpo. E do medo.

Gabriel segurou a coleira de ossos marfim, com o que restava de Azazel pendurado nas costas.

— Não temo homem ou besta, Andras. Apenas Deus.

O demônio riu.

— Deus? O que sabe sobre Deus? Você é um homem destinado a passar a eternidade no Labirinto. Devia me agradecer por abrir os portões.

Sacerdote e Alara trabalhavam rapidamente, posicionando os projetores.

— Os portões ainda não estão abertos — retrucou Gabriel.

— Pronto — sussurrou Sacerdote.

Água espirrou dentro da cela, e Andras riu.

— Despejar água benta pela grade do teto? As coisas estão difíceis para você, Gabriel. Mas estou com sede.

Por favor, isso precisa funcionar.

Ouvi enquanto ele bebia. Como saberíamos se tinha consumido água com veneno suficiente? E se não tivesse o mesmo efeito em um demônio?

Alara deu um tapinha em minha perna, avisando-me para ficar pronta.

Um. Dois. Três.

Ligamos nossos projetores quase ao mesmo tempo.

Andras ouviu o zumbido das máquinas e andou pela cela.

— O que está tramando aí, Campeão de Deus? Trouxe sua Legião e seu exorcista? Quero que estejam aqui quando eu me libertar destas correntes e rasgar sua garganta.

Urso rosnou.

Sacerdote ligou a lanterna de luz negra que segurava, o que fez as fibras brancas de sua calça jeans brilharem. Ele ficou diante das barras com a lanterna contra o peito. Quando o feixe fluorescente atingiu as paredes, quatro símbolos se revelaram como os pontos de uma bússola. A Parede, a Armadilha do Diabo, o Olho da Eternidade e o mais recente acréscimo a nosso arsenal: um símbolo sinuoso a que Dimitri se referia como a Escada do Diabo, criado para confundir demônios.

Alara assentiu para mim.

— Agora.

Visualizei a invocação mentalmente, com a clareza que teria se os versos estivessem escritos em uma página, e os recitei com Alara.

— Das profundezas do desespero e do além, reivindique o desalmado entre nós e leve-o embora.

— Seu feitiço não pode me controlar, garota idiota — grunhiu Andras.

Nós não paramos.

— Por sangue, oração e batalha pedimos, pois as Trevas se lembram de seu nome.

Andras teve um ataque de fúria, andando de um jeito maníaco em um momento e lançando suas correntes contra os símbolos brilhantes no outro.

Ao recitarmos os versos pela segunda vez, o demônio cambaleou.

— Está funcionando — sussurrou Elle.

Seus movimentos foram ficando lentos conforme o veneno fazia efeito.

— O que está fazendo, bruxa? — gritou ele, tentando alcançar a parede para se apoiar.

Dimitri fez um sinal para Lukas, e os dois se juntaram a Sacerdote diante da cela. Dimitri mantinha um livro de couro folheado aberto para os três lerem um conjunto de exorcismos que não fazia parte do *Rituale Romanum*.

Então parta, transgressor.
Parta, sedutor, poço de mentiras e astúcia.
Inimigo da virtude, perseguidor dos inocentes.
Retire-se, criatura abominável,
Desista, monstro.

A espinha de Andras se sacudiu. Então ele congelou; os membros ficaram imóveis. Gabriel destrancou a cela e entrou, segurando a coleira feita a partir de Azazel. Andras fixou os olhos negros na porta, que bateu atrás de Gabriel.

— Afastem-se — gritou Dimitri. — Ele ainda está forte demais. — Virando-se para meu pai, disse: — Alex, use o *Diario di Demoni* para exorcizá-lo.

Meu pai balançou a cabeça.

— Não vai funcionar.

— Não precisa exorcizá-lo completamente — respondeu Dimitri. — Só enfraquecê-lo o bastante para Gabriel colocar a coleira.

— Farei o melhor que puder. — Meu pai folheou o livro até encontrar a página certa, depois começou a ler.

— Eu invoco o poder da luz.
Recupere essa alma aflita
das terríveis garras do Labirinto.
Retire essa alma atormentada da perdição,
liberte-a do aprisionamento;
devolva-a à segurança de suas asas.

Dimitri, Sacerdote e Lukas continuaram os exorcismos do *Rituale Romanum*, sobrepondo as vozes à de meu pai.

A coluna de Andras se enrijeceu, e os olhos se arregalaram de choque. Um vulto cinzento opaco ergueu-se sobre o corpo imóvel de Jared enquanto seus membros continuavam paralisados. Apenas o vulto — que pairava parcialmente dentro do corpo — se movia.

Ele tinha indistintos braços cinzentos e o torso de um homem, mas exibia a mandíbula estendida, o focinho longo e os olhos negros pertencentes a um animal.

Andras, em sua verdadeira forma.

— Agora! — gritou Dimitri.

Gabriel lançou-se para a frente, segurando os ossos uivantes de demônio. Andras rosnou quando ele ergueu a coleira. Os ossos se retraíram, afastando-se da garganta do demônio.

— Não consigo colocar. — Gabriel se atrapalhou com o objeto.

Sem pensar, corri para dentro da cela.

— Saia daqui, Kennedy.

— Me dê o outro lado. — Estendi a mão para a coleira, ignorando-o. — Precisamos colocá-la agora.

Os ossos gritaram, e o som penetrou meus tímpanos.

— Não querem se ligar a ele. — Gabriel se esforçava para manter seu lado da coleira aberto. — É como outra morte.

Lutei contra as vértebras enquanto as bordas pontiagudas cortavam minhas mãos.

Outra morte.

Talvez houvesse algo pior que se ligar a um demônio. Limpei as cinzas de meu rosto e as espalhei sobre os ossos, cobrindo-os com as cinzas de outros demônios mortos.

Os ossos guincharam e se afastaram de mim, aproximando-se das mãos de Gabriel, que forçou as extremidades contra a nuca de Jared. No momento em que as fechou, os ossos pararam de se mover.

O torso indistinto do demônio deu um último espasmo antes de deslizar de volta para dentro do corpo de Jared.

Todos pararam de ler, e o túnel ficou em silêncio.

Jared caiu no chão, abrigando o demônio em algum lugar dentro de si novamente.

Gabriel me arrastou para fora da cela e trancou a porta atrás de nós.

Elle segurou meus ombros.

— Você está bem?

As luzes piscaram e se religaram.

Olhei para o corpo no chão, imaginando o demônio dentro dele. Quanto tempo faltava até só restar Andras?

34. BASTIEL

Menos de uma hora antes, havíamos conseguido colocar a coleira feita com o que restara de Azazel em Jared. Agora estávamos de volta ao ateneu, discutindo outro demônio.

— A coleira está no lugar, e Bastiel já tem uma vantagem. — Dimitri revistava o conteúdo da estante envidraçada. Ele jogou um livro com capa de couro intitulado *A classificação dos demônios* em uma sacola de náilon a seus pés.

Gabriel jogou um conjunto de ferramentas de extração dentária em uma segunda sacola.

— Se ela se fortalecer o suficiente para convocar outro demônio, vão começar a se multiplicar como ratos. Precisamos rastrear anomalias climáticas e crimes incomuns para tentar encontrá-la.

— Quando vão partir? — Meu pai não havia tirado os olhos de Gabriel ou Dimitri desde que deixáramos a área de confinamento.

— Desculpe pela decepção, Waters — disse Gabriel. — Mas um de nós fica.

— Posso lidar com a situação aqui — afirmou ele.

Gabriel entregou a Dimitri frascos cheios de pós e limalha de metal.

— Espera que confiemos o destino do mundo a você?

— Confiar? — Meu pai riu. — É uma palavra forte demais para você, Gabriel. Não sei se deveria usá-la.

— Chega. — Dimitri olhou com ódio para os dois e fechou o zíper da sacola. — Confiança é algo que se conquista, Alex. E você não conquistou a minha. Gabriel fica. Se essa ideia é desconfortável demais para você, sinta-se livre para vir comigo.

— Não vou deixar Kennedy com ele. — Meu pai olhou Gabriel com aversão.

— Por que não? — disparei. — Me deixou sozinha em uma casa com um poltergeist depois que minha mãe morreu. Tenho certeza de que Gabriel não pode ser pior.

— Ele traiu minha irmã.

Meu pai não se dava conta da hipocrisia.

— E você abandonou sua filha — retruquei.

— Vou com Dimitri. — Sacerdote foi em sua direção.

Lukas largou a mão de Elle e segurou o braço de Sacerdote.

— Do que está falando?

Ele se soltou.

— Andras está com uma coleira. Não tem necessidade de sete babás. Temos de encontrar Bastiel e o Engenho. Dimitri vai precisar de ajuda.

Lukas olhou para mim. Ambos sabíamos que a decisão de Sacerdote não se baseava apenas na lógica.

Desde a noite em que havia descoberto como Andras realmente localizara nossos familiares, andava distante. Não conseguia superar o erro de Jared, ou o fato de que Lukas e eu o tínhamos mantido em segredo.

— Acho que nós seis devemos ficar juntos — argumentou Lukas.

— Entendido. — Sacerdote pegou uma das sacolas de Dimitri, ignorando Lukas.

Alara se levantou do chão, onde estava sentada, e Urso a seguiu.

— Vou com eles.

Dimitri fechou a estante.

— Peguem suas coisas. Partimos em trinta minutos.

Sacerdote saiu antes que qualquer um de nós tivesse a chance de alcançá-lo, mas Alara me esperou no corredor.

— Você vai porque não contei sobre a lista? — perguntei.

— Eu me juntei à Legião e deixei minha avó para proteger minha irmã. Agora vou partir com os Illuminati por outra pessoa que amo. Não posso deixar Sacerdote ir sozinho.

— Ele nunca vai nos perdoar, não é? — Engoli em seco, mas o nó na garganta não se moveu.

— Nunca é tempo demais.

— Sinto muito, Alara. Se eu pudesse voltar atrás...

Ela tocou a medalha que me dera em meu pescoço.

— Você me faz lembrar Maya. Eu já disse isso?

Balancei a cabeça.

— Ela acredita nas pessoas assim como você... 150 por cento. Tudo ou nada. É o que mais gosto nela. Isso e o cabelo cacheado maravilhoso, que você *não* tem. Mas você é mais forte que minha irmã e que eu. Prometa não se esquecer disso quando eu não estiver aqui para fazê-la se lembrar.

— Vou tentar. — Joguei os braços nela.

— É isso o que as pessoas dizem quando não estão dispostas a lutar — respondeu ela.

— Estou disposta a lutar. — Eu a soltei de meu abraço sufocante.

Não estava?
Alara andou de costas pelo corredor, observando-me.
— Prove.

⁘ • ⁘

Sacerdote estava ao lado da porta do armazém com o moletom laranja, um novo par de fones de ouvido no pescoço e uma sacola a seus pés. Alara estava perto de Dimitri, usando seu delineador preto como pintura de guerra.

Dimitri equilibrava um cigarro entre os lábios enquanto conversava em voz baixa com Gabriel.

— Não posso ficar — disse Sacerdote finalmente.

Assenti quando aquele aperto familiar se espalhou por meu peito.

— Eu deveria ter contado.

— Você já disse isso. — Ele olhava para todo canto, menos para mim. — O que passou, passou. Não tem volta.

— Às vezes seguir em frente muda o que ficou para trás.

Ele alternou seu peso, evitando me encarar.

— Talvez. Não sei.

Aproximei-me rapidamente e o abracei.

— Eu sei.

Ele passou um braço relutante ao meu redor.

— Cuide-se — falei, antes de soltá-lo.

Dimitri e Alara apareceram atrás de mim, seguidos por Lukas, Elle e meu pai, que, para seu crédito, manteve distância. Eu não estava pronta para perdoá-lo, mas ele era o quinto membro da Legião, então ia ficar, quer eu gostasse ou não.

Alara me puxou, junto a Elle, para um abraço coletivo.

— Arrasem enquanto eu estiver fora. — Eu assenti, e Elle fungou. Alara deu um passo para trás conforme um sorriso malicioso repuxava os cantos de sua boca. — Alguém está triste por me ver partir?

Elle balançou a mão no ar, descartando a ideia.

— Nem um pouco. Estou com alergia.

Alara empurrou o braço de Lukas de brincadeira e olhou para Elle.

— Cuide dele também.

Dimitri colocou a sacola de suprimentos sobre o ombro, depois apalpou os bolsos do longo casaco em busca dos cigarros que provavelmente iam matá-lo.

— Cuidem uns dos outros. Voltaremos assim que for possível. Se tivermos sorte, com um demônio metamorfo, ou o que restar dela.

Dei a mão para Elle quando eles saíram pela porta, perguntando-me se um dia os veria de novo.

⁃ • ⁃

Sentei-me no chão sob as estrelas do céu pintado do ateneu. Não conseguia suportar ver Sacerdote e Alara partindo. Urso apoiou a cabeça em meu colo, ganindo, como se soubesse que tudo tinha mudado. Livros abertos se espalhavam pelo chão ao redor, nenhum deles tinha qualquer resposta.

— Imaginei que você estaria aqui. — Lukas fechou a pesada porta de madeira atrás de si.

— Não sabia que eu era tão previsível.

Ele se apoiou à parede, fazendo a moeda prateada voar entre os dedos. Uma profunda ruga se formava entre as sobrancelhas de tanto franzir a testa.

— É Sacerdote? — perguntei.

— O que tem ele? — Lukas começou a andar de um lado para o outro.

— O que está incomodando você? — Apontei para a mão dele. — Porque, se rolar esse negócio mais rápido, vai perder um dedo.

Lukas pegou a moeda, prendendo-a dentro do punho.

— Está tão óbvio assim?

— Você seria horrível no pôquer. — Abracei as pernas contra o peito. — É fácil demais saber quando está mentindo.

As rugas de preocupação de seu rosto se aprofundaram.

— Preciso contar uma coisa para você.

Pela primeira vez, notei como as olheiras dele tinham escurecido.

— Tudo bem.

Lukas enfiou as mãos nos bolsos como Jared sempre fazia quando estava nervoso.

— Jared e eu competíamos muito quando éramos crianças. Meu pai achava que era por sermos gêmeos, essa coisa de lutar por formar uma identidade individual e toda essa bobagem, mas não era. — Ele analisou o credo escrito no chão entre nós. — Jared era o preferido de meu pai, e todo mundo sabia disso, inclusive eu.

— Talvez fosse só impressão. — Era um comentário idiota. Eu tinha passado tempo suficiente na casa de Elle para ver como alguns pais favorecem um filho, e como disfarçam mal.

— Meu pai nunca perdia uma oportunidade de destacar as semelhanças entre Jared e ele. Os dois gostavam de cobertura, mas não de bolo, davam socos do mesmo jeito, tinham a mesma pontuação no estande de tiro. Jared minimizava aquilo, mas, mesmo assim, eu queria provar que era melhor que ele: mais forte, mais rápido, mais inteligente, não importava. — Lukas esfregou o rosto com as mãos. — Então, quando descobri que Jared estava procurando os outros membros da Legião, achei que era a forma perfeita de estragar sua imagem.

— Está dizendo que sabia?

Ele assentiu.

— Mas não achei que Jared estava colocando ninguém em perigo. Juro. Para nosso pai, as coisas eram certas ou erradas; não existia meio-termo. Ele fazia tudo conforme as regras, sem exceções. Tanto meu irmão quanto eu achávamos que tudo aquilo sobre os membros da Legião não poderem se encontrar era só o jeito cauteloso de meu pai, especialmente porque ele trabalhava com meu tio e jamais tinha acontecido nada de ruim. Eu queria que Jared cavasse o próprio túmulo com meu pai, só isso. Nunca pensei que alguém ia sair ferido.

Andras usara a lista para matar o pai e o tio deles... e a avó de Alara, o avô de Sacerdote e minha mãe. Jared se odiava por isso.

Eu me levantei com as pernas parecendo borracha.

— Você sabia o quanto ele se sentia culpado, sabia que aquilo o estava destruindo e não disse nada.

— Eu teria impedido se soubesse o que ia acontecer. — Lukas pressionou a base da palma das mãos contra a testa.

— Sacerdote foi embora morrendo de raiva dele.

— Eu sei — sussurrou ele. — Se pudesse voltar atrás...

— Você não pode.

Lukas fixou os olhos no chão.

— Vou dar um jeito de consertar isso, juro. Mas não vai fazer diferença, a não ser que a gente encontre um jeito de exorcizar aquele demônio. — Sua voz oscilou, fazendo-o engolir em seco. — Jared é minha metade. De várias maneiras, a melhor parte. Não posso perder meu irmão, Kennedy.

Estendi a mão e ergui seu queixo, forçando-o a me fitar nos olhos.

— Então me ajude a salvá-lo.

35. O RECEPTÁCULO

Depois da confissão de Lukas, eu precisava ver Jared, mesmo que ele não notasse minha presença. Encontrei-o no chão, apoiado como uma boneca de trapo, enquanto os ossos de demônio ondulavam-se ao redor de seu pescoço.

Gabriel havia coberto o círculo de convocação que Andras usara para chamar Bastiel. Não restava nada além de um anel preto de tinta.

— Kennedy? — sussurrou Jared com a voz áspera.

Mantive distância, com a dolorosa consciência de quantas vezes tinha julgado mal Andras.

As pálpebras dele se agitavam enquanto lutava para manter os olhos abertos.

— Preciso dizer uma coisa. — Suas costas estavam rígidas, e ele respirou fundo.

— É a coleira? Está com dor?

Jared estremeceu, então expirou lentamente; a respiração voltou ao normal.

— Não mais que de hábito. Aconteça o que acontecer, não a tire. Prometa.

— Prometo. — Minha garganta queimou quando expulsei as palavras. — O que quer me dizer?

Eu não sabia por quanto tempo a coleira manteria Andras sob controle.

Ele me observou sob pálpebras pesadas, os olhos da cor de um céu desbotado.

— Só amei três pessoas na vida: meu pai, meu tio e Lukas. — Jared fez uma pausa. — Agora são quatro.

Ele está dizendo que me ama?

Naquele momento, não existia nada além de nós dois e do significado por trás daquelas palavras. Era como se tivessem apagado as barras entre nós. Enfiei a mão entre as grades, oferecendo-a a ele.

Jared engoliu em seco, deslocando os olhos de meu rosto para a mão estendida.

— Quero tocar em você. Só por um segundo. Mas não posso, Kennedy. Tenho medo de machucá-la. — Seus olhos pousaram em meu pescoço. — Outra vez.

— Eu confio em você.

Confio minha vida, meu corpo, minha mente... até meu coração a você.

— Não confio em mim mesmo, ou no monstro dentro de mim. — Seus olhos reluziram e desceram para minha mão. — Ele quer machucar você.

— Você *não* é ele. — Abri mais a mão. — Não é um monstro, Jared. Se for, então devo ser louca, porque estou me apai... — Parei, percebendo o que estava prestes a dizer.

Mordi o interior da bochecha e ergui o rosto para ele. Não sabia o que esperar depois de fazer uma confissão como essa, mas definitivamente não esperava a expressão em seu rosto.

Jared me observou com os lábios entreabertos e os olhos arregalados, o que eu só podia descrever como admiração.

— O que ia dizer, Kennedy? Fale. Por favor.

Ele estendeu a mão e tocou minha palma com os dedos, traçando círculos no centro com o dedo indicador, me causando arrepios.

— Eu não deveria ter dito isso. — O calor subiu para minhas bochechas.

Seu rosto ficou triste, e Jared deixou as mãos algemadas caírem diante de si.

— Porque não estava falando sério? — A tristeza na voz dele fez meu coração doer.

Levei a mão de novo até as barras, segurando o ferro frio. Ele parecia destruído.

— Não, porque era sério. — Reuni toda a coragem que ainda tinha. — E isso me assusta. Estou morrendo de medo de perder você.

Jared se aproximou da porta da cela lentamente e colocou as mãos sobre as minhas. Seus dedos se curvaram sobre as barras enquanto os meus criavam uma barreira entre sua pele e o ferro molhado.

— Só quero ouvir você dizer uma vez — sussurrou ele.

Eu o amava, mas não sabia se conseguia dizer isso em voz alta.

— Por favor. Só uma vez antes que eu morra.

Parecia que alguém tinha sugado todo o ar do ambiente.

Antes que eu morra...

Jared segurou meus pulsos e esfregou a pele macia com os polegares.

Sem aviso, o corpo se contraiu. Ele cambaleou para trás, agarrando a coleira. Os ossos guincharam, e cobri os ouvidos. Seu pescoço se sacudiu, e os olhos tinham se transformado em carvão quando os abriu.

— Seu namorado está morrendo. E você é a próxima, sua vagabunda. Quando eu abrir os portões, este mundo vai ser meu parque de diversões. Minhas legiões usarão seu corpo, como um fantoche, e me tornarei o criador de todos os seus pesadelos.

Eu não precisava que Andras desse vida a nenhum de meus pesadelos. Aquele era meu pesadelo: perder o garoto que eu amava.

E não posso nem dizer a ele.

Jared estava em algum lugar ali dentro, esperando por mim.

— Jared, ouça. Você pode combater isso.

— Há... — O corpo de Jared estremeceu e escorregou para o chão. Ele tentou me alcançar, as asas da tatuagem de pomba negra em seu braço esquerdo abrindo-se. — ... certas batalhas que não podem ser vencidas.

As coisas não iam terminar assim para nós, nem para ele.

— Mas devemos lutar mesmo assim. Mesmo assim, é preciso acreditar. Porque existe uma *chance* de vencer. E mesmo que não se vença... luta-se pelas pessoas que se ama, principalmente quando elas estão indefesas. — Respirei fundo. Eu precisava ser forte por ele. — Você consegue. Não deixe Andras vencer.

— Cale a boca, ou calarei... — O pescoço de Jared sofreu um espasmo. O breu do olhar se recolheu para dentro das pupilas, como se estivessem sugando Andras para o interior. O peito de Jared se ergueu, esforçando-se para recuperar o fôlego.

— Não tenho muito tempo. — Jared estremeceu e fechou os olhos com força. — É algo que ele não quer que vocês saibam. Um segredo.

A porta da cela chacoalhou sozinha.

Os olhos de Jared se abriram. Suas costas deslizaram parede acima enquanto o resto do corpo continuava totalmente imóvel. Tentei segurar sua perna.

Não, ele formou as palavras com a boca. O corpo continuou a subir.

— O que ele não quer que a gente saiba?

— Andras acha que vocês nunca vão descobrir. O... — De repente, a mão invisível que o levantava, soltou. Jared caiu, e a corrente agiu como uma âncora. Ele bateu com força no chão, encolhendo-se.

Então abriu os olhos e me encarou.

— A pomba branca é o Receptáculo.

36. POMBA BRANCA

Eu queria ser uma pomba negra, mas sou uma branca. Também sou o Receptáculo.
Uma jaula para um demônio.
A única pessoa capaz de conter Andras.
Eu deveria ter ficado perplexa ou apavorada, emocionalmente destruída e alterada de alguma maneira irrevogável. No entanto, uma esmagadora sensação de calma me dominou.
Sou o Receptáculo.
A única pessoa capaz de salvar Jared. Eu ainda não estava pronta para pensar no que isso acarretaria. Os versos do diário de Faith eram no mínimo enigmáticos.

O sangue de um anjo.
O osso de um demônio.
Uma sombra fugidia.
Uma pedra de dragão.
Trevas e luz, céu e inferno.
Presos no Receptáculo, travando um combate eterno.

Eu ainda não sabia o que pensar deles, mas entedia o que *significavam*: ainda havia uma chance de salvar a vida de

Jared e deter Andras. A possibilidade existia, e por ora isso era o bastante.

Era tarde demais para Faith e as 17 garotas assassinadas, assim como para todas as outras pessoas que haviam morrido por causa do demônio, incluindo nossos parentes. Eu não podia fazer o tempo voltar, mas talvez finalmente pudesse consertar as coisas.

Tirei um pedaço amassado de papel do bolso e o desdobrei com cuidado. Era o pedaço rasgado de *Lady Day*. Sua redoma continuava cortada ao meio, assim como a garota. Enquanto alisava as dobras, percebi que às vezes precisamos deixar a segurança e lutar. Às vezes, a armadura que pensávamos nos proteger na verdade é um fardo.

Lembrei-me da noite na penitenciária, quando fiquei na lama com as pernas enroladas em concertina. Depois de forçar Jared a me deixar para trás na chuva, eu fizera uma promessa silenciosa a ele: *Vou encontrar você.*

Em vez de manter o prometido, eu me perdera em uma tempestade de emoções que quase tinha me destruído. Contudo, agora precisaria de todas elas — mágoa e solidão, dor e rejeição, raiva e tristeza — para sobreviver ao que estava por vir.

A pomba branca é o Receptáculo.

Fiquei do lado de fora da porta da cela, observando o peito de Jared subir e descer. O menino que eu amava estava perdido em algum lugar dentro do corpo que compartilhava com um demônio.

Vou encontrar você.

Dessa vez eu ia manter essa promessa, não só a Jared, mas a mim mesma.

Eu era a pomba branca e encontraria um jeito de carregar as pessoas que amava. E de me libertar.

AGRADECIMENTOS

Este livro realmente precisou de uma Legião. De ouvir, planejar, segurar mãos e torcer a ler, editar, fazer a arte e guiar este livro para o mundo — estas são as pessoas que o fizeram acontecer.

Jodi Reamer, minha agente, que é muito mais que uma agente — por responder a milhões de e-mails e milhares de ligações, e resolver centenas de problemas (todos meus). Seu brilhantismo e crença inabalável nesta série — e em mim — permitiu que eu escrevesse este livro. Estou muito grata por ter você a meu lado.

Erin Stein, minha editora na Little, Brown — por sua criatividade, discernimento e paciência intermináveis. Este livro levou uma eternidade, mas você sempre me empurrou para a linha de chegada. (Tudo bem, talvez tenha me levado de cavalinho por parte do caminho).

Julie Scheina, minha editora consultora — por encontrar todas as coisas que eu poderia ter feito melhor, e me convencer de que eu *podia* fazê-las. Mil obrigadas não seriam o suficiente.

A Legião na Little, Brown Books para Jovens Leitores — Dave Caplan, por criar a maravilhosa capa; Jennifer

Corcoran, por ser um gênio publicitário; Hallie Patterson, por contar ao mundo sobre meus livros; Rachel Poloski, por toda a ajuda; Barbara Bakowski, por tolerar todas as minhas vírgulas ridículas (e consertá-las); Adrian Palacios, pelo deslumbrante conteúdo digital; Victoria Stapleton, por fazer seus autores se sentirem como astros do rock e nos dar um avatar pessoal; Melanie Chang, por liderar a investida de RP e marketing; a maravilhosa equipe de vendas da LBYR, por convencer os livreiros a se juntar à Legião; Andrew Smith, por sua energia e criatividade; e Megan Tingley, por acreditar nesta série.

Jacqui Daniels e SallyAnne McCartin, da McCartin-Daniels PR — por ter ideias originais e contar para todo mundo sobre *Imaculada* e a série Legião. Vocês não são fáceis, no melhor sentido da expressão.

Writers House, minha agência literária — por representar a mim e à Legião no mundo. Um agradecimento especial a Cecilia de la Campa, minha agente de direitos estrangeiros, por compartilhar seu entusiasmo por *Imaculada* com tantos fusos horários; e Alec Shane, por lidar com todos os meus pedidos malucos e com as armas de brinquedo. Ainda lhe devo aquela espada.

Kassie Evashevski, minha agente cinematográfica da UTA — por sua inteligência e paixão, além de sua confiança na série; e Johnny Pariseau, por seu entusiasmo e trabalho duro.

Meus editores estrangeiros — por adotarem a série A Legião. *Merci. Grazie. Danke. Obrigada...*

Chris Berens — pela arte linda e assombrosa que você criou para *Imaculada*. Seu trabalho foi entrelaçado à história de Kennedy antes de nos tornarmos amigos, mas o que sua imaginação e generosidade proporcionaram a esta série é impossível de definir. Se existe um ateneu mágico em algum lugar deste mundo, fica em seu estúdio.

Tahereh Mafi, Ransom Riggs e Holly Black — por lerem meu esboço, dando-me notas de revisão incríveis, e por me acompanharem em todas as reviravoltas do enredo. Obrigada por me ajudarem a sair da beira daqueles abismos.

Margaret Stohl, minha amiga e coautora das séries Beautiful Creatures e Dangerous Creatures — pelo interminável encorajamento e torcida.

Erin Gross — por sua genialidade nas mídias sociais, incansável ética de trabalho, assim como criatividade e honestidade inigualáveis, e por me manter sã mesmo quando estou perdendo o controle. Sobretudo, por sua amizade.

Chloe Palka — por se mudar para o outro lado do país para me ajudar a terminar este livro, por fazer centenas de horas de digitação e ditado, e pela criatividade que você proporcionou a este projeto. Você é feita de fogo e sangue.

Yvette Vasquez — por criar as playlists que me mantiveram escrevendo e que capturaram o coração do livro e dos personagens. Você é uma das minhas pessoas preferidas no mundo.

Ransom Riggs, Marie Lu e Jonathan Maberry — por oferecerem citações para *Imaculada* que realmente me tiraram o fôlego.

Robin Quick — por saber a diferença entre Illuminati, maçons e os Filhos da Liberdade, e por compartilhar seu conhecimento comigo. A pedra fundamental deste livro é para você.

Lauren Billings — por me dar uma aula de recuperação de ciências quando eu precisei.

Vania Stoyanova — pela foto da autora deste livro, que eu amo.

Lorissa Shepstone, da Being Wicked — por criar os sites mais deslumbrantes de autor e livro, e um milhão de outras coisas.

May Peterson — por traduzir minha triste tentativa de latim em algo real.

Eric Harbert e Nick Montano, advogado e gerente de marcas, e meus heróis — por serem os dois homens fora de minha família com quem sempre posso contar. Valorizo a amizade de vocês mais do que imaginam.

Alan Weinberger — por garantir que meus joelhos aguentassem a turnê e por sempre atender minhas ligações.

Leitores, bibliotecários, professores, livreiros, blogueiros e todos que apoiaram *Imaculada* — por serem a *verdadeira* Legião e meu motivo para escrever.

Mãe, pai, Celeste, John, Derek, Hannah, Alex, Hans, Sara e Erin — por seu amor, apoio e encorajamento. Vocês sempre fazem o impossível parecer possível.

Alex, Nick e Stella — por me dar histórias para contar e me ouvir contá-las. Tudo começa com vocês. Eu amo vocês.

Este livro foi composto na tipologia Simoncini Garamond Std,
em corpo 11/15,3, impresso em papel off white
no Sistema Cameron da Divisão Gráfica
da Distribuidora Record.